KB154651

불타는 대망의도박

도서출판 경성문화

"불타는 대망의 도박"

초판 인쇄 / 2018년 11월 12일
초판 발행 / 2018년 11월 13일

지 은 이 / 안홍열
펴 낸 이 / 민관홍
펴 낸 곳 / 도서출판 경성문화
등록번호 / 제2018-000061호
등 록 일 / 2018년 3월6일
ISBN /
주   소 / 서울 특별시 마포구 독막로32안길 29(신수동)1
대표전화 / 02)713- 3284

책머리에

황금만능이 가져온 한 토막의 사건을 엮어 고질적인 우리 사회의 병폐를 독자들에게 공개하고 고발하고자 한다.

손톱만큼 한 금배지의 위력이 얼마나 크기에 젊은이에서 노인에 이르기까지 그 깊고 눅눅한 골짜기를 향하여 포복을 하며 모여들고 있다.

이 책은 금배지를 가슴에 달기 위하여 수단과 방법을 가리지 않고 폭력, 음모, 모략, SEX, 암투, 심지어는 살인까지 서슴지 않고 행하는 사건 현장을 리얼하게 그렸다.

권력과 명예 그리고 황금이 금배지 주위를 맴돌면서 사건이 벌어지며, 그들이 배설한 오물이 퀴퀴한 냄새를 풍긴다.

저자는 삼풍백화점이 붕괴되듯이 이러한 거대한 조직이 처절하고 비참하게 무너져가는 비명의 현장을 그리고 싶었다.

정의가 실권을 행사하는 그런 사회를 갈망하며 이 소설을 마감한다.

2018년

안 홍 열

차 례

불타는 대망의 도박

도서출판 경성문화

사랑의 마술사

"기분이 아주 좋아요. 당신은 역시 섹스 마술사야."

선화는 그의 가슴을 파고들며 교태를 부렸다. 천하를 얻은 듯 벅찬 환희에 빠진 진호는 별안간 그녀의 처녀를 빼앗아서 여자로 만든 남자에 대한 질투심이 솟구쳤다.

"첫 남자는 누구였어?"

선화의 빈약한 가슴에 비해 유난히 볼록한 유두를 쓰다듬으며 물었다. 유진호는 쾌감의 세계에서 단숨에 현실로 되돌려진 표정을 지었다. 찬물을 뒤집어 쓴 듯한 기분이었겠지. 물어봐도 별 소득 없는 질투의 질문을 유진호는 되풀이했다.

"당신은 모르는 사람이에요. 내가 속은 거예요."

입술을 깨물며 선화는 그 말만 하고 외면을 했다. 선화는 분명히 그 일에 대해 건드리는 걸 싫어했다. 대답을 추궁해서 뭘 어쩌겠다는 건가?

유진호는 문득 그런 것에 연연해서 안달하는 자신을 치졸한 사내라고 생각했다. 물론 대답은 나오지 않았다.

"청혼을 받았어요. 김주석 의원님 선거구에 있는 유력자의 장남인데 이름이 우석기라는 작자였어요."

잠자코 있으면 대답이 나올 때까지 기다릴 거라는 생각을 했는지 선화는 스스로 분명하게 대답을 했다.

"그런 것을 물어서 어쩌려고요?"

선화는 진호의 가슴 아래서 그의 얼굴을 올려다보며 걱정스럽게 물었다.

"내 선거구와 관계없는 인간이라 안심했어. 만약 장래에 내가 국회의원이 됐을 때 그 남자가 경쟁 후보의 후원회 간부가 되어 '저 녀석의 마누라를 처음 건드린 건 나'라는 등의 말을 퍼뜨리면 마이너스 이미지가 될 테니까."

진호는 안심했다는 듯이 말했다.

"선거구가 같다고 해도 과연 그런 말을 퍼뜨릴까?"

다소 화를 내며 진호는 말했다.

"그렇군요. 이를테면 나 같은 여자는 정치가의 부인이 될 자격이 없는 거군요."

"그런 말은 하지 않았어. 단지 선거구가 달라서 다행이라고 했을 뿐이야."

"그게 그 말 아닌가요?"

당장이라도 결혼은 하지 않겠다고 말할 듯한 어조로 선화는 말했다.

"난 결혼을 미끼로 여자의 몸에 손을 넣는 놈은 아주 싫어해. 비겁자라고 생각하고 있어."

"그래요. 확실히 비겁자예요."

진호는 선화의 말을 거역하는 것이 두려운 듯 수긍을 했다.

"그런 비겁한 놈은 잊어 버려."

"잊고 있었는데 생각나게 한 것은 당신이에요. 이제 불미스런 그때 그 일은 떠올리지 않게 질문은 삼가 해주세요." 선화는 똑바로 진호를 보며 말했다.

"알았어. 두 번 다시 묻지 않겠어."

진호는 그렇게 말했지만 그 약속을 지킬 자신이 없었다. 그 남자와의 관계는 한 번뿐이었는가 아니면 되풀이되었는가. 그랬다면 몇 번 정도였을까. 그 남자 이외의 남자는 없었는가. 있다면 몇 명 정도의 남자와 관계를 가진 것일까?'

진호는 선화에게 청문회를 하고 싶을 정도로 묻고 싶은 것이 너무 많았다. 그러나 질문 공세를 하면 선화가 또 시달릴 것을 안다. 진호는 그런 질문을 하여 선화를 울려서는 안 된다고 자신의 감정을 자제하며 포옹을 풀고 등을 돌린 채 잠이 들었다.

유진호가 태양당 민천우 국회의원의 비서가 된 최대의 이유는 고교 시절부터 정치가를 꿈꿔 왔기 때문이다.

유진호는 충청도 시골에서 태어났다. 시골의 진사집 양반의 손자로 제법 부유한 가정에서 평탄하게 자라 왔다. 원래는 법관이 되겠다고 법과를 꿈꿔 오다가 고등학교 때 국회의원의 뜻을 키우면서 명문 법대를 수석으로 졸업했다. 그 후 몇 차례 사법고시에 도전했으나 인연이 없었는지 3차례나 떨어지면서 정계에 뛰어들었다.

진선화를 알게 된 것은 같은 국회 사무실 진화당 진주석 의원 사무실에 함께 근무할 때였으며 평소 서로가 호감을 가짐으로써 끝내는 뜨겁게 된 사이다. 이들은 진호의 아파트에서 동거를 하고 있으며 아직 결혼식을 올리지 않고 숨어 사는 준 부부인 셈이다

우석기는 건장한 체격에 미남 형의 귀공자 타입으로 많은 여성들에게 대단한 호감을 받고 있으며 남자인 진호 자신도 반할 정도였다. 그래서 혹시 선화에게 유혹의 손길이 뻗혀질까 하는 불안감이 든 것이다.

"우연히 식당에서 우석기와 같이 앉게 됐어요. 그래서 식사 뒤에 음료수를 같이 하면서 많은 말들을 지껄여 댔지 뭐예요. 후후후…"

선화는 그렇게 말하며 즐거운 듯 웃어댔다.

"그래, 무슨 얘길 지껄였어."

진호는 아무렇지도 않은 듯 말을 이었다.

"뭐, 자신이 정치에 본격적으로 대들겠다고 이야기 하면서 나중에는 아주 재미있는 말을 흘리더군요."

"재미있는 말?"

유진호는 더욱 의아해 하며 눈을 크게 뜨고 쏘아봤다.

"그 친구 당신이 출마할 충청도 고향에 라이벌 후보로 나올 계산이에요."

우석기. 그는 정치과를 갓 졸업한 풋내기로 민화당 소속인 성칠룡 국회의원의 말단 비서로 입사했다.

선화와 비슷한 나이로 이렇다 할 두각은 없지만 부친이 서울에 3군데 백화점을 경영하고 있어서 선거 자금의 강력한 밑거름이 되고 있다. 게다가 유진호가 35세의 젊음이란 캐치프레이즈를 내세우고 있는데, 우석기가 같은 곳에서 출마한다면 그는 이제 25세로 싱싱함이 앞질러 유진호에게 걸림돌이 될 것이 분명했다.

"빌어먹을!"

유진호는 힘없이 절망적인 말을 입 속으로 내던지며 풀이 죽어 식사하던 숟가락을 놓았다.

선화는 기고만장하던 유진호의 갑작스런 풀죽은 기세에 당황했다.

"저... 하지만 걱정할 것 없어요."

"걱정 안 할 수가 있어, 우선 재벌 아버지의 큰 배경이 있어. 게다가 나보다 젊으니 돈으로 밀면 또 안 될 것이 없지, 그 친구 진주석 의원 주선으로 민화당 성칠룡 의원에게 보낸 거야. 민차당 성칠룡 의원과 우리 태양당 민천우 의원은 당으로서는 라이벌이지만 개인적으로는 아주 절친한 친구 사이야. 놈의 아버지는 그 동안 민천우 의원 후원자로 서로가 협조를 아끼지 않았지. 돈 많은 놈의 아버지가 후원금을 대주고 의원은 그의 권력으로 안 되는 것들을 풀어 주고는 했어. 그러면서 둘은 아들인 우석기란 놈의 장래를 의논하여 후원을 해주기로 한 거야. 헌데 놈의 선거구가 나와 같다는 사실까지는 미처 생각지 못했지. 우석기는 나와 같은 고향에 시골에서 고등학교까지 나왔지."

아마도 그의 아버지는 그가 어렸을 때부터 고향에 국회의원으로 뿌리를 심기 위한 장기적인 계획을 세웠다는 것을 이제야 알 수 있겠어. 놈은 유달리 공부를 잘하지도 못했고 부유한 부모만 믿고 방탕한 생활을 일삼아 왔어. 그러면서 나보다 고향에 많은 친구와 선후배들을 확보해 놓았지. 그런 것은 국회의원으로 출마하겠다는 오랜 계획이었고, 그의 부모인 아버지의 뜻일 거야. 그 아버지는 원래가 옛날 쌍놈의 자식이었으며 일제시대에는 쪽발이의 앞잡이로 인심을 많이 잃었고 학식도 짧았지만 영리한 머리로 수단과 방법을 가리지 않고 오직 돈 버는 것에만 급급한 거야. 그는 일찍이 서울로 올라와 오늘의 갑부가 되었어. 갑부가 된 그는 고향에도 많은 돈을 뿌리며 환심을 사고 있었지.

"그것이 모두 자식 때문인 것을 이제야 알 것 같군!"

"진호 씨! 하지만 돈으로 명예까지 살 수는 없지 않아요?"

"백화점이란 게 뭐든지 사고파는 장사잖아. 그는 권력과 명예도 돈으로 흥정하려는 수작이야."

"그건 그렇지만 설마."

"어쨌든 대단한 라이벌이 나타났군."

"그럼, 어떻게 하죠? 정치가가 되는 걸 포기하겠어요?"

선화는 풀이 죽은 진호의 얼굴을 조심스럽게 살피며 물었다.

"난, 당신이 포기하든 말든 당신 결정에 따를 거예요."

선화는 부드러운 눈길로 진호를 다시 바라봤다.

"내가 이대로 물러날 성 싶어?"

신음하는 듯한 소리로 진호가 말했다.

"무슨 묘안이라도 있어요?"

선화는 그렇게 말했지만 그 말이 오히려 진호에겐 묘안을 연구해 보라는 격려의 말로 들렸다.

"그 자는 나보다도 너무 젊어."

진호는 힘없이 말했다.

"젊다고 하는 것은 대단한 무기예요, 젊음과 돈의 힘으로 당신 앞을 가로막고 있는 강적이에요."

선화의 어조엔 체념이 배어 있었다.

"젊다고 하는 건 분명히 무기지만 그 자의 약점이기도 하지. 그걸 공격하면 돌파구가 생길지도 몰라."

"정말 그게 돌파구가 될까요?"

"난 그렇게 믿어. 그 젊음이란 무기를 어떻게 요리할지는 충분히 생각해 보자고. 참 그보다도 의원님께 빨리 우리 결혼식 주례를 부탁하러 가자고. 의원님을 우리의 주례로 모시는 것도 중요하니까,"

진호는 화제를 바꿨다. 공연히 해결책이 보이지 않는데 무턱대고 탁상공론을 하느니 보다 일단 머리를 식힌 후 다시 생각하는 게 묘안을 떠오르게 하기 때문이다.

진호는 선화와 상의해서 1주일 후에 양가의 부모님과 함께 상관인 민천우 의원에게 가기로 했다.

"오! 결혼하나?"

민천우 의원은 찌르듯이 예리한 눈빛으로 선화의 몸을 훑어 내려갔다.

"결혼하겠다고 하는 건 서로 사랑하고 있다는 말이네."

너무 호리호리한 몸의 선화를 걱정스러운 듯 잠시 바라보더니 그는 굳이 하지 않아도 될 말을 꺼냈다.

"물론입니다. 전 그녀에게 깊이 빠져 있습니다. "

얼굴을 붉히며 진호는 부끄러운 듯 말했다.

"호오 빠져 있다?"

" 예. "

"젊구먼."

민천우 의원은 희롱하듯이 말했다.

"나도 젊었을 때는 멋모르고 여자에게 깊이 빠져 버렸었던 남자 중 하나야. 그래서 하마터면 정치가의 꿈이 좌절될 뻔했던 적도 있었네. 그러나 만약 그때 꿈이 좌절됐더라면 오늘의 나는 없었겠지. 위험했었어. 젊다는 건 다시 말해 여자에게 빠지기 쉬운 때이기도 해. 하하하."

한바탕 호탕하게 웃어젖힌 민천우 의원은 철없던 옛날을 가소롭게 추억하듯 웃어댄 것이다.

"젊을 때는 여체가 마냥 신기해 보인단 말이야."

그 순간 유진호의 뇌리에 라이벌인 우석기를 밀어낼 명안이 떠올랐다. 젊은 우석기의 약점이 보인 것이다. 여자다. 여자라는 수렁에 빠뜨려 버리면 된다. 나조차도 선화에게 빠져 결혼까지 진행시키고 있지 않은가. 헌데 나보다도 더 젊은 우석기가 여자에 빠져 버리면 분명 헤어나지 못할 게 틀림없다. 그런 생각을 갖고 민천우의 방에서 물러 나오자마자 유진호는 선화에게 그 얘길 꺼냈다.

"나도 의원님의 말을 들었을 때 문득 그렇게 생각했어요. 그리고 한편으로 의원님의 눈은 '자네, 이 말라빠진 여자에게 정신없이 빠져 있군!' 하고 말하는 것 같더군요!"

선화는 침울하게 말했다.

"천만에 내겐 '이 여자가 그렇게 깊이 빠질 정도로 명기인가?' 라고 묻는 눈빛으로 보였는데. 그때 난 정말이지 '세계 최고의 명기입니다' 라고 말해 주고 싶은 걸 꾹 참았다고."

"참, 생각난 김에 그보다 여학생 아르바이트 미선이를 부추겨 주지 않겠어. 젊은 남자는 여자가 적극적으로 유혹하면 잠시도 버티지 못하거든."

진호는 선화에게 말했다.

"해볼게요. 미선이는 자발적으로 남자를 유혹하는 타입이니까. 재미있는 일이 될지도 모르겠어요."

선화는 뭔가 재미있는 사건을 기대하는 눈으로 진호에게 말했다.

진호는 그녀에게 박미선을 부추기라고 부탁해 놓고 자신은 석기에게 접근해 매력적인 여자의 취향을 설명하면서 미선의 말을 꺼냈다.

하지만 석기의 마음은 달랐다. 글래머에 섹시한 박미선 같은 타입이 아니라 가냘프고 어딘가 우수가 담긴 진선화 같은 타입이 좋다고 일축하면서 진호를 당혹케 했다.

선화가 박미선에게 다가가서 우석기를 부추기자 "난 우석기 같은 풋내기는 싫어요. 훤칠한 키에 귀공자 타입의 미남 형은 질색이에요. 그런 남자는 아무리 돈이 많고 권력과 명예가 있어도 싫어요. 차라리 유진호 씨 같으면 몰라요. 별로 말수가 적고 구릿빛에 그을린 검은 피부에 강인한 체격과 부리부리한 눈초리로 나같이 대가 센 여자를 리드할 수 있는 박력 있는 남성으로서 섹스어필한 매력을 지녔어요. 그런 분이라면 몰라도요."

라고 하던데요. 그래서 "유진호 씨는 내 약혼자니까 채 가지 말라고 못을 박았더니 산소 결핍의 금붕어처럼 입을 빠금빠금 하더군요."

이렇게 말을 진호에게 들려주는 선화는 몹시 곤란하다는 표정을 지었다.

"차라리 내가 우석기 씨를 유혹해서 그 사람의 인생을 엉망진창으로 만들어 버릴까?"

선화는 힐끔 진호의 눈치를 살피며 말했다.

"너를 다른 남자가 더럽히는 건 싫어. 설사 내 야망을 달성시키기 위한 방편이라 할지라도 너만은 소중한 나의 보물로 감싸고 싶어."

진호는 진지한 얼굴로 고개를 설레설레 흔들었다.

"당신을 위해서라면 우석기 씨를 유혹해서 그의 인생을 엉망진창으로 만들 자신이 있는데."

선화는 안타까운 듯이 말했다.

"요 녀석을 그냥!"

순식간에 진호는 선화에게 와락 덤벼들어 부둥켜안더니 그대로 침대로 끌고 가 옷을 벗겼다. 이렇게 그녀의 몸을 독점해 버리지 않으면 선화를 석기에게 빼앗길 것 같은 생각이 들어 불안했던 것이다.

"설사 내 정치가가 되는 꿈이 좌절되는 한이 있어도 너를 다른 남자 품에 안기게 하진 않겠어."

진호는 온 힘을 다해 격하게 피스톤 운동을 하면서 그렇게 말하더니 강마른 선화의 몸을 더욱 힘차게 끌어안았다.

"아아, 난 사랑받고 있군요."

선화는 기쁜 듯 떨리는 목소리로 말했다.

"그래 사랑하고 있어. 난 야망보다도 사랑 쪽을 소중히 하고 싶은 사람이야."

진호는 결합 부분을 힘껏 밀착시키며 신음했다.

"기뻐요. 난 당신이 내 몸에만 열중해 있는 거라고 생각돼 슬퍼질 때도 있었어요. 하지만 지금은 그렇지 않아요. 사랑받고 있다는 걸 느끼고 있어요. 고마워요. 진호 씨."

선화의 눈 고리에서 눈물이 선을 긋듯이 방울져 떨어졌다.

"괜찮아요. 나 석기 씨한테 안겨도 당신의 사랑에 답하려면 이 몸을 이용해 당신의 라이벌을 뿌리째 뽑아 버릴 수 있다면 저 하나쯤 희생된들 어떻겠어요."

선화는 감격해 울먹이면서 입술을 물었다.

"들어봐. 선화 넌 일평생 나의 아내로서 백년해로 할 것만을 생각하면 돼. 내 인생은 나 스스로 어떻게든 해보지. 비겁하게 널 이용하고 싶진 않아."

진호는 단호히 말했다.

뜨거운 유혹의 밤

유진호와 진선화는 양가의 부모님들을 모시고 토요일 오후 3시에 예약한 호텔에 가서 숙박 수속을 끝냈다. 선화 측에는 부모님과 선화의 동생도 상경시켰다. 선화와 2살 차이인 동생, 미라는 겉으로는 친동생으로 알고 있지만 실은 피 한 방을 섞이지 않은 동생이었다. 젖비린내 나는 어린아이가 선화 집 앞에 버려져서 낳아 준 부모도 모른 채 친딸처럼 길러 전문대까지 공부를 시킨 것이다. 서울 길눈이 어두운 부모님을 위해 길 안내로 따라 온 것이며 궁극적인 목적은 또 다른 선화와의 약속이 있어서였다. 동생인 그녀는 얼굴도 선화와 비슷하며 오히려 선화보다 생동감 있고 큰 키에 활달한 성격의 소유자다.

"그러고 보니 언니와 많이 닮았군."

선화는 그동안 친자매 아닌데도 모두들 쌍둥이냐고 묻는 말에 대꾸하기에 귀찮을 정도였다. 그런데 진호도 동생을 보고 닮았다고 하자 문득 우석기가 동생 미라에게 빠져 줬으면 하는 생각을 했다.

진호도 선화를 다른 남자 품에 안기는 것은 도저히 참을 수 없지만, 동생인 미라라면 아무렇지도 않을 것이다. 이기적인 생각이라 미라에겐 미안하지만 그렇게 되어 주면 라이벌을 간단하게 제거할 수 있을 거라고 미라를 보며 생각했다. 이러한 생각은 진호와 선화의 공통된 생각이었다. 그러려면 가능한 한 우석기의 눈에 미라가 띄어야 한다고 생각했다.

"당신 생각은 알아요."

그날 밤 잠자리에 들어서 진호에게 애무를 받으며 선화는 말했다.

"뭘?"

"당신, 미라를 나 대신에 우석기한테 안기려고 생각하는 거죠? 하지만 그건 안 돼요. 그 애가 행복하게 살도록 도와주고 싶어요."

언니답게 선화는 미라의 행복을 염려하고 있었다.

진호의 부모님은 호텔에서 여독을 풀고 친구 집에 다녀오겠다는 약속과 함께 진호에게 장래 장인 장모될 분을 잘 모시라는 분부를 내렸다.

한편 선화의 부모는 마침 서울에 온 김에 먼 친척들을 오래간만에 만나고 선화의 결혼도 알릴 겸 선화와 같이 인천 쪽을 가기로 약속했는데 동생인 미라만 외톨이로 호텔에 남겠다고 하자 선화가 진호에게 미라를 맡겼다.

"마침 잘 됐네요. 아빠 엄마가 인천에 살고 계시는 당숙 아저씨 댁에 겸사겸사 가시겠다니 제가 길도 안내할 겸 또 저도 당숙을 보고 싶고 해서 다녀올 테니 당신은 미라와 같이 시간을 보내세요. 같이 가자고 했더니 결혼하기 전에 형부와 함께 즐거운 시간을 보내겠다지 뭐예요. 하지만 아직은 우리가 결혼 안 했다고 내 동생한테 눈독 들이지 마세요."

선화는 수줍은 듯 미소를 짓고 있는 미라를 진호 앞으로 밀면서 장난조로 말했다.

엉거주춤 승낙도 반대도 할 수 없었던 진호는 무슨 말을 하려다 입을 열지 못하고 난처해했다.

이때 미라는 진호의 팔을 잡아끌다시피 하며 장작개비처럼 멍청히 서 있는 진호를 당겼다.

"언니, 그럼 잘 다녀와. 잠시 형부하고 데이트 할 테니. 결혼하면 형부는 영원히 언니 남자잖아."

"어쭈! 저게 아주 많이 컸어. 얏. 팔 놓고 떨어져서 가면 안 돼?"

저만치 미라에게 끌려가는 진호. 그들 뒤에다 대고 선화는 소리친다. 물론 진실이 아니고 장난의 말이었다.

선화는 순진한 미라가 성숙해졌다는 면에서 대견하게 생각했지만 여자의 마음이라 혹시 하고 갑자기 마음이 무거워졌다. 진호는 매력 있는 남자에다 플레이보이 기질이 다분히 있기 때문 이었다.

"언니와 많은 이야기를 했어요. 형부한테 처녀를 바치지 못한 게 유감이라고 몹시 억울해 했어요."

이런 말을 하면서 미라는 진호의 얼굴 표정을 자주 훔쳐본다. 하지만 시종일관 무표정한 진호의 얼굴과 쓰다 달다 아무 반응이 없는 기색에 미라는 은근히 화가 났다. 도대체 형부는 이미 언니인 선화의 과거를 다 알고 있는 것이 아닌가 했다. 실은 미라는 진호에게 은근히 선화의 첫 남자가 있다는 것을 알리기 위한 수단이었다. 그러면서 자기에게 관심을 돌리려는 계산이었다.

진호 역시 내심은 미라에게 관심이 많았다. 우선은 도심 오염에 찌든 선화보다 시골에서 티 없이 자란, 싱싱한 여자로서 성숙함이 막 익어 가는 청순한 미라에게 호감이 갔던 것이다. 그리고 미라는 화장기 없는 깨끗하고 고운 피부에 전형적인 동양의 미인이었다.

어쨌든, 첫 만남에서부터 넋을 잃을 정도로 그녀에게 마음을 빼앗겼지만 원래가 침착하고 담담한 성격의 진호는 그러한 내색을 조금도 보이지 않았다.

어느덧 어둠이 서서히 엄습해 오기 시작했다. 진호는 일어서서 미라의 손을 잡고 일으키면서,

"시장기가 오는군. 미라에게 뭘 사줄까?"

"글쎄요. 전 아무 것이나 다 좋아해요. 형부가 먹고 싶은 것을 찾으세요."

"그래? 양식 좋아하나?"

"전 아무 거나 좋아요."

이들은 공원 구석 한적한 곳에서 일어났다. 어깨를 나란히 하여 미라는 마치 연인처럼 젖가슴을 진호의 몸에 밀착시키면서 한쪽 팔을 두 손으로 잡은 채 걸었다.

"어머나, 형부!"

갑자기 미라가 못 볼 것을 본 듯 기겁을 하고 진호의 가슴을 파고 들어와 얼굴을 가슴에 묻는다. 진호는 반사적으로 같이 놀라며 그녀를 꼭 안으면서 목을 길게 빼며 두리번거리자 20여 미터 외진 곳에 젊은 한 쌍이 진하게 키스를 하고 있었다. 둘은 너무나 흥분한 채 주위에 사람이 지나가고 있는 것도 의식치 못했다.

진호와 미라는 가까운 xx호텔 식당으로 들어섰다. 호화판의 영동 A급 호텔 안에 들어서니 휘황찬란한 불빛이며, 많은 손님들이 북적거렸다. 시골에서 막 올라온 미라는 어리벙벙했다.

"뭘 할까?"

토끼 눈을 뜬 미라는 말했다.

"여긴 비싸잖아요. 우리 나가요. 싼데 가서 먹어요."

진호는 빙긋이 웃으며,

"돈에 대해서는 신경 쓸 것 없어 마음 푸욱 놓고 먹고 싶은 것 말하라고."

"저... 형부가 시키는 것 같이 할래요."

미라는 시골에서 큰마음 먹고 미팅할 때 양식집을 가보긴 했지만 시골의 양식집이란 돈가스, 비후 가스 등 몇 가지가 고작이었으나 호텔의 메뉴판을 보니 영어, 일본어, 한국어 등으로 많이 적혀 있어서 도무지 뭐가 뭔지 알 수가 없었다.

진호도 짐작은 했다. 시골에서 올라와 이런 곳은 처음이라 당황할 것이란 점을 계산했다.

아까부터 웨이터가 주문을 기다리고 서 있자, 진호는 얼른 비후 스테이크와 맥주 2병을 시켰다.

한편, 인천 선화의 이모 집에는 모처럼 언니가 왔다고 진수성찬의 저녁 준비에 분주했고 많은 식구들이 모인 가운데 옛날 얘기서부터 웃음꽃이 피었다.

선화는 시계를 들여다보면서 초조해 했다. 선화의 초조함은 아랑곳없이 부모와 이모 식구들은 일어날 줄을 몰랐다.

시계를 보니 벌써 밤 10시다.

"엄마, 벌써 10시예요. 이젠 일어나셔야죠."

선화는 손목시계를 보며 찌푸린 얼굴로 재촉했다.

"얘는 그새 남편 될 사람이 보고 싶어서 그러니. 결혼하면 보기 싫도록 평생을 볼 텐데... "

이모가 선화에게 한마디 던졌다.

"이모는 그게 아녜요. 시아버지, 시어머니도 와 계신데 결혼도 하기 전에 시간 약속도 안 지키면 어떻게 생각하시겠어요."

선화는 입이 부어 내민 채 퉁명스럽게 던졌다.

"하긴 그것도 말이 되는구나. 이왕 늦은 것 막차 타고 가라. 그러면 텅 비어 널찍하게 앉아서 갈 수 있을 게고 말이다. 지금쯤은 사람이 붐벼서 서서 가야 된다고."

"하지만 막차 타고 가면 새벽 1시가 될 텐데요."

"정 그렇다면 너 혼자 가고 엄마 아빠는 여기서 주무시고 새벽에 가시면 되겠구나. 언니, 형부 어때요?"

그러나 이러한 제의에도 선화의 어머니와 아버지는 엇갈린 채 의견이 맞지 않는다. 선화의 내심은 시아버지나 시어머니 때문이 아니었다. 바람기 있는 진호가 혹시 동생 미라를 어떻게 할까 하는 생각이 앞선 것이다. 애당초부터 미라를 진호에게 맡긴 자체가 생선 가게를 고양이한테 지키라는 격이었다. 선화는 무심코 미라를 진호에게 맡기고 떠나오면서부터 불안하기 시작했던 것이다. 미라 역시 순진한 것 같으면서도 당돌한 성격에다 남자들한테는 대인기다. 어지간한 남자들은 미라의 내숭에 더욱 매력을 느낀다. 그런가 하면 어렸을 때부터 언니인 선화와는 라이벌로 항상 갈고리처럼 좋은 감정이 아니었다. 겉으로는 마음을 송두리째 주는 것처럼 알랑거리지만 속마음은 언제나 달랐다. 그러한 감정은 같은 피를 나눈 형제가 아니란 것을 알고 나서 시작되었다. 선화는 하는 수 없이 먼저 서울로 가기로 했고 엄마의 제의는 호랑이 같은 아버지의 반대에 묵살된 채 그 밤을 이모네 집에서 자기로 결정했다.

"호호호! 형부 실망했죠. 미친년 같죠. 나 춤 좀 가르쳐줘요. "

미라는 어느새 술에 취해 혀 꼬부라진 말에 자신의 몸도 제대로 가누지 못했다.

진호와 미라는 아래층 식당에서 식사를 하고 5층 나이트클럽으로 자리를 옮겼다. 미라에게 술에 취하라고 먹인 것이 아니고 나이트클럽의 분위기를 구경시켜 주기 위해서였는데 미라는 한 잔, 두 잔, 세 잔을 마시면서부터 눈이 풀리며 서서히 취하기 시작했다.

진호는 난처했다. 시계를 보았다. 10시까지 호텔로 들어가기로 한 시각이다. 그런데, 미라는 돌아갈 생각은 않고 춤을 추자고 손을 잡아끌었다. 플로어로 끌려 나가자 발랄한 디스코 곡에서 블루스 곡으로 바뀌면서 장내가 어두워졌다.

"이게 블루스 곡이네요. 호호호…"

미라는 플로어에 나오면서부터 진호의 목덜미를 양손으로 끌어안은 채, 온몸을 밀착시켰다. 스텝은 엉망이었다. 박자가 하나같이 맞지 않았다. 때때로 진호의 허벅지가 미라의 허벅지에 부딪치곤 했다. 몸과 몸이 밀착되자, 전기가 감전된 듯 점점 떨어질 줄 모르고 자신도 모르게 둘은 온몸에 강한 전율이 흘렀다.

"형부, 꼭 안아줘요. 더요. 더요…"

진호는 미라가 몹시 취했다는 생각이 들어 구석으로 갔다. 미라가 취한 채 흥분 상태에서 마치 찰거머리같이 몸을 밀착하면서 진호의 목덜미를 끌어내려 키스를 요구했다. 진호 또한 그녀의 그러한 행동이 싫지는 않았다. 아마도 은근히 유도한 것인지도 모른다. 둘의 짙고 강렬한 키스는 오랫동안 지속됐다. 테이블로 돌아온 미라는 남은 맥주를 또 마시기 시작했다.

"미라 너무 취했어. 이럼 안 돼."

"취했다고요. 호호호… 난 마음껏 취하고 싶어요. 이 밤이 다 가도록."

"쿠당탕."

진호는 만취된 미라를 침대 위에 내동댕이치듯 던졌다. 그리고는 구겨진 옷매무새를 고치며 손목시계를 보았다. 10시까지 부모님들이 묵고 있는 호텔 숙소에서 선화와 만나기로 약속했는데 11시 30분이다. 벌써 1시간 반이 지났으니 진호로서는 매우 초조했다. 일은 묘하게 꼬인 것이다. 애당초부터 미라의 계획에 당한 것이다. 자신의 몸을 가눌 수 없을 정도로 술을 마셨기에, 호텔방까지 데려다 주며 숙소로 가라고 했다. 길거리에 혼자 두고 선화와 약속을 지킬 수도 없고 해서 하는 수 없이 나이트클럽 호텔을 잡아 안내한 것이다.

"이젠 언니한테 가도 되겠지."

하고 발걸음을 돌리려는데 어느새 미라의 양손이 진호의 목을 끌어당기며,

"안 돼요. 형부 가면."

찰거머리처럼 대들어 술 냄새가 물씬 나는 입을 진호의 입에 댄다.

진호는 처음엔 도의적인 면에서 짐짓 거부 반응을 보였다.

그러나 미라가 더욱 흥분한 채 능동적이라기보다 강압적으로 진호의 입술을 빼앗았다. 진호의 굳어졌던 몸이 어느새 봄빛에 눈 녹듯이 서로가 휘어 감겨지기 시작했다. 드디어는 숨소리가 거칠어지고 둘은 침대 위에 한 몸이 되어 뒹굴었다.

섬뜩 진호가 입을 떼려고 하자 미라가 입을 막았다.

"안돼요. 더 본격적으로 해요."

"이 정도면 충분하잖아."

"아니에요."

미라는 키스를 하면서 한 손으로는 진호의 넥타이를 벗기며 옷을 벗겼

다.

"미라와 난 이쯤에서 끝내야지 더 이상 선을 넘으면 비극의 주인공이 돼."

"난 이미 결정했어요. 모든 각오를 말예요. 나의 처녀성을 형부에게 주고 싶어요."

다시 미라가 적극적으로 대들었다.

이젠 마음의 준비를 한 듯 진호가 미라의 옷을 벗겨 갔다. 미라의 살결엔 선화에게 없는 처녀의 특유하고 강한 향기가 있었다. '미라가 처녀를 마감하고, 이 강한 향기를 잃어버리면, 냄새까지 선화와 똑같게 되겠지'라는 생각을 했다. 미라가 팬티와 브래지어만 남게 되자 진호는 그녀를 침대 위에 뉘였다. 진호에게 안기는 것을 이미 마음속에서 허락을 하고 있던 미라는 막상 브래지어와 팬티까지 벗겨지는 것은 부끄럽게 생각하며 강하게 저항했다. 진호는 엎치락뒤치락 하면서 브래지어를 벗기고, 팬티도 벗겼다. 미라는 양손으로 가슴을 감싸고 새우처럼 몸을 구부려, 숲이 진호의 눈에 띄지 않도록 했다. 그런 미라를 내려다보면서, 진호도 재빨리 옷을 벗었다. 팬티를 벗자 용수철 장치의 인형처럼 온몸의 홍분을 이기지 못했다. 진호는 미라가 술도 많이 취하지 않고 의도적으로 취한 척 접근한 것임을 알았다. 이쯤 되면 미라의 입에서 사실이 새지 않을 것이란 점에서 안심은 했지만 더 깊이 생각하면 은근히 미라의 의도적인 계획이 아닌가 하고 겁을 먹지 않을 수 없었다. 어쨌든 간에 이왕 칼을 빼든 이상 미라의 순결을 빼앗기로 마음을 굳혔다.

"꺅! "

미라는 작은 비명을 지르며, 얼굴을 감쌌다. 가슴을 가리던 게 텅 비게 되었다. 진호는 미라에게 또 다른 능숙한 애무를 했다. 점점 미라는 홍분

의 도가니 속으로 빠져 들었다. 드디어 진호는 애무를 끝내고 나서,

"여기까지 하고 멈출까?"

진호가 미라에게 말했다. 처녀의 향기와 맛을 본 것만으로 충분했으며 이제부터는 미라에게 고통을 주는 행위가 남아 있을 뿐이다.

"싫어요, 그만두지 마세요. 지금껏 부끄러운 마음이 들게 해 놓고, 멈춰 버리면 난 죽고 싶어질 거예요."

미라는 샐쭉해진 목소리로 진호를 협박했다.

"그럼 ."

진호는 다시 한 번 다짐을 했다.

"예. "

미라는 고개를 끄덕였다.

"난폭하게 하지 말아요."

미라가 애원하듯이 말했다.

"안심해 난폭하게 굴지 않을 테니."

자신은 없었지만, 그렇게 말할 수밖에 없었다.

드디어 이들은 알몸이 하나로 되면서 미라의 가늘게 신음하는 소리가 잦아들었다.

진호의 부모님과 선화의 부모님은 결혼식 날짜를 정했는데 장소는 너희들한테 맡기겠다며 시골로 돌아갔다.

"몇 개월 후에 결혼을 할 수 있다니 꿈만 같아요."

선화는 천진난만하게 말하며 기뻐했다. 진호와 선화는 그 사실을 서둘러 고향의 부모님께 알렸다. 그 알림을 기다리기라도 한 듯이, 이번엔 미라가 혼자서 상경했다.

"축하해요."

미라는 맨션에 들어서면서 명랑하게 인사를 했지만, 진호는 가슴이 덜컥 내려앉았다. 임신을 시킨 거나 아닌지 하는 걱정이, 이전부터 진호의 가슴 속에 맺혀 있었던 것이다. 무방비인 채 처녀인 미라에게 접근했기 때문이었으므로 그 시기에 미라가 배란기였다면, 미라는 틀림없이 임신을 했을 것이다. 언니인 선화의 결혼식에, 동생 미라가 커다란 배로 참석을 한다면 금세 좋지 못한 소문이 고리를 물고 퍼져 가겠지. 그런 스캔들의 주인공을 맡는 건 진호에겐 견딜 수 없는 일이었다. 무슨 일이 일어나진 않았는지 한 번 확인해 봐야겠다고 진작부터 생각하고 있었다.

"무슨 용무야? 설마, 이렇게 됐다고 하는 건 아니겠지?"

진호는 선화의 눈을 피해 자신의 배 앞에 커다랗게 곡선을 그려 보였다.

"설마, 괜찮아요."

미라는 하얀 이를 드러내며 웃어 보였다. 그 웃는 얼굴을 보고 진호는 안심했다.

"그렇다면 다행이지만, 난 쭉 마음에 걸렸었어."

"그래요? 정말 마음에 걸렸어요?"

"그래."

"그럼 괜찮다고 빨리 말할 걸 그랬죠? 미안해요."

미라는 끝까지 상냥했다.

"진주석 의원이 최근에 와서 내게 그만두면 곤란하다고 그러잖아요. 그래서 미라에게 내 후임으로 진주석 사무실에 근무하게 할까 하고 생각해서 내가 부른 거예요. 당분간 여기서 의원 회관에 다니게 했으면 하는데 괜찮죠?"

선화는 진호에게 그렇게 물었다.

"그랬었구나. 진주석 의원이 지금 와서 별안간 그만두면 곤란하다고 그래? 정말 제멋 대로군. 의원님이란 하지만 뭐, 할 수 없지. 괜찮아, 미라 여기 다니는 것."

진호는 찬성했다. 선화는 결혼식 날짜가 결정되자 매주 2회씩 요리 학원에 다니기 시작했다.

"이혼이란 건, 부인의 요리가 입에 맞지 않는다는 게 숨은 원인이에요. 당신에게 요리가 서툴다고 내쫓기면, 여자의 체면이 서질 않잖아요? 그 래서 맛있는 요리를 듬뿍 먹여 당신을 살찌게 할 거예요. 결혼해서 남편이 살쪘다는 소릴 듣는 게 여자에겐 칭찬이니까."

그렇게 말하며 선화는 요리 학원에 다니기 시작한 것이다. 선화가 요리 학원에 가는 날은 맨션에서 진호와 미라 둘이서 저녁을 먹게 된다. 선화 하고 함께 있을 때와는 달리 미라하고 단 둘이 있을 때는 왠지 화제도 다르고 긴장감도 생긴다.

"아직, 형부라고 부르는 건 이르죠?"

그날 선화가 요리 학원에 갔으므로 둘이 마주 앉아 저녁을 먹고 있을 때 미라가 문득 그렇게 말했다.

"아직 이르지. 결혼하고 나서부터야, 형부라고 부르는 건."

"그래요. 형부라기보다는 아직은 애인이란 느낌이에요. 하긴 나의 소중 한 걸 드린 사람이니까."

미라는 그렇게 말하며 수줍어 해 보였다.

"또 안기고 싶어요."

식사가 끝나자 부엌에서 설거지를 하는 미라를 돕고 있는 진호에게 그 녀는 유혹의 눈길로 힐끔 보았다.

"아무리 안고 싶어도 이젠 그런 짓을 해서는 안돼. 미라에게 멋진 남자를 찾아 미라를 행복하게 하는 게 선화와 결혼하는 나의 임무라고 생각하고 있어."

진호는 가능한 한 미라와 눈을 마주치지 않으려고 애쓰며 그렇게 말했
다.

"하지만, 난 여러 가지를 배우고 싶어요."

"뭘?"

"섹스란 즐거운 것이잖아요? 지난번에는 아프기만 했지만 고통이 사라
지게 되면 즐거워진다고 들은 적이 있어요."

"그런 것은 애인이 생기면 애인에게 가르쳐 달라고 하면 돼."

진호는 눈부신 듯이 미라를 봤다.

"나 말이죠. 몸의 선이 그때부터 달라졌어요."

"뭐?"

진호는 간이 철렁해서 미라로부터 한 걸음 물러섰다.

"그게 이상해요. 몸이 둥그스름해졌어요. 남자를 알면 여자는 몸의 선
이 달라지나 봐요."

"그... 그럴까?"

"그래요."

"그러고 보니, 선화하고 몸의 선이 조금 닮아졌나 봐."

진호는 미라의 실루엣에 선화의 실루엣을 비교해 봤다. 미라의 딱딱했던
실루엣에 선화의 성숙한 여자의 몸매에 가까워 있는 듯한 기분이 든다.

"매주 2회 언니는 요리 학원에 가잖아요."

"그렇지."

"그 날만 나한테 이것저것 가르쳐 주지 않을래요?"

"하지만..."

"내가 배우고 싶은 거예요. 가르쳐 줘도 괜찮잖아요. 나도 가장 소중한

것을 바쳤으니 답례로 가르쳐 줘요."

미라는 강인하게 진호를 유혹해 왔다. 미라는 몸을 바싹 붙여 오더니 재빨리 진호의 몸에 손을 돌려 끌어 당겼다. 몸을 밀착시켰다.

"딱딱한 것이 있어요. 이거군요. 지난번 나를 괴롭힌 게... "

진호의 자제심은 금방 사라져 버렸다. 진호는 바지를 벗고 팬티를 벗었다.

"이렇게 하면 어때요?"

미라는 머리를 갸웃거리며 진호를 올려다봤다.

"그렇게 하면 남자는 참을 수 없이 기분이 좋아지는 거야."

"흐-음, 기분이 좋아지면 어떻게 되죠?"

"하고 싶어지지. 여자를 안고 싶어져."

"그리고?"

"흐-음. "

"더 이상 안 되겠어. 하자 응? 미라, 괜찮겠지?"

진호는 미라를 번쩍 안아 방바닥 위에 눕혔다. 그리고는 스커트를 올려 팬티를 끌어 내렸다. 미라는 진호가 하는 대로 내버려 두었다.

진호는 그런 생각을 했다. 미라가 같이 살게 되면서부터 선화와의 밤의 생활은 소극적으로 됐다. 하고 싶을 때도 가능한 한 참기로 했던 것이다. 미라 앞에서 선화와 너무 지나치면 미라를 위해 좋지 않다고 생각했기 때문이다.

선화도 그의 의견에 찬성했다. 진호를 받아들일 때도 가능한 한 눈에 띄지 않는 형태로, 조용히 하나가 될 적이 많았다.

"언니한테는 일일이 보고하지 말아요."

미라는 진호와 섹스를 즐기고 난 후에 그렇게 말하며 입을 막았다.

그녀는 1주일에 2회의 레슨으로 눈에 띄게 솜씨가 늘었다.

선화도 진호에게 여러 가지를 배웠지만 거기에 비하면 미라 쪽이 한층 더 열심이고 적극적이었다.

선화는 진호와 미라가 같이 잤다는 걸 아는지 모르는지, 전혀 모르는 체 했다. 그냥 묵인 해주고 있는 걸까?

진호는 그렇게 생각할 때도 있었다.

그런 어느 날 선화는 미라를 데리고 민천우 국회의원 앞에 나타났다. 마침 그 자리에 있던 석기와 박미선, 유덕만 등에게 인사를 시켰다.

"얘는 내 동생 미라예요."

"동생입니까? 똑같네요."

물론 친동생은 아니지만 비슷한 점이 많았다. 미라에게 강한 호기심을 나타낸 건 우석기였다.

"아직 서울 지리를 잘 몰라요. 석기 씨가 괜찮으시다면 안내해 주지 않을래요?"

선화는 아무렇지도 않게 석기에게 말했다. 미라에게 석기를 빠뜨리게 하려는 걸까?

진호는 선화의 말에 그렇게 생각했다.

"생각해 보겠습니다."

석기는 관심이 있다는 걸 은근히 감추며 그렇게 말했다.

"난, 진호 씨와 결혼하면 진주석 의원님 사무실을 그만둬야만 해요. 그래서 동생에게 뒤를 있게 하려고 불렀어요."

누구에게랄 것 없이 선화는 그렇게 말했다.

"그럼, 잘 부탁드립니다."

인사 소개를 시키고 나자 선화는 미라를 데리고 진주석 의원의 사무실로 돌아갔다.

"언니보다 미인인 것 같은데."

처음으로 입을 연 것은 유덕만 이었다.

선화보다 미인이라고 하는 소리는 선화에겐 그다지 달가운 말이 아니다.

그리고 3일 정도 지나 선화는 혼자서 맨션으로 돌아왔다.

"미라는 어떻게 된 거야? 혼자서 오니 이상한 것 같은데"

진호는 여우에게 홀린 듯한 얼굴을 하고 선화를 봤다.

"미끼를 물었어요, 후후후훗."

선화는 즐거운 듯 웃었다.

"미끼를 물어? 그렇다면 석기가 미라를 불러냈단 말인가?"

진호는 이마에 주름을 모았다.

"그래요. 맞아요. 석기 씨가 오늘밤엔 미라와 단둘이서 식사를 한다고 신이 나 있었어요."

"설마, 넌 미라를 석기의 장난감으로 생각하는 건 아니겠지?"

진호는 선화의 얼굴색을 살피며 조심스레 물었다.

"어째서 그래요? 미라가 그렇게 하고 싶다고 하니까 힘을 빌리는 것도 괜찮다고 생각해요."

"그렇게 하고 싶다니, 무슨 소리야?"

"석기 씨를 유혹해서 엉망진창으로 만들어 보고 싶대요. 미라 쪽이 석기 씨를 장난감으로 하겠다는 거예요. 석기 씨는 젊고 미라를 좋아하는 느낌이니까 분명 빠져서 열중하게 될 거라고 생각해요. 그렇게 되면 당신의 라이벌이 한 사람 사라지게 되는 거죠?"

"우-음."

"나도 나쁜 짓을 생각하게 되는군요."

"역시 정치가의 비서라서 일까? 아니 정치가의 부인이라서 일까?"

선화는 소리 없이 웃었다.

그날 밤 늦게 돌아온 미라의 몸에서 비누의 냄새와 남자의 액체를 믹스한 냄새가 나고 있었다.

"석기와 자고 왔군."

진호는 미라를 쏘아 봤다.

"나도 애인이 필요해요. 좋잖아요. 왜요? 석기 씨와 자면 안 되나요?"

미라는 진호에게 대들 듯이 말했다.

"언니는 진호 씨가 그걸 바란다고 하던데요."

미라가 따지듯 말했다.

"난 말이야. 미라가 그런 짓을 하면 행복해지지 않을 것 같은 생각이 들어."

"내 인생이 걱정돼서 그런 거라면 내버려둬요. 분명히 행복하게 되는 걸 보여 줄 테니까. 걱정하지 않아도 돼요."

미라는 턱을 쑥 내밀고 그렇게 말했다. 미라가 밤늦게 혼자 돌아오는 횟수는 점점 늘어 갔다. 처음에는 주 1회였던 것이 주 2회가 되고, 드디어는 주 3회, 혹은 주 4회로 많아졌다. 그럴 때마다 미라는 남자의 냄새를 풍겼다.

석기가 미라에게 빠진 모양이다. 미라는 석기와 밤놀이를 하면서도 선화가 요리학원에 가는 날에는 곧바로 맨션으로 돌아왔다. 진호에게 안기기 위해서다.

진호는 미라가 늦게 돌아오게 되고부터 선화하고 살을 맞대는 횟수가 늘어 갔다. 미라가 없자 선화가 적극적으로 원해 왔기 때문이다. 그러나 선화가 요리 학원에 가는 날은 미라가 빨리 돌아와서 진호를 원했다.

"진호 씨한테 여러 가지 배우기를 잘했어요. 배운 것을 석기 씨한테 사용하니까. 그가 이제 나한테 빠져 버린 모양이에요."

미라는 진호에게 매달려 그렇게 말하곤 즐거운 듯이 석기와의 일을 진호에게 들려줬다.

"이대로라면 석기 씨, 필시 내게 프로포즈 할 거예요."

자신만만하게 말했다.

진호와 선화가 결혼한 직후에 석기는 미라가 말한 대로 프로포즈 해 왔다.

"우리들도 결혼하자고 그 사람 진지한 얼굴로 얘길 하는 거예요. 난 이상해졌어요. 글쎄 석기 씬 아직 젊잖아요. 결혼을 입에 올리는 건 너무 일러요."

미라는 석기에게 프로포즈 받았다면서 그렇게 말하고 웃었다.

"분명히 고향의 부모님이 반대하실 거야."

선화는 그러니까 기대는 하지 말라는 어조로 미라에게 말했다. 석기가 프로포즈를 하고부터, 미라는 가끔 외박을 하게 되었다. 석기와 함께 묵으며 돌아오지 않는 게 분명했다. 석기는 그 다음 휴일에 미라를 데리고 시골로 갔다. 미라를 부모님께 소개하기 위해서다.

"왠지 두려워지는 걸."

그렇게 말하면서도 미라는 아주 마음에 내키지 않는 것처럼 석기를 따라 나섰다.

"표주박에서 망아지가 나오면 어쩌지?"

"만약 미라가 석기 씨와 결혼하고 그 후 석기 씨가 선거에 나와 당신과 싸우게 된다면 난 비극이에요. 여동생과 싸워야 되다니..."

선화는 미라가 석기를 따라가자 진짜로 걱정하는 얼굴이었다.

"석기의 집은 백화점도 하지만 뼈대 있는 집안이라서 말이야. 아마 석기의 연애결혼에 반대할 거야. 신부는 석기 집의 가풍에 맞는 아이가 아니면 안 된다던가 뭔가 하면서."

진호는 그렇게 말했다.

사태는 진호가 짐작한 대로 되어 갔다. 석기의 아버지는 미라와의 결혼에 맹렬하게 반대했다. 석기가 너무 어리다는 것과 인간적으로는 좋은 여자지만 집안의 격이 맞질 않는다고 하는 두 가지가 커다란 반대의 이유였다. 그러나 아버지가 반대를 하면할수록 석기는 미라에게 빠져들어 가는 듯 했다. 무슨 일이 있어도 미라와 결혼하겠다고 버텼다.

라이벌 녀석 함정에 빠졌군. 그런 석기를 보고 진호는 미소를 지었다.

절세 미인을 무기로

진호는 민천우 국회의원 주례로 선화와 결혼식을 올렸다. 그 결혼식에
는 미라도 석기도 참석을 했지만, 신부인 선화를 바라보는 미라의 눈은
쓸쓸해 보였다.

"다음엔 미라가 신부가 될 차례네."

진호가 미라에게 속삭였다

"난 어떻게 될지 모르겠어요. 그러니까 언니를 행복하게 해줘요. 꼭
요."

미라는 금방이라도 울어 버릴 듯한 눈으로 진호를 올려다보며 말했다.

피로연이 시작되자, 진호와 선화는 맥주를 들고 참석자 전원에게 술을
따르며 돌았다. 우석기의 잔에 맥주를 따를 때, 선화가 말했다.

"여동생을 잘 부탁해요. 결혼하는 거죠?"

"아버님이 완강하게 반대를 하셔서 도망가서라도 결혼을 할까 하고 생
각하고 있습니다. 최악의 순간에 그렇게 하더라도 용서해 주시겠죠?"

우석기는 거칠게 숨을 들이키며 흥분된 눈빛으로 선화를 바라봤다.

"미라는 석기 부모님에게 시집을 가는 게 아녜요. 당신과 결혼하고 싶어 하는 거예요. 당신이 너무 꾸물대고 있으면 난 다른 남자를 찾아 줄지도 몰라요."

"그럴 수가... 반드시 그녀와 결혼할 테니까. 그런 말씀은 말아 주세요. 그녀를 잃는다면 살아 갈 수가 없습니다."

석기는 필사적인 모습으로 말했다.

"알았어요. 그렇게 하지 않을게요. 하지만 만일 동생을 버리거나 한다면 용서하지 못해요."

선화는 확실하게 못을 박았다.

진호와 선화는 일본으로 열흘간의 신혼여행을 떠났다. 아내가 된 선화를 안는 것은 동거 중에 안는 것과는 달리 차분한 안정감이 있었다. 새삼스럽게 진호는 선화와 결혼한 것에 만족했다.

신혼여행에서 돌아와 새 보금자리에 자리를 잡자 곧 미라가 왔다.

진호와 선화의 신혼여행 중에 석기에게 끌려서 또 석기의 부모님을 만나러 갔다고 미라가 말했다.

"나, 석기 씨한테 버림받을 것 같아요."

미라는 울듯 한 얼굴을 하고 진호의 가슴에 얼굴을 묻었다.

"자세히 얘기를 해봐."

진호는 미라의 등을 쓰다듬었다.

"석기 씨의 아버님은 서슬이 시퍼래서 이 여자와 무슨 일이 있어도 결혼을 하겠다고 버틴다면, 너의 선거 자금은 한 푼도 주지 않겠다고 석기 씨한테 그러셨어요. 선거를 전면적으로 밀어주길 바란다면 내가 골라 주는 여자와 결혼하라고 하시며 석기 씨를 크게 꾸짖었어요. 그 말이 있고

부터 석기 씨의 태도가 바뀌었어요. '난 아버님이 권하시는 여자와 결혼하겠어. 하는 수 없잖아. 그러니까 넌 나의 정부로 있어 줘.' 하잖아요. 난 정부 같은 건 싫어요."

"미라에게 정부가 되라니, 나쁜 자식."

진호는 화를 냈다.

"미라가 불쌍해."

선화는 눈물을 흘렸다.

"내가 정부라니 참을 수 없어요. 반드시 정실부인으로 해주지 않으면 싫다고 석기 씨한테 말했어요."

"당연하지."

벌컥 성을 내며 진호가 소리쳤다.

"석기 씨는 '아버지가 권하는 여자와 결혼은 하지만 아버지가 돌아가시면 이혼하고 너와 결혼하겠어. 그러니까 그때까지 참아 줘!' 그러는 거예요."

"무슨 소리야. 결혼을 하면 아이도 태어날 것이고, 그렇게 되면 정이 생겨 지금의 약속대로 헤어질 수도 없게 되지. 비참하게 버림받을 뿐이야."

"나도 그렇게 생각해요. 그러니까 '아버지가 권하는 사람과 결혼할 거라면 헤어지겠어요. 하지만, 이대로 행복한 결혼이 되게 하진 않을 거예요. 옆에서 끼어들어 방해를 할 거고, 선거에도 못 나가게 할 거예요. 그랬어요."

미라도 그런 얘기를 하는 동안에 화가 나는지 점점 목소리가 거칠어지고 호흡이 격해지기 시작했다.

"석기 씨는 이해해 줘. 내가 취할 수 있는 최대한의 방법이야. 내가 어째서 어렸을 때부터 정치가에 뜻을 두고 거기에 목표를 정해 인생을 걸어 왔는지를 얘기했잖아. 내가 목적을 달성하기 위해 제발 너도 협력해 줘, 하는 거예요."

"여자 하나도 행복하게 해 주지 못하면서 하는 정치가가 어떻게 된단 말이야?"

"그렇죠? 석기 씨, 이상해요."

미라는 뽀로통해졌다.

"석기 씨의 아이를 임신하면 어떨까?"

선화가 말했다.

"석기 씨는 신중해요. 절대로 임신시키지 않도록 하고 있어요. 임신한 게 좋을 것 같으면 형부 좀 빌릴까?"

미라는 힐끔 선화를 봤다.

"빌려줘도 되지만, 석기 씨가 자신의 아이가 아니라고 할 거야. '난 콘돔을 잊은 적이 없으니까. 임신될 리가 없어'라며 철저하게 부정할 거라고."

선화는 말했다.

"하지만 나도 '당신의 아이에요' 하며 막무가내로 버티겠어. 그럴 때에는 여자의 주장이 통하는 거예요."

미라는 자신만만하게 말했다.

"어-이 진호 군."

비서실을 가로질러 안의 의원실로 들어간 민천우 국회의원이 큰소리로 진호를 불렀다. 그날따라 손님이 적어, 유덕만도 비서 견습생인 석기 일행도 나가고 없었다.

" 예."

진호는 우렁차게 대답하고 의원실로 들어갔다. 민천우는 책상 앞의 의자가 아니라 방문객을 만날 때의 지정석인 응접세트인 팔걸이의자에 앉아 있었다.

"거기에 앉게."

민천우 의원은 자신의 옆 소파를 턱으로 가리켰다.

" 예. "

진호는 고분고분히 소파에 앉았다.

"사실은 말이야, 어제 우 회장이 우리 집으로 와서 말야."

민천우는 못마땅한 얼굴로 진호의 얼굴을 일부러 피한 채 입을 열었다.

"석기 군의 아버님 말씀입니까?"

"그러네."

민천우 의원은 크게 끄덕이며 숨을 들이마셨다.

"우석기 아버지는 아들놈이 나쁜 여자에게 걸려들었는데 구해 주고 싶다고 했어."

"호오, 나쁜 여자에게 말입니까?"

"그 나쁜 여자라는 게 누구라고 생각하나? 바로 자네 부인의 여동생이라더군. 그것도 친동생이 아닌 고아원에서 데려다 기른..."

"예? 그것까지 알고 있었나요?"

"석기 군은 결혼하고 싶다고 하는 모양이던데, 아직 결혼할 시기가 아니라서 절대로 허락할 수는 없다고 하더군. 그러니까 내게 아들 녀석이 그 여자와 손을 끊을 수 있게 해 달라더군."

"상당히 제멋대로 말씀을 하시는 분이군요. 처제는 그렇게 나쁜 여자가 아닙니다. "

진호는 벌컥 성을 내며 민천우 의원을 노려봤다.

"게다가, 처제는 석기 군의 아이를 임신한 모양입니다. 여자를 임신시키고 도망가면 남자 쪽이 비난받는 건 당연한 겁니다. "

엉겁결에 진호는 그렇게 말하고 말았다.

"석기 군이 자네의 처제를 임신시켰나? 석기 아버지는 그런 얘길 전혀 하지 않았는데 하지만 그게 사실이라면 문제가 복잡해지는데..."

민천우는 팔짱을 끼고 생각에 잠겼다.

"우만식 회장은 자기 아들이 먼저 상대 여자를 유혹해 임신시킨 것을 모르고 있던데요."

"난처한데. 난, 그런 걸 몰랐기 때문에 선뜻 '좋아요 헤어지게 조치해 드리죠.' 하고 받아 들였는데."

"받아 들이셨다는 말씀입니까?"

"응 여하튼, 내가 은퇴하면 우만식 백화점의 비상근 고문으로 맞이해 주겠다고 하는 사람의 부탁이니 노후의 일을 생각하면 거절할 수 없지. 그러니까 자네도 처제에게 석기 군과 헤어지도록 설득해 주지 않겠나?"

"거절하겠습니다. 처제 하나를 적으로 돌리는 거라면 괜찮지만 그런 짓을 하면 모든 여성을 적으로 돌리게 되는 겁니다. 아내와의 사이도 부자연스럽게 되리라고 생각합니다. 아내와 처제는 쌍둥이처럼 사이가 좋으니까요. 의원님도 우만식 회장님께 거절을 하는 쪽이 여성 유권자의 반발을 막을 수 있는 길이라고 생각지 않습니까?"

진호는 민천우 의원의 얼굴을 쏘아 봤다.

"난 어차피 이번 기한을 끝으로 은퇴하기로 결정했네. 여성 유권자의 반발 따위를 신경 쓸 필요는 없네."

민천우는 얼굴색도 변하지 않은 채 얘기했다.

"한 번을 끝으로 그만두기로 했네. 우만식 회장과 시기를 의논해 머지 않아 정식으로 은퇴를 발표하고 선거구의 후원회에도 은퇴 인사를 할 예정이네. "

민천우는 패기 없는 목소리로 말했다.

유진호는 벌떡 일어나 의원 책상 위의 전화를 잡았다. 진주석 의원 사무실의 번호를 돌렸다. 미라가 전화를 받았다.

"아아, 나야. 지금 말이야. 민천우 의원님으로부터 미라와 석기 군이 헤어질 수 있게 해 달라는 부탁을 받았는데 거절했어. 미라는 임신을 해서 절대 헤어지라고는 말할 수 없다고 했지. 우만식 회장은 처제가 석기 군을 유혹한 나쁜 여자라고 하시는 거야. 한마디로 웃기는 거지. 만약 그 누구든 처제와 석기 군을 헤어지게 하려고 개입하러 오면, 인권 옹호국이나 세계 우먼리브연맹 본부에 달려가 뱃속의 아이를 지킬 수 있도록 도움을 청해야겠지. 경우에 따라선, 우만식 회장을 고발해도 좋아. 우만식 백화점 같은 거 두들겨 부숴 버려도 좋아. 여자 혼자서 백화점 하나 정도는 간단히 부술 수 있어. 이 일이 매스컴에 알려지면 우만식 백화점은 '여자의 적'이란 낙인이 찍혀 어느 여자도 그곳에서 물건을 사려고 손님으로 가진 않을 테니까."

진호는 들으라는 듯 일방적으로 위세 좋게 이야기했다.

"미라, 난 네 편이야."

그렇게 말하고 전화를 끊었다. 그 전화를 민천우가 낚아채듯이 뺏은 뒤, 흥분되어 떨리는 손가락으로 다시 다이얼을 돌렸다.

"회장을 부탁하네. 국회의원 민천우다."

수화기에 대고 화를 내며 말했다.

"우 회장이지? 사실은 어제의 건 말인데 자네가 말하는 나쁜 여자는 자네의 손자를 임신하고 있다네. 자네는 내게 그런 얘기를 한 마디도 하지 않았지만 임신했다면 어제의 이야기대로 할 수 없을 걸세. 매스컴이나 세계 우먼리브연맹이 떠들기 시작하면 우만식 백화점에서 물건을 사는 손님들이 없어져 백화점은 도산할 거야. 만약 그렇게 되면 나도 은퇴할 수 없게 되어 버리니까. 다시 한 번 대안을 검토하는 게 좋지 않을까?"

민천우와의 통화 내용을 들어 볼 때 상대는 석기 아버지가 분명했다.

"여자가 결혼할 수 없다는 걸 알고 한을 품으면 오뉴월에도 서릿발이 내리고 무슨 짓을 할지 몰라서 무서운 요물이 되는 거 몰라?"

끝으로 민천우는 그렇게 말하고 김빠진 소리로 웃었다.

"나쁜 여자에게 걸려들었다고 한탄하면 뭐해! 지금에 와서 그런 소릴 해도 소용없지."

민천우는 우만식 회장에겐 거의 말할 틈을 주지 않은 채, 자기 하고 싶은 말만 늘어놓더니 바쁜 듯이 전화를 끊었다.

"정말 석기에게도 곤란한 일이겠군."

휴-, 하고 크게 숨을 토해 낸 민천우는 의자에 몸을 내던지듯이 앉았다.

"의원님이 은퇴를 하시면 아드님이 뒤를 잇습니까?"

민천우와 부인이 자식의 정계 진출엔 반대를 하고 있다는 걸 뻔히 알면서 진호는 물었다.

"아들놈에게 물려주고는 싶은데, 집사람이 아들놈의 정계 진출엔 반대라서 말이야. 나 때문에 어지간히 머리를 숙인다고, 무슨 일이 있으면 부인에게까지 비난의 화살이 꽂히니까. 정말이지 선거엔 혐오스런 생각이 드나 봐. 이제 두 번 다시 그런 생각은 하고 싶지 않네. 아들놈도 정치에는 전혀 흥미가 없는 모양이라서 집안에 뒤를 물려 줄 수는 없게 됐네."

"제가 의원님의 마음을 계승하여 정계로 나가고 싶은 생각을 하고 있습니다만..."

진호는 어깨와 가슴을 펴며 말했다.

"호오, 자네가 말인가?"

의외라는 듯한 얼굴로 민천우 의원은 유진호를 봤다.

"선거라는 건 돈도 들고 요즘은 정치가가 되어도 선거에 든 비용을 회수하는데 어려움이 많아. 알고 있나? 자네에겐 재산이 많은 부모도 없잖은가?"

민천우는 그런 의미가 담긴 말을 했다.

"충분히 알고 있습니다. "

진호는 태양당 충북 진천군에서 국회의원 출마 공천까지 얻어냈다. 자기가 비서로 일하던 민천우 의원 당과는 라이벌의 당이었다. 대신 민천우 의원은 돈이 많은 우석기를 자기 당의 추천 후계자로 내보내기로 했다.

이렇게 해서 같은 충북 진천군에서 유진호와 젊은 애송이인 우석기와 라이벌로 싸우지 않으면 안 되었다. 이것은 숙명의 대결인 것이다. 우석기는 아버지의 많은 재산이 뒷받침되고 최연소의 젊음이란 무기로 큰 위협을 주고 있었다.

진호는 자기 자신에게 말했다. 선거엔 한 푼도 들이지 않는다. 그렇게 마음먹자 진호는 상쾌한 기분이 되었다. 그러나 '그런 식으로 이길 수 있냐?' 고 물으면 '이긴다.' 라고는 대답할 수 없었다. 그러나 첫 번째는 져도 좋다. 두 번째는 이기고야 말겠다. 혹시 두 번째도 패할지 모른다. 두 번째 지면 세 번째 도전할 것이다. 내겐 젊음이 있다. 진다해도 다음에 승부할 수 있는 젊음이 있다. 서둘러서 국회의원이 될 필요는 없다. 그렇게 도전을 반복하고 있으면 언젠가는 싹이 나올 것이다. 진호는 느긋하게 생각하기로 했다. 진호는 상쾌한 기분으로 선화가 있는 집으로 돌아왔다.

"돈 얘기가 잘 된 모양이네요."

진호의 밝은 얼굴을 보고 선화는 그렇게 말했다.

"돈을 쓰지 않는 선거를 하기로 결정했어, 선거에서 돈을 쓰지 않을 테니까 애써 돈을 구할 필요도 없게 됐어."

진호는 단호히 말했다.

"선거 때마다 선거 비용을 받았던 유권자들이 그걸 납득할까? 갈수록 영악해져서 유권자들이 전혀 움직여 주지 않을지도 몰라요. "

선화는 걱정스런 듯이 안색이 변했다.

"유권자의 의식부터 개혁해야지. 단기 결정을 하려고 하니까 돈이 드는 거야. 10년 앞, 20년 앞을 내다보면, 돈은 들지 않아. 젊은 우리들에겐 시간이 있으니까."

"첫 번째나 두 번째에서의 당선을 기대하지 않는군요."

"그렇게는 말하지 않았어. 패배를 각오한 선거는 하지 않아. 처음부터 당선을 목표로 필사적으로 할 테야. 하지만, 만일 패했다고 해도 비관을 하거나 포기하지는 않겠다는 거다. "

"난, 뭐하면 되죠?"

"친구나 아는 사람을 통해 한 사람이 5명씩, 친구의 친구의 아는 사람의 아는 사람을 연계적으로 모으게 해줘. 사람이 모이면 난 거기에 얼굴을 내밀고, 모두가 정치에 무엇을 바라는지를 들으면서 나의 선거 공약을 피력하는 좌담회를 열겠어. 5명씩이라도 10회 하면 50십 명, 천 회하면 5천 명의 사람과 대면하게 된다. 그렇게 해서 알게 된 사람에게 또 5명씩 모아 달랜다. 1년 365일 밤낮없이 한다면 730회를 할 수 있으니 조금씩이지만 동지를 획득해 갈 수 있다. 이 좌담회라면 차와 과자 정도만 접대

하면 되니까 돈도 들지 않아.”

“정신이 아찔해지는 이야기네.”

선화는 눈을 감고 한숨을 쉬었다.

“천리 길도 한 걸음부터야.”

“그래요. 당신이 그렇게 결심을 했다면 난 따라갈 뿐이에요. 어디까지 나.”

선화는 그렇게 말하면서 몇 번이나 고개를 끄덕였다.

“이렇게 결정했다면 서울보다는 고향이 더 나을 거야.”

“그래요.”

선화도 서울에 대한 미련은 없는 것 같았다.

불꽃 튀는 전쟁

돈을 들이지 않는 선거를 하려면 하루라도 빨리 고향에 돌아가는 게 좋을 것 같았다. 고향에 계신 부모님께 민천우 의원의 비서를 그만두고 돌아가기로 했다고 전하자, 부모님은 갑자기 힘이 넘쳤다. 아버지는 부모님 댁의 옆에, 작지만 둘이 살 집을 지어 주겠다고 말씀하셨다. 승패 여부도 모르는 선거에 쏟아 부을 돈은 없지만 자식 부부를 맞이할 집을 신축할 돈은 즉시 융통해 내는 게 부모님의 마음이구나 하고 진호는 쓴웃음을 지었다.

"집이 다 지어 질 때까지 서울에서 천천히 뒤처리를 하고 있으면 돼."

아버진 그렇게 말씀해 주셨다.

"너무 느긋하게 있을 수는 없어요."

진호는 아버지께 감사를 드리면서도 그렇게 말했다.

"의원님이 이번 기한을 끝으로 은퇴하신다고 하셔서 저도 시골로 돌아가기로 했습니다."

진호는 민천우에게 그렇게 말했다.

"내 뒤를 잇는 거겠지?"

"아니오. 아버지께서 이제 나이가 연로하니 자신의 뒤를 이어 농사일이나 이어 가 달라고 말씀하시더군요. 그래서 시골에 돌아가서 우선 논을 갈고 밭에 씨를 뿌리는 것부터 시작하려고 합니다."

"아버지의 후계자가 되어 토지의 명의를 자네 것으로 하는 것이구먼. 됐어, 됐어."

민천우는 싱글싱글 웃으면서 수긍을 했다.

"그럼 사표를 써 왔으니까 받아 주시겠습니까?"

진호는 준비해 온 사표를 냈다.

"단단히 준비를 했군. 사표는 내가 정식으로 은퇴 성명을 내고 나서 갖고 올 줄 알았는데."

민천우는 곤란한 얼굴을 했다.

"당연히 남아서 은퇴를 도와 드려야겠지만 유덕만 씨도 있고,"

하면서 진호는 머리를 숙였다.

"유덕만? 뭐, 유덕만이가 있긴 하지만."

민천우 의원은 떫은 얼굴을 했다.

그러더니 이내 양복 안주머니에 손을 넣더니 꽤 두툼한 봉투를 꺼냈다.

"이건 자네의 퇴직금이다. 5백만 원 들어 있어. 금액이 적어 미안하지만 받아 두게나!"

민천우로서는 꽤나 생각해 준 금액이었다.

"감사합니다."

진호는 봉투를 받아 안주머니에 넣었다. 이거면 적어도 5인 좌담회를 50번은 열 수 있다고 생각했다. 그 날 유덕만은 진호가 있는 동안에는 의

원 회관에 얼굴을 보이지 않았으므로 유덕만의 정부인 성희에게,

"오늘 사표를 내어 의원님께서 수리해 주셨습니다. 언젠가 시간을 봐서 신세를 졌던 것에 대해 답례를 드릴 생각입니다."

그렇게 말했다.

"알았어요. 건강하세요."

성희는 후련한 듯한 표정으로 말했다.

다음날부터 진호는 이사 준비를 시작했다. 선화가 맨션을 미라에게 물려주고 싶다고 말하자 진호도 그게 좋겠다고 간단히 찬성했다. 미라는 이삿짐 싸는 걸 도우러 왔지만 몸의 움직임이 둔했다. 정말로 임신된 모양이라고 했다.

"잠깐, 젖을 보여줘 봐. 미라."

"뭐예요. 별안간, 당신 요즘 이상한 거 아녜요?"

진호는 불평을 했지만 미라는 즉시 윗도리를 벗었다. 핑크색이었던 유두가 거뭇해지고 통통하게 부풀어 있었다.

"임신한 유두야. 틀림없어 임신됐어."

진호는 고개를 끄덕였다.

"어제, 나를 안았을 때 석기 씨도 그렇게 말했어요. 임신은 인정하지만 내 아이는 아니라는 거예요. 난 자신을 갖고 '당신의 아이예요. 당신이 임신시킨 거예요'라고 말했어요. 그랬더니 '난처한데, 난처한데' 그러는 거예요."

미라는 유두를 손으로 감싸면서 그렇게 말했다.

"정말로 검어졌네. 내 것은 아직 핑크 빛이야. 봐."

선화도 윗도리를 벗었다. 선화의 유두는 깨끗한 핑크색을 띄고 있었다. 진호는 선화와 미라를 동시에 끌어안았다.

"엉큼하게."

선화는 유쾌한 소리로 진호를 비난했지만, 미라는 "아파요" 하며 불평을 했다.

"석기 군은 태어난 아기를 보고 자신과 똑같아서 놀랄 거야. 아기의 얼굴을 보면 내 아이가 아니라고는 말하지 못할 거다."

진호는 미라를 격려하듯이 말했다.

"태어날 아기가 석기 씨를 닮았으면 좋을 텐데."

선화는 걱정스런 듯이 말했다.

짐 꾸리는 것은 이틀 만에 거의 완료됐다. 이불은 마지막으로 싸기로 하고 진호와 선화는 난잡하게 어질러진 짐 꾸러미 속에다 침구를 깔고 서울에서의 마지막 밤을 맞이했다. 서울에서 보내는 마지막 밤이다.

"오늘은 너를 임신시킬 작정으로 부드럽게 열심히 힘껏 사랑해 주지."

진호는 그렇게 말하며 선화를 원했다.

"서울에서 아이를 갖고 금의환향 하며 고향에 가는 것도 가히 나쁘지 않겠죠."

선화는 짐 꾸러미 속에서도 마냥 좋아하며 진호 품에 안겼다.

시골에 가면, 부모님이 계셔 매사 조심해야 하므로 소리도 내지 못할 거라면서 맘껏 소리를 내어 진호를 기쁘게 했다. 결혼하고 나서는 선화의 잠자리 솜씨가 급속히 늘어났다.

충북 진천군에서 각 당의 국회의원 5인 후보자들의 치열한 선거운동이 시작됐다. 이 대열 속에는 숙명적으로 유진호와 우석기도 끼어 있다. 여기에 가장 주축이 되는 것은 젊은 세대 유진호와 우석기였다. 유진호의 앞길을 막는 강적이 바로 애송이 우석기임을 느꼈고 진호는 어느 샌가 자신이 불리한 입장에 세워져 버린 것을 알자 알게 모르게 함정에 걸린 듯한 기분이 들었다. 늘 긴장하고 정신을 차리지 않으면 어떤 함정에 걸릴지 모르는 게 정치의 세계라고 새삼스럽게 절감했다.

이게 과연 일류 대기업의 엘리트 코스 자리를 박차고 뛰어들 만큼 매력 있는 세계일까? 하고 생각하자 불현듯 인생 항로를 잘못 선택한 기분이 들었다.

"미라는 제 아기를 배었습니다. 미라를 사랑합니다. "

"그래서 그녀와 헤어지지 못하겠단 말이냐?"

우 회장은 탁자를 탁 치며 무서운 눈으로 노기에 찬 채 석기를 삼켜 버릴 듯 쏘아봤다.

석기는 고개를 떨어뜨린 채 대꾸도 못하고 입을 열지 않았다. 입을 열지 않는다는 것은 그녀와 헤어지지 않겠다는 대답이기도 했다.

성질이 불같은 우 회장도 양 주먹만 불끈 쥔 채 폭발하는 자신의 마음을 억제하고 있음을 역력히 읽을 수 있었다. 당돌하게 묵비권을 행사하는 우석기도 만만찮은 자세였기에 아버지인 우 회장은 감정을 바꾸어 타이르듯 입을 열었다.

"석기야, 지금 세상은 황금만능 시대야. 돈이면 무엇이든지 살 수 있어, 명예도 살 수 있고, 사랑도 뭐든지 살 수 있는 게야. 지금 70살이 다된 이 애비가 너를 위해 하는 말이다. 다 너를 위한 거야. 이 애비가 평생 어떻게 해서 오늘에 이르렀는지 알고 있니?"

"아버님의 그 말씀은 지금까지 천 번은 들어 왔을 겁니다. 하지만 사랑이나 명예는 돈으로도 살 수 없는 겁니다. 우리 백화점에서는 다른 물건을 돈으로 받고 팔아도 사랑과 명예 같은 것은 팔지 않고 있지 않습니까. 아무리 황금만능 시대라 하지만 지금은 세상이 달라졌습니다. "

"건방진 놈, 네놈이 감히 이 애비한테 설교하는 거냐?"

우 회장은 다시 버럭 소리치며 화를 냈다.

석기는 무식하고, 고집불통인 아버지와 도저히 대화가 통하지 않자 계속 같이 있다가는 더욱 화만 돋우게 될 것이란 계산을 했다.

"어쨌든 저희 결혼 문제는 좀 더 시간을 두고 결단을 내리는 게 좋겠습니다."

우석기가 자리에서 일어서려고 하자, 우 회장은 거칠게 말했다.

"안 돼, 당장 결판을 짓고 끝내자."

"지금 민의원님을 만나기로 약속이 되어 있어요."

"민의원?"

"예."

"뭣 때문에?"

"공천 문제 때문에요."

"그럼, 만나고 빨리 내게 결과를 알려 줘."

석기는 거북한 가시 방석을 벗어나기 위해 거짓말을 했다.

우 회장은 내년이면 칠순이다. 우만수 회장은 어렸을 때 충청북도 진천군의 고향에서 대대손손 내려온 천한 종의 자손으로 자라 왔다. 일자무식으로 부모님마저 일찍 여의자 머슴 등으로 많은 고생을 했다. 청년기에는 일제 앞잡이로 행세하면서 마을 사람들을 괴롭혀 왔다. 해방이 되면서 결국 마을에서 쫓겨나 서울로 상경했다. 그때부터 밑바닥 인생으로 오직 돈에만 집착하게 되어 개미처럼 돈 버는 것에만 급급하다, 중년에 어느 정도 모은 재산으로 백화점을 경영하게 되었다.

하나의 백화점이 연이어 확장되면서 지금은 7군데의 대형 백화점을 운영하고 있다. 그 외에도 몇 천억 대의 부동산 투기 및 큰 기업체의 고리대금으로 돈을 놓고 있는 얼굴 없는 노른자의 재벌이다.

우 회장에게는 돈만 있으면 사랑도, 명예도 그밖에 모든 것을 살 수 있다는 신념이 지배적이었다.

"그래, 민의원 일은 잘 돼 가고 있소?"

"내 아들놈만 국회의원으로 만들면 내 백화점 하나 뚝 떼어 주겠네."

"호오! 우리 애당초부터 약속한 대로 우선 내게 백화점 하나를 돌려주어야 하는 것 아니겠소."

"내 말을 못 믿겠단 말인가?"

우 회장은 험상궂은 얼굴에 부리부리한 눈을 굴렸다.

깡마르고 선비 타입인 민의원은 움찔하고는 다시 입을 열었다.

"그런 건 아니지만, 어쨌든 간에 약속은 약속대로 지켜야 될 것 아니겠소."

"허허… 이봐, 민의원이 지금의 국회의원이 된 게 누구 때문인가? 애당초부터 내가 밀어준 것 아니겠소."

"하지만 지금까지 많은 비난을 받으면서 그 대가는 다 치르지 않았소."

"그래요? 그리고 보니 내 아들을 국회의원으로 민다는 건, 순전히 백화점을 하나 빼앗으려는 조건부였군."

꼭 그건 아니지만 난 그 동안 국회의원에 재직하면서 오직 우 회장의 하수인 격으로 빚 갚는데 급급했소. 이젠 내 몫까지 내놓으면서 우 회장 아들에게 넘기는 마당에 나도 노후에 먹고 살 것은 있어야 할 것 아니겠소."

"그리고 보니 민의원은 꼭 인간적이 아니고, 이해타산을 계산해서 나와 지내 왔구려. 난 민 의원이 정말 그런 줄 몰랐소."

우 회장과 민의원의 대화는 격해지기 시작했다.

이렇게 살벌하게 대립된 것은 지금이 처음이었다. 그 동안에는 나이는 비슷해도 돈 가진 자와 권력자 사이에서 지금껏 돈 가진 우 회장이 변변히 대항한 적이 없었다.

항상 무슨 일이 생기면 아니 이익이 많이 있다면 민의원에게 많은 돈을 안기며 고양이 앞의 쥐처럼 슬슬 기며 부탁하던 우 회장이 아니었던가? 그러던 우 회장이 막상 정계 은퇴를 몇 개월 남겨 두자 이젠 의기양양하게 민의원을 무시한 것이다. 민의원은 늘그막에 은퇴를 앞두고 또 한 가진 것이 없으니, 풀이 죽을 수밖에 없었다.

"나이가 젊고 돈이라도 많이 있었으면 이렇게 비참하게 당하지 않았을 걸...."

민의원은 자신을 후회했다. 이젠 강자가 약자로 360도 위치가 바뀐 것이다.

그러나 민의원은 학식이 많고 자신의 감정을 자제할 줄 알기 때문에, 우 회장의 무식하고 이기적인 성격을 일단은 더 이상 상대하지 않았다.

민의원은 우 회장의 심장을 찌를 무기를 지니고 있었다. 단, 그 무기를 사용할 때는 둘이 같이 잡고 불 속으로 뛰어들어야 하는 방법이다. 그것은 바로 그 동안 우 회장의 비리를 모두 민의원이 처리해 주었기 때문이다.

사실상 우 회장의 오늘을 구축한 것은 민의원이다. 그가 아니었던들 지금의 재벌이 되지 못했을 것이다. 이제야 우 회장의 지독히 이기적이며, 약한 자에게 강하고 강한 자에게 약한 이중성격에다 자기에게 조금이라도 이익이 있으면 냉정하게 뒤돌아서는 무서운 사람이란 것을 의식했다. 어쨌든 상대의 마음을 완전히 읽었으니 모르는 척하면서 수단과 방법을 가리지 않고 키를 잡아야 되겠다는 생각이 앞섰다.

"이봐요. 우 회장, 우리 이렇게 나가다가는 그 동안의 좋은 우애가 깨지겠소. 어쨌든 우 회장도 알다시피 난 빈털터리요. 그러니 약속한 대로 백화점 하나를 내게 떼어 주시오. 그러면 그 은혜를 잊지 않고 우 회장 아들에게 금배지를 달게 해주리다. 그간 내가 약속 하나 어긴 것 있소?"

"마찬가지요. 난 무식하기 때문에 내 말이 법이요. 난 약속한 것은 꼭 지켜요."

"어허... 벌써 우 회장은 내게 말한 약속을 어기지 않았소. 그러니 내가 어떻게 믿겠소."

"무슨 약속을요?"

"우 회장 아들을 내게 비서로 맡기면서 약속하지 않았소. 내가 은퇴하면서 아들에게 넘기는 순간 백화점을 하나 넘겨주겠단 말말이오."

"난 그런 말 한 적이 없소. 내 아들에게 금배지를 달아 주는 순간 하나 뚝 떼어 주겠다고는 했지만..."

이쯤 되고 보니 어이가 없어 민의원은 할 말을 잊었다. 그렇다고 그때 각서를 받은 것도 아니고 누구 하나 증인도 없으니 말이다.

"그렇게 말하면 할 말이 업 쑤다. 내가 잘못 들었거나, 우 회장이 말을 잘못했거나 둘 중에 하나겠지. 그럼 그날 말한 것은 없었던 걸로 하고 우리 다시 약조합시다. "

"좋 쑤다. 어떻게 할까요?"

"나중에 이러쿵저러쿵 또 말이 엇갈릴 테니 그것을 미연에 방지하기 위해 우 회장 말대로 우선 계약금 조로 3억을 주고 백화점 준다는 것은 아들이 금배지를 단 후에 넘기는 계약서를 씁시다. 그래야 나도 최선을 다해 수단과 방법을 가리지 않고 뒤에서 밀지요."

우 회장은 한참 동안 생각을 한다. 주판을 튕기는 것이다. 아들의 금배지와 백화점 하나와 바꾸다니 이것은 우 회장의 백과사전에서 도저히 찾아볼 수 없는 것이다. 계약서를 쓴다면 꼭 지켜야 한다. 지금까지 무식한 우 회장은 각서 한 번 써 본적 없고, 경찰서 한 번 가본 적이 없었다. 돈만 번다면 야비한 것, 비굴한 짓 모든 것은 다해 왔어도 경찰서 한 번 안 들어간 우 회장이었다. 우 회장이 민의원에게 백화점 하나를 준다는 것은 사실이었다. 그러나 당시 부탁하기 위해 마음에 없는 허세로 가볍게 내뱉은 말이었다. 일이 잘 되면 그저 얼렁뚱땅 돈 몇 푼에 넘어가려고 했던 것이 이렇게 덜미를 잡힐 줄은 몰랐다. 하긴 금배지 그것은 백화점을 하나 운영했을 때부터 갈망했던 것이다. 권력과 돈, 오직 우 회장 눈에는 두 가지밖에 몰랐다. 어렸을 때부터 조상대대로 천한 종으로 성장해 왔기 때문이었다. 그런데 지금은 돈 하나는 소원대로 거머쥐었다. 그리고 권력만 쥐면 여한이 없다.

"어쨌든 그 문제는 며칠 여유를 줌세."

"알았소. 하긴 백화점은 몇 대대손손이 되어도 하나 거머쥘 듯 말듯 한 것이니 당장 승낙하긴 힘들겠지. 하지만, '금배지'도 백화점 하나쯤하고는 못 바꿀 걸세. 내 별명은 늙은 여우라네. 늙은 여우..."

민의원은 의미 있는 말을 던졌다.

"난 어떻게 하죠?"

"뭘 어떻게 해?"

"우린 헤어져야 하는 거냐고요."

그런 미라의 눈에 두 줄기 눈물이 쭉 흘러내린다. 석기는 손으로 눈물을 닦아주며 타이르듯 입을 열었다.

"내가 말하지 않았어. 난 진정 미라를 사랑해. 미라도 날 사랑한다면 내가 시키는 대로 해. 아버지의 고집을 꺾을 수는 없어. 우리는 소낙비를 잠깐 비켰다 가면 되는 거야. 그것도 못 참아?"

계속 아이 달래듯 석기는 미라의 얼굴을 쓰다듬으며 말했다.

"정계 투신, 이건 내가 원하는 것이 아니야. 아버지의 꿈을 내게 이양시킨 것이야. 나의 꿈은 다른 데 있어. 다만, 부모님의 뜻을 거역할 수 없기에 난 꼭두각시 노릇만 할 뿐이야."

미라는 석기의 가슴에 와락 얼굴을 파묻고 엉엉 울기 시작했다.

"그래. 울고 싶을 때는 실컷 울어 버리는 거야. 그러고 나면 마음이 시원할 거야. 나도 울고 싶은 심정이야. 아버지가 너무나 원망스러워. 끝까지 내 주장을 내세웠지만 결국은 아버지의 고집을 꺾지 못했어. 내가 한번 효자 노릇하지. 심청이는 아버지의 눈을 뜨게 하기 위해 목숨까지 바쳤는데... 일단은 1보 후퇴한 것뿐이야. 1보 후퇴 2보 전진이란 것이 있잖아. 싸움에는 힘만 가지고 이길 수 없는 법이야. 작전이 필요한 거라고"

미라는 어깨까지 크게 들썩이면서 울고 있다.

우 회장은 완강히 미라와의 결혼을 반대했다. 대신 결혼의 대상자는 고향에 있는 농업협동조합 중앙회 지점장의 막내딸 박순아를 정해 준 것이다.

박순아는 인물이 빼어나지 않지만 사범대학교를 나와 고향의 중학교 영어 선생으로 지내고 있다. 시골 유지의 딸로 순탄하게 대학을 나왔으며 순박하고 양같이 온순하며 두루 뭉실 알맞게 통통하다. 세련미는 없고 전형적인 시골 고전 여인상이다.

첫째, 며느릿감도 자식과는 상관없이 우 회장이 좋아하는 타입의 여자다. 우 회장이 그녀를 며느릿감으로 택한 가장 중요한 포인트는 석기가 국회의원으로 출마할 경우 장인 될 농협 지점장의 힘이 대단하기 때문이다.

박문호 지점장은 고향 군에서 알아주는 실력 있는 유지로 주위에서 신임하고 있으며 대부분의 농민들은 그를 국회의원보다도 더 높이 떠받들고 있다. 그래서 장인 될 사람의 입만 열면 반 이상은 표를 얻을 것이란 계산이다.

석기는 아버지의 성격을 너무나 잘 알고 있었으며 따라서 항상 아버지의 행동에 하나같이 못마땅하게 생각하며 반항해 왔다.

무식하고 독선적이며, 야비하고 교활하며, 자신밖에 모르는 고집불통. 원래가 석기는 어머니를 닮아 감성적이며 온순하다. 얼굴도 험악하고 범상인 아버지와 달리 귀공자 타입의 매끈한 미남 형이다.

어머니는 아버지 때문에 일찍 운명하셨다. 석기가 고등학교 3학년 때였다. 어머니와 아버지의 나이 차이는 12년이다. 어머니는 대학 교수의 가정에 태어나 남부럽지 않게 명문대를 졸업했다. 대학원까지 졸업한 빼어난 미인으로 남자들한테 큰 인기를 모으고 있었다. 그렇게 인기를 지니고 있다 보니 혼기를 놓치면서 더욱 결혼하기가 어려워졌다. 때를 같이하여 대학 교수인 아버지가 돌아가시면서 어머니가 사업하는 친구의 빚보증을 서 주었던 것이 화근이 되었다. 큰 사업이 속으로 곪고 있음을 모르고 순진하게 보증을 서 주었는데 그 회사가 부도가 나자 하루아침에 알거지로 변모했다.

그때 알게 된 분이 바로 우 회장이었다. 40이 가까워지도록 결혼도 못하고 사업으로서는 기반을 잡은 상태인지라 중간 사람을 시켜 중매를 한 것이다.

그때 석기의 어머니는 외모는 우락부락한 범상이지만 사나이답고 장하겠다, 미국에서 대학도 졸업했겠다, 사업으로 기반도 잡았겠다 해서 감언이설에 넘어가 결혼을 했다고 한다. 결혼 생활을 하다 보니 하나하나 그의 허물이 벗겨졌다.

그러나 어머니는 이왕 이렇게 된 것 팔자려니, 생각하고 아버지에게 공부를 가르치며 새사람을 만들겠다고 노력했으나 헛수고였다.

결혼을 한 지 얼마 안 되어서 아버지는 본성을 버리지 못하고 자격지심에서 어머니를 짓밟기 시작했다. 석기도 어렸을 때부터 아버지에게 손목을 잡힌 채, 태권도, 권투 등 강제로 운동을 시켜 아버지의 억압에 못 이겨 결국은 태권도 유단자까지 되었지만, 어쨌든 부모로서 너무 무식하고 독선적이기 때문에 그 동안 기를 펴지 못하고 자라 온 것만은 사실이었다. 지금까지 자라 오면서 아버지가 그렇게 많은 돈을 가지고 있지만 꼭 필요한 것 외엔 용돈 한 번 제대로 받아 보지 못했다.

석기에게는 친구들이 없다. 재벌의 아들이 너무 짜다, 돈 한 푼 쓰지 않는다고 인심을 잃어, 돌려놓았기 때문에 사실은 겉으로는 재벌의 아들로 화려한 것 같지만 고독한 사나이 중의 사나이였다.

그런 석기에게 미녀인 미라를 안겨 주었으니, 미라에게 푹 빠지지 않을 수가 없었다. 유진호 부부의 작전이 제대로 적중한 것이다. 이 상황에서 미라와의 교제를 끊으라는 아버지의 명령에 석기는 마치 가슴을 도려내는 것 같은 심정이다.

유진호는 야당인 민주국민당의 공천을 받은 상태였고 일찍이 시골에서 선거법에 위반하지 않게 봉사 활동을 개시했다.

요녀 아르바이트 여대생의 화려한 유혹

늦은 밤이다. 유진호는 작업복 차림에 시골에서 쓰는 밀짚모자를 비스 듬히 쓴 채 비틀거리며 마당에 들어섰다. 발자국 소리에 반기며 총알같 이 쫓아온 선화가 중심 잃은 진호를 부추기며 쏘아 붙였다.

"아휴, 술 냄새."

"하하하……… 술 냄새야? 흙냄새야?"

중심을 잃었지만 혀 꼬부라진 소리였다.

"당신 이러다가는 제명에 못살겠어요."

"왜? 얼마나 좋아. 난 내 일생에 제일 행복한데……."

진호는 그동안 그렇게 취하지 않았다가 막상 집에 당도하면서 취기가 올랐고 또 부인 선화에게 취한 척 내숭도 포함되어 있었다.

선화의 부축으로 방에 당도하자 전화벨 소리가 요란했다. 고요한 밤이 라 전화벨 소리는 더욱 컸다.

"아니, 이 밤중에 웬 전화야?"

"내가 받을게요."

"그렇지 않아도 서울 민의원님한테서 몇 번 전화가 왔었어요! "

"민의원?"

이상하다는 듯 고개를 갸우뚱했다.

"예, 지금 막 들어 오셨어요. 그런데, 술이 좀 취하셨는데요."

"예. 바꿔 드리겠습니다."

선화는 수화기를 한쪽 손으로 잡고 한 손으로는 수화기를 막고 물었다.

"민의원님이신데 어떻게 할래요? 전화 받으실 수 있겠어요?"

"아 ˜ 암. 받아야지."

진호는 벌떡 일어나 정신을 가다듬고 목소리를 가다듬은 후 수화기를 잡았다.

"안녕하세요. 의원님 그 동안 별거 없으셨습니까?"

"건강도 좋으시죠. 우선은 건강이 제일입니다."

"예... 예."

"옛?"

선화는 촉각을 세우며 듣고 있지만 전화 목소리가 들릴 리는 만무했다. 그래서 진호의 표정을 뜯어보고 있었다. 진호의 대답과 얼굴 표정의 굴곡이 심했다. 처음엔 평범하다 그쪽에서 무슨 말이 나왔는지, 갑자기 놀라다 이어 기쁨을 감추지 못한 채,

"네! 감사합니다. 감사합니다. 꼭 시간을 지키겠습니다. 그럼 안녕히 주무십시오."

수화기를 놓자마자, 몹시 궁금했는지 선화가 무슨 이야기냐고 다그쳐 물었다.

"아! 의원님이 혹시 망령이 아닌가 싶어."

"그게 무슨 말이에요?"

"아. 글쎄 내일 나더러 서울로 올라오라지 뭐야. 일금 삼천만 원을 준다는 거야,"

"삼천만 원요?"

"으음... 그 동안 내가 비서로 있으면서 제대로 돈도 못 줬고 퇴직금도 한 푼 못줘서 안타까워하다가 마침 우 회장에게 큰 돈을 톡톡히 받은 모양이야. 그래서 선거 자금에 보태 쓰라고 내일 서울로 상경하라고 하시더군."

"어머 그 노랑이 의원님이요? 혹시 쥐약 아니에요?"

"지금 돈 한 푼이 새로운 판국에 쥐약이든, 독약이든 무슨 상관이야."

"송금을 하면 되지. 구태여 올라오라고 해요. 뭔가 미끼를 던지는 것 아니에요?"

"요즘 비자금이다 실명제다 하는데, 송금을 할 수 없잖아. 그래서 직접 상경해서 현금을 수령하라는 거야."

"으음. 그것도 말이 되네요."

"그럼 저도 같이 가면 안 될까요. 오래간만에 바람도 쐴 겸."

"으음. 그것 좋지."

대답을 해 놓은 진호는 순간 실수했음을 알고는 방향을 돌렸다.

"참, 그리고 보니 당신과 같이 가면 안 되겠어. 당신은 집에서 전화 받고 내 대신 일을 처리해야지. 그리고 난 이왕 올라간 김에 몇 군데 들렀다 와야겠어. 우선 내 출마 공탁 문제며 우석기 관계 그리고 그 외 다른 후보자들의 동태도 알아보고..."

"하긴 그렇군요. 둘 다 집을 비우면 안 되겠어요."

민의원은 유진호에게 서울 xx호텔 커피숍으로 오후 3시까지 아르바이트 여대생 미선을 보내기로 했다.

 미선은 진호는 물론 부인인 선화도 잘 알고 있다. 그녀는 진호가 민의원 비서실장으로 있을 때 아르바이트로 기용했던 여대생이었다. 여대생이라 했지만 사생활이 안개 속에 묻혀 성실하지 못한 학생이었다. 그녀는 1미터 70센티의 훤칠한 키에 육감적이고 도발적인 전형적인 육체파였다. 더욱이 나이에 비해 상당히 성숙하며 플레이 걸 기질을 가진 여자다. 남자라면 한번쯤 그녀와 밤을 지내고 싶다는 충동을 가질 만한 여자다. 부리부리한 눈의 미녀는 아니지만 얼굴에서도 강렬하게 섹시함을 보여주고 있다. 성격도 활달하고, 명랑하면서 아무에게 탁탁 달라붙는다.

 그녀는 평소 유진호에게도 몇 차례 유혹의 손길을 보냈지만 진호는 체면 때문에 같은 사무실의 상사로서 거절하면서도 은근히 아쉬워하고는 했었다. 선화와 연애를 할 때 선화는 항상 그녀에게 신경을 곤두세워 왔었다. 가끔 진호에게 그의 마음을 테스트하기 위해 '미선이 진호 씨를 몹시 좋아하고 있다' 고 말을 던지면서 진호의 표정을 뜯어보고는 했다. 그때마다 진호는 그녀에게는 관심이 없다며 일축하고는 그녀에 대해 비난해 왔었다. 하지만 진호는 그럴 때마다 내심은 더욱 관심을 갖기 시작했다.

 그러나 결혼을 하면서부터는 그녀의 생각이 멀어졌다. 하긴 국회의원 출마 준비와 선화와의 결혼으로 그녀를 만날 기회가 없으니 자연히 관심이 없었던 것은 사실이었다.

 그러던 순간 민의원이 현금을 그녀에게 보내겠다니 돈도 돈이지만 그녀를 만난다는 생각에 마음이 부풀어 있었다. 이 사실을 선화가 알면 거머리처럼 달라붙을 것이 뻔했다. 그래서 미선의 이야기는 언급하지 않고 얼버무려 선화를 따돌린 것이다.

유진호는 결혼 후 6개월째 줄곧 시골에서 선거운동 및 공천 작업에 착수했다. 민의원 당 소속인 여당에서 출발하려고 했었지만 민의원이 은퇴와 더불어 재벌인 우 회장 아들 우석기를 후계자로 선정했기에 마음을 돌려 무소속에 입당하여 시골 구역의 당위원장으로 공천이 끝났다.

여기에 가장 큰 라이벌이 우석기였다. 우석기는 가장 어린 나이의 젊음과 돈과 훤칠한 키에 귀공자 타입의 미남 형으로서 가능성이 가장 내포되어 있다. 그런 적과 싸워야 하는 유진호는 다만 특유의 성실과 노력으로 이겨 나가야 하는 힘겨운 조건이다.

그러나 한 가지 희망을 걸고 있는 것은 우석기의 공천 문제다. 나이가 어리고 경험이 없다는 점에서 아직 공천 받을 만한 여건이 부족하기 때문이었다.

한편 유진호가 두려운 것은 우 회장이었다. 우 회장은 무식한데다 큰 재산을 가지고 있기 때문에 자금으로 밀어 붙인다는 우직한 성격이라 만만치는 않았다.

오늘날 황금만능 시대에 돈이면 무엇이든지 살 수 있는 시대가 아닌가? 하지만 다행히도 문민정부가 들어서 과거처럼 돈으로 해결하겠다는 방식은 늦은 감이 있어 마음은 다소 놓고 있지만 10명의 경찰이 한 명의 도둑을 잡기 힘들다고, 마음먹고 부정을 한다면야 가능할 수 있기 때문이다.

우 회장의 경우는 유진호가 너무도 잘 알고 있다. 그 동안 민의원은 말이 국회의원이지 우 회장이 아니었던들 어찌 국회의원이 되었겠는가. 우 회장의 계산은 컴퓨터였다. 그리고 전형적인 노름꾼이었다.

그는 무식하지만 민의원을 국회의원으로 만든 것은 하나의 투기였다. 우 회장은 많은 돈이 있었다. 자수성가해서 한 가지 목적인 재산은 모았지만, 권력이 남아 있었다. 또한 많은 돈을 모으려면 권력도 밑바탕에 깔려 있어야 한다는 것을 알고 있다.

그래서 우 회장은 권력을 갖기 위해 민의원을 앞장세웠고, 막대한 돈을 민의원에게 투자해서 민의원의 권력을 이용하여 그 몇 백 배의 돈을 벌어 왔다.

결국은 민의원은 우 회장의 하수인에 불과했다. 그러한 부정적인 관계의 심부름은 유진호가 했기 때문에 누구보다 둘 사이를 잘 알고 있다. 민의원이 연령 관계로 무력해지자 은퇴와 더불어 나이 어린 아들에게 이양시키기 작전에 들어간 것이다.

어쨌든 민의원이 미선에게 거금을 보낸 다른 목적은 무엇인가 함정일 것이란 예측도 했지만 유진호는 함정이든 무엇이든 따질 단계가 못된다. 유진호에게는 당장 자금에 허기졌던 것이다.

적의 미끼임을 알면서

진호는 서울 시내 복판에서 좀 떨어진 무드 호텔 커피숍에 약속 시간 보다 30분 일찍 도착했다.

혹시 미선이 일찍 와 있지나 않나 하고 주위를 여러 번 훑어보았으나 그녀의 모습은 드러나지 않았다. 손목시계를 한 번 더 보고 자리를 잡았다. 유진호는 시골 일을 모두 잊은 채 홀가분했다. 한마디로 1박 2일의 휴가와 마찬가지였다. 1박 2일 유진호는 모든 걸 잊고 다만 어떤 방법으로 즐겁게 보내고 시골로 귀가 하느냐의 문제만 남았다. 그 문제는 그동안 은연중에 글래머 미선과의 관계를 한 번쯤 갖고 싶었던 생각을 지니고 있었는데, 이 기회가 바로 여러 가지로 좋은 찬스이기도 했다. 찬스를 어떻게 요리를 하느냐의 방법을 생각했다. 유진호는 특히 남다른 플레이보이 기질을 지니고 있었다. 과연 선수들끼리의 만남이 어떻게 될지...

유진호는 그 동안 결혼 이후 줄곧 숨 가쁜 시간 속에 정신적, 육체적인 고달픔의 연속에서 한시도 한눈 팔 시간이 없었다. 그동안 부인과 합세하여 비공식적인 선거운동을 펼쳐 왔기 때문이다.

결혼하면서 유진호는 결혼식, 초상집 등지에는 꼭 참석했다. 그것도 부인과 같이 참석하여 부조금과 얼굴을 비치고 돌아오는 것이 아니라, 시작부터 끝까지 지켜 있으면서 마치 주인처럼 부인은 일손을 거들어 주고, 유진호는 손님들과 같이 술을 마시며 대화를 나눠 왔다.

이 방법은 애써 가가호호를 찾아다니며 '나 찍어 주시오' 하고 속 들여다보이는 일시적인 아부가 아니고, 많은 사람들이 모인 축하객 아니면 초상집 같은 데서의 자연스러운 만남이었다.

그 효과는 대단했다. 국회의원 나올 사람이 너무나 서민적이고 겸손하다는 중론이 삽시간에 인간적으로 끈끈하게 연결되었다. 그런가 하면 아침 일찍 조깅하는 노인들과 어울려 같이 뛰고 보건체조를 하며 많은 사람들이 모이면 건강을 유지하는 운동법 등을 가르쳐 주었다. 학생들이나 젊은이들을 모이게 해서 그들에게 그 동안 유진호가 남모르게 수련해 온 극기 공수 화랑도를 가르쳤다. 극기 공수 화랑도는 우리 고유의 무술인 택견과 유도 그리고 초능력인 내공의 기(氣)를 합친 초능력의 권법이다. 젊은이들의 마음을 사로잡는 것은 무엇보다도 신비스러운 권법이란 것을 포착한 것이다.

스포츠는 우선 육체적인 건강, 정신적인 건강이며, 정의감, 통솔력, 담력, 지배력, 협동심, 단결력 등의 정신을 길러 주기 때문이었다.

일단은 젊은이들에게 호기심을 끌기 위해 그들 앞에서 초능력의 권법의 시범을 보여주자, 소문에 소문이 고리를 물어 많은 수련생들이 줄을 이었다.

낮에는 논, 밭에 찾아가 작업복 차림으로 손수 진흙탕에 들어가 같이 일을 해주고 같이 식사를 하는 동안 많은 주민들과 친숙해졌다.

유진호의 방법은 유사 이래 행하지 않았던 방법이며 따라서 선거비용도 들지 않았다. 이러한 방법으로 하루에 수십 명씩 끈끈한 인연을 맺는 것이 하루하루 기하급수적으로 늘었다. 그렇다고 해서 그들에게 내가 이번 기회에 국회의원을 출마하니, 한 표를 부탁드린다는 말이라든가 선거에 대해서는 일체 입을 열지 않았기 때문에 선거법에도 전혀 저촉이 안 된다.

하지만, 주민들은 모두 유진호가 국회의원에 출마할 것이란 것을 알고 있었다. 유진호는 어느 누구와 경합을 벌려도 자신감과 활기찬 패기가 넘쳤다. 유하면서도 강한 유진호...”

오후 3시가 되자, 정확한 시각에 커피숍 문에 미선이 들어섰다. 미선은 들어서자마자 유진호가 자리 잡은 테이블로 곧장 걸어왔다.

“안녕하세요? 유 의원님.”

“어서 오시오. 미선 양. 그런데 벌써부터 내 뒤통수를 마구 치기요. 그렇지 않아도 주눅 들어 있는 내게.”

“호호호……벌써 소문에 의하면 유 선생님이 무소속에 공천이 돼 있고, 가장 유력한 의원이라고 소문이 파다하던데요.”

“어쨌든 그렇다니 고맙군요.”

“그러고 보니 요즘 미선 양이 상당히 예뻐졌다는 소문이 내 귀에 여러 번 들려오더니, 오래간만에 만나고 보니 더욱 예뻐졌군요.”

“그런 인사치레의 마음에 없는 말은 삼가 해주세요.”

미선도 속으로 기뻐하면서 쑥스러운 듯 그녀 특유의 눈을 흘기며 자리에 앉았다.

그녀는 자리에 앉으며 초미니 스커트에 노출된 허벅지를 애써 손으로 여민다. 그 자태는 오히려 자신의 풍만한 자태를 신경 써 보아 달라는 것을 강조한 것이기도 했다.

"신문에 '유진호, 한 걸음 유력자'라는 기사를 본 후 민천우 의원님은 '이거 큰일 났다. 축하를 해 놔야지' 하고 당황해서 이런 걸 준비하지 뭐예요. 승패 여부가 애매모호 할 땐 모르는 척 해 놓고 이제 와서 그런 속물인 줄은 몰랐어요. 가장 어려운 형편에 처해 있을 때엔 구원의 손길조차 펴려고 하지 않았으면서."

"정치가는 속물이기 때문에 눈치 빠르게 처세하는 법에 통달해야 먹고 살거든."

민천우를 비난하는 박미선을 달래듯이 진호는 말했다.

"유진호 씨도 속물?"

미선은 필요 이상 세상사를 이론적으로 따지고 든다. 미선은 계속해서 진호에게 물고 늘어지려 하였다.

"고마워, 아무튼 받아둘게. 민천우 의원의 선물."

진호는 속물을 증명하듯이 손을 내밀었다.

"돈은 방에 두고 왔어요."

"방에?"

"하룻밤 자고 가기로 하고 수속을 했어요."

"하지만 말이야. 문을 잠갔다고 해도 호텔 방이란 건 아무나 들락거리기 십상이야. 출입이 자유로워."

"어머, 큰일 났네."

박미선은 벌떡 일어서 서둘러 커피숍을 나갔다. 진호는 계산을 하고 뒤쫓았다.

"경솔했어요. 괜찮을까? 무사하지 못하면 곤란한데…"

엘리베이터에서 방으로 올라가면서 미선은 떨고 있었다.

"네 기분 알아. 나도 제일 처음에 의원님으로부터 천만 원이란 금액을 선거구의 후원 회장한테 갖다 주라고 했을 때엔, 그 돈이 부담스러워 호텔 방에 두고 술을 마시러 갔었으니까. 자신과 관계없는 돈을 지키는 게 싫어졌던 거야."

진호는 박미선의 떨리는 어깨를 잡고 말했다. 엘리베이터에서 내리자 미선은 복도에서 방까지 허겁지겁 뛰었다. 떨리는 손으로 열쇠를 구멍에 넣고 문을 열어 방으로 튕기듯 뛰어 들었다.

침대 위에 소형 슈트케이스와 백화점의 쇼핑백이 아무렇게나 팽개쳐져 있었다. 미선은 쇼핑백을 낚아채듯이 들고 안을 조사하더니 두 팔을 번쩍 들고 침대에서 뛰어 내렸다.

"있다!"

기쁜 듯이 외쳤다.

"다행이네."

진호는 웃는 얼굴로 얘길 했다.

"마치, 남의 일 같아. 당신의 돈이 무사히 있는 거예요."

박미선은 진호의 가슴으로 뛰어들었다.

"진호 씨는 뭐든지 남의 일처럼 여유 있게 받아 내는군요. 신문에 대립 후보가 당신 부인의 과거에 대해 이러쿵저러쿵 소문을 퍼뜨리고 다니는데, '진호 측은 나와 상관없다는 태세' 라고 씌어 있는 걸 봤어요. 진호 씨는 흥분하거나 항의도 하지 않는군요."

"난 과거의 일엔 흥미가 전혀 없어서…"

진호는 가슴으로 뛰어든 미선의 몸을 끌어안고 등을 문질렀다.

"흥미가 있는 건 현재와 미래의 일뿐이야."

"진호 씨는 낙천적이면서 적극적이시군요."

미선은 황홀한 듯이 진호를 올려다봤다.

"그렇다고 볼 수 있지. 지금은 이게 나의 현재야."

미선의 등을 쓸고 있던 진호의 손이 아래로 향해 스커트 위로 히프를 문질렀다.

"그리고, 이게 미래."

진호는 자신의 몸을 미선의 치골에 밀착시켰다.

"이건?"

미선은 진호 앞에 쇼핑백 속에서 꺼낸 3천만 원의 지폐 뭉치를 나부끼며 물었다.

"그건, 반과거다. "

진호는 건방진 그녀의 입술에 입술을 갖다 대었다. 도도하게 움직이고 있던 입술은 도망가려고 하지 않았다. 오히려 정면으로 진호의 입술을 받아들였다.

"나도 이 방에서 묵을까?"

진호는 미선을 침대에 눕히고, 스커트의 후크를 열었다.

"스캔들이 될 거예요."

"여긴 선거구가 아냐."

스커트 아래로 손이 미끄러져 들어갔다. 팬티스타킹의 까칠 거리는 감촉이 진호의 양심을 까칠까칠 거슬리게 했다.

"좋아하는 남자는 있어? 처녀를 버려도 후회하지 않겠냐고?"

진호는 작게 솟은 치골을 손바닥으로 쓰다듬는다.

"난, 처녀가 아녜요. 한 번뿐이지만 경험이 있어요. 처녀가 아니면 흥미 없어요?"

미선은 진호의 표정을 살피듯이 치켜뜬 눈으로 바라봤다.

"그래서, 처녀가 아니었죠?"

진호는 미선의 입술에 다시 한 번 입술로 뚜껑을 덮어 말을 막았다. 손이 스커트 아래 팬티스타킹의 고무를 비집고 내부로 들어가려 할 때,

"진호 씨!"

미선은 스커트 위로 진호의 손의 움직임을 막듯이 손으로 눌렀다.

"뭐야?"

"당신의 반과거를 10분의 1정도만 내게 줘요. 어차피 기대하지 않았던 것이잖아요."

박미선은 젖은 눈으로 진호를 바라봤다.

"좋아, 줄게."

진호는 허락을 했다. 지금 진호에게 흥미 있는 건 신선한 미선의 여체였지 돈이 아니다.

"고마워요."

미선은 진호의 행위를 저지했던 손을 치우고 몸에 힘을 뺐다. 무저항이 된 미선을 진호는 정중하게 벌거숭이로 벗겨 갔다.

박미선은 유진호 앞에서 옷을 벗을 작정으로 온 것 같이 하얀색 팬티를 입고 있었다. 갓 입은 것으로 한 번도 빤 적이 없는 감촉이었다. 그 하얀 팬티에 여자의 향기가 배어 있었다.

진호는 선거 싸움에 몰두하느라 뒤틀린 신경을 미선의 부드러운 살결로 진정시키기로 했다. 태평하게 여체에 자신을 매몰시키고 쾌락에 빠져 허우적댈 때가 아니라는 것은 충분히 알고 있다. 그럼에도 불구하고 여대생의 살결을 즐길 마음이 든 것은 민천우 의원의 축하 선물 3천만 원 중 10분의 1인 3백만 원을 미선이 요구하는데 대해 시원스럽게 응하기로 했기 때문이다. 3백만 원어치를 즐기지 않으면 손해라는 기분이 들었던

것이다 그 3백만 원이 원래는 민천우 돈이니까 그걸 미선에게 준다고 해서 진호가 손해 보는 것은 아니다.

그러나 솔직히 말하면 지금, 자신의 앞에 내던져져 있는 어린 은어 같은 살결을 탐닉하지 않으면 손해를 볼 것 같은 기분이 들었다. 미선이란 여자의 향기는 성숙과 미성숙이 미묘하게 뒤섞인 흥미 있는 향기를 풍기고 있었다. 처녀의 체취와는 다른, 친숙해지기 쉬운 향기다.

"정말 넌 처녀는 아닌 것 같군. 처녀의 냄새가 아닌데, 이 냄새는... "

"처녀가 아니라고 했죠? 그게 불만이라면 중지할래요?"

"중지라니, 당치 않아. 흠뻑 마음에 찰 때까지 귀여워 해줄게. 처녀라면 아무래도 흠뻑 귀여워 해주는 건 안 될 거라고 생각해."

"그래요. 처녀를 흠뻑 귀여워 해준다면, 거기가 부어올라 입원을 해야만 할 거예요. 우후후후..."

박미선은 어른스러운 웃음을 흘렸다.

"넌 아직 어린아이라고 생각했었는데, 어느새 어른이 된 거지?"

"의원 회관 같이 손 빠른 남자들이 모여 있는 곳에서 아르바이트를 하면, 금방 여자가 되어 버려요."

미선은 어른이 된 건 자신 때문이 아니고 환경 탓이라고 말할 뿐이었다.

진호는 히프 쪽에서부터 팬티를 벗겼다. 한층 농후한 여자의 냄새와 함께 밤을 지새웠다.

국회의원 선거 날짜가 드디어 다가오기 시작했다.

앞으로 1개월.

금품 세례, 중상모략의 치열한 싸움의 연속. 그러나 진호는 묵묵히 주위의 갖은 모략 속에서도 굴하지 않고 유세에 열을 올리고 있다.

가장 유망주가 유진호이고 보니 더더욱 화살은 유진호에게 겨누어졌고 가장 젊은 우석기의 지지도 만만찮았다.

비록 유진호는 친 동서 지간은 아니지만 이들 둘은 화해를 하고 실력 대 실력으로 정당하게 맞서고 있었다.

"여보. 아무래도 석기 씨가 '금배지'를 포기한 모양이에요."

신문을 보던 선화가 반가운 듯 유진호에게 호들갑을 떨며 신문을 보여 준다.

"아니, 배우가 됐군. 생각 잘했어."

"하긴 나이도 어리고 또 오히려 석기 씨는 미남에다 귀공자 타입에 여자들을 많이 홀릴 타입이라서 제 갈 길을 갔군요."

"그러고 보니 당신도 국회 사무실에 있을 때 그놈한테 반한 것이 사실이었군."

진호는 조금 질투에 찬 어조로 말했다.

"당신은 웬 뚱딴지같은 말을 해요. 아무려면 그 애송이한테 내가 빠져 들어 갈 것 같아요?"

"사랑에는 국경도 없다고 하지 않았어. 더욱이 당신과는 동갑이고 말이야."

"호호호... 그러고 보니 당신 질투까지도 할 줄 아시네요. 하긴 당신을 먼저 알지 않았다면 프로포즈할 때 승낙을 했겠지요."

선화는 말을 내던지고 바로 진호의 얼굴을 훔쳐봤다. 변하지 않을 유진호의 얼굴도 이 말에는 안색이 돌변했고, 자존심 때문에 그 감정을 자제하느라고 애쓰고 있는 모습을 찾아볼 수 있었다.

아직 각 당마다 공천이 시작될 무렵이었다. 우석기에게는 아무리 민천우 의원이 돈으로 밀어도 여러 가지 여건으로 공천이 희박함을 계산했던 유진호였다. 공천이 안 되겠다 싶으니까 대신 배우로 출발한 것이다.

우석기는 조건이 좋았다. 아버지가 수십 편의 영화도 제작할 능력이 있는 데다 휜칠한 키에 미남으로 작품과 능력 있는 감독만 기용한다면 돈도 벌고 스타로서도 대성할 수 있는 가능성을 90프로는 지니고 있기 때문이다.

유진호도 잘 생각했다고 생각했다. 이쯤 되면 유진호의 가장 큰 라이벌로 생각했던 우석기가 발길을 돌렸으니 안도감이 들었다.

우석기의 영화 타이틀은 '금배지'였고, 감독 역시 자타가 공인하는 베테랑 감독이었다.

"어머, 영화 제목도 '금배지'네요."

선화가 신문을 쭉 읽어보며 말했다.

"영화에서 국회의원의 꿈을 실현해 보겠다는 생각인 모양이지 뭐."

"그 대목도 기사 감이군요. 여보. 어쨌든 우리의 힘을 크게 덜어 준 셈이군요."

그 동안 유진호 부부는 군내 유권자들에게 크게 신임을 얻고 있었다.

아직은 이렇다 할 유진호의 오른팔이 될 비서도 없었다. 오직 부인인 선화와 부부가 뿌리 깊게 운동을 해온 것이다. 선거운동을 했다고 해서 내가 내년 국회의원으로 출마할 테니 잘 봐 달라는 운동은 아니었다. 어디까지나 출마할 것이란 말은 입 밖에도 안 냈다. 그저 같은 고향 선후배 그리고 식구처럼 개인적으로 아니 인간적으로 끈끈한 정을 쌓고 있었다. 새벽이면 어린 학생들서부터 청년 노인에게까지 농사일, 가축 기르는 법 등을 가르치며 건강을 위한 갖가지의 운동과 나아가서는 젊은이들, 학생들에게는 "극기 공수 화랑도"의 초인적인 권법을 가르쳐 줌으로써 사부로써 명성이 높았다. 운동은 단결력, 협동심, 정의심, 인내력, 담력을 키워 주며 나아가서는 두뇌 발달에도 큰 힘이 되고 있었다.

어렸을 때부터 유진호는 한국 고유의 종합 무술인 극기 공수 화랑도를 전수 받아 고등학교 때 서울에 유학, 학교 근처에 체육관을 운영하며 많은 제자들을 가르쳤다. 그 운영비로 대학까지 졸업하고 그 후로 직장 생활을 하면서 새롭게 창안하려 연습해 왔던 것을 고향의 젊은이들에게 가르쳤다.

처음에는 하잘 것 없이 생각하다 신비의 초인적 비법의 시범을 보여주자 나날이 사람들이 몰려들기 시작했다. 인간으로서는 도저히 해낼 수 없는 독특한 초인적인 권법은 구역 내 전 학생과 젊은이들이 산재되어 1주에 한 번씩 가르치는 유진호를 기다렸다.

유진호는 우선 권법으로서 우상이 되어 있었고, 농민, 노인들은 건강법의 실제와 이론 그리고 농업, 축산업 등에 대해 계몽함으로써 도민들의 마음을 꽉 잡았다.

그 외에도 실전으로 농사일에, 초상집, 결혼식장에도 얼굴만 비치는데서 끝나지 않고, 손수 일을 거들어 주며 같이 모여 소주잔을 나누면서 정치 문제와 농촌의 개선할 점 등을 토론하여 끈끈한 정을 나눠 왔다.

이러한 소문은 꼬리에 꼬리를 물고 서울에까지 번졌고 TV, 방송, 신문 등지에서도 대서특필되어 강력한 유력자로 무소속 외 다른 경쟁 당에서도 신경을 곤두세웠다.

드디어 5개월 후면 정식 선거가 치러지게 되고 곧 모든 후보자들이 결정되면서 선거운동에 접하게 된다.

유진호의 가장 큰 라이벌이었던 우석기가 정치계에서 고개를 돌리고 영화배우의 인기 직업인으로 발을 들여 놓았기 때문에 유진호는 마음 놓고 '금배지'를 손에 쥔 것과 다를 바 없다.

그렇지만, 방심한 채 마음을 놓을 수 없다. 민천우 의원은 늙은 여우로 컴퓨터 두뇌와 그의 전략은 어느 누구도 따라갈 수 없다.

그런 실력 있는 현역 의원이 돈 많은 우 회장의 아들의 뒷받침이 되고 있다는 것은 언제 어느 때 급습할지 모른다.

유진호는 민의원에 대해 너무나 잘 알고 있다. 정말 만만찮은 실력자다. 3선 의원직을 지켜 온 민 의원이 나이 관계로 자발적인 은퇴를 선언하고 우석기를 앞장세운 것은 우 회장과 큰 이권으로 이뤄진 것은 사실이다.

그렇다면 왜 우석기가 연예계로 방향을 돌렸을까? 하긴 햇병아리인 우석기에게 공천 문제가 큰 걸림돌이 되었을 지도 모른다. 유진호는 안심하면서도 불안감이 더욱 커졌다.

선거운동 전쟁

박미선은 유진호의 전격 선거운동이 시작되자 조건 없이 유진호의 일을 도왔다.

"예. 유진호 선거 사무소입니다. 예, 경찰서라고요?"

박미선이 전화를 받자 유진호 후보가 경찰서란 미선의 반문에 신경을 곤두세웠다. 박미선은 유진호 후보가 자리를 비우고 외출했다며 따돌렸다.

"경찰서인데 불법 선거 운동을 한다고 고발이 들어왔다는데요. "

"불법 선거운동이 라고?"

" 예. "

"자세히 말해 봐요. 언제, 어디서, 어떻게, 누가 불법 선거운동을 했느냐고요?"

"자세히는 말 안 하고 그냥 선거법 위반으로 고발이 들어왔으니 의원님께 직접 출두해 달라고 하던데요."

"알았어요. 또 다른 놈들이, 일을 벌려 놓고 우리한테 씌워 놓은 것이겠지."

유진호는 별것 아닌 것처럼 흘려버렸다. 하긴 지금까지 이러한 일이 한두 건이 아니었다.

며칠 전에는 유진호 유세장에서 두 패거리들이 치고받는 결전을 벌렸다. 유진호가 연설을 하는데 몇 군데 관중석에서 야유를 하자 순식간에 떼로 몰려 야유한 관중들 사이에서 싸움이 일어났던 것이다.

그 바람에 유세하던 유진호는 연설을 중단해야 했다. 한동안 두 패거리의 치고받고 하는 꼴이 형식적임을 알 수 있었다.

마치 태권도나 유도에서 약속 대련(한쪽에서 공격하면 피하고 상대가 공격하면 또 방어하면서 공격하는 익히기를 말함) 하듯이 큰 사고는 없이 가해자들이 도망쳤다.

유진호 후보는 워낙 유권자들에게 그 동안 밑거름을 많이 주어 놓았기 때문에 주먹을 쓰는 당원도 없었다. 따라서 유진호 후보의 작전은 다른 후보들과 판이하게 달랐다.

한 패거리들이 사라지자 곧 경찰차들이 몰려왔다. 유진호는 태연하게 경찰들과 입씨름을 했다.

"싸우다 도망친 패거리들은 나도 모르는 사람들이고 알다시피 내겐 선거 운동하는 당원도 몇 명 안 되오. 그리고 내 당원들은 싸움에 '싸' 자도 모르는 순진한 사람들이오. 싸우던 두 패거리는 아마도 한 패거리로 다른 당 후보의 일원일 겁니다. 나의 유세를 방해하기 위해서 연극을 한 거겠지요."

"우리도 그렇게 생각할 수 있지만 맞은 사람들이 신고했으니 어떻게 처리하죠?"

"그걸 왜 나한테 물어요. 진작 신고해서 협조를 얻어야 할 사람은 바로 나인데 이거야말로 적반하장 격이군요."

"신고한 사람들은 유 후보님의 당원이라고 했습니다. "

"그렇다면 우리 당원은 안 그랬으니, 도망친 패거리들을 잡아 주시오. 이 유진호도 정식으로 고발 의뢰하겠습니다. "

유진호는 이러한 일을 당하고도 담담히 보내왔다.

첫째 유 후보는 경쟁자 다른 후보의 인신공격이나 국회의원이 되면 어떻게 하겠다는 공약도 없었다. 투표의 점수를 따기 위해 임시변통으로 유권자들이 원하는 공략을 할 수 없으며 겸허하게 국회의원의 일꾼으로 뽑아 주신다면 국민과 더불어 실제 체험을 하고 앞장서서 열과 성을 다하여 지역 발전에 힘이 되겠다. 최선을 다하는 머슴이 되겠다.

이러한 내용의 간단한 연설 외에는 다른 경쟁 후보에 대해서는 전혀 언급하지 않았던 것이다. 이러한 점에서 유진호의 인기는 날로 상승했다. 원래가 힘없는 개가 크게 짖어 대지 힘 있는 개는 침묵을 지키고 있는 것처럼 유 후보는 자신감이 있었기에 대체로 조용했다. 말보다 행동으로 보여 주겠다는 캐치프레이즈의 유진호 후보였다.

유진호 후보는 또 그러한 모략이려니 하고 경찰서를 찾아갔다

"어서 오십시오."

유진호가 수사과에 들어서자, 그곳에는 마침 고발한 태양당 우석기 후보의 일원인 40대의 김문호란 사람이 있었다. 그리고 이우춘이란 실업자가 초라하게 앉아 있었다.

이우춘은 유진호가 들어서자 벌떡 일어나 큰절을 하며 반겼다.

"대 사부님 오셨습니까요."

이우춘을 무시한 채 진호는 경찰에게 시선을 돌렸다. 그리고 입을 열었

다.

"일이 어떻게 된 겁니까요?"

"예, 바로 이우춘 씨가 유진호 후보를 부탁한다고 몇몇 노인들한테 5만 원씩을 나눠주는 것을 본 사람들이 김문호 비서에게 고발했습니다. "

"그래요?"

유진호는 고개를 갸우뚱 하더니 이우춘에게 다가서서 조용히 입을 열었다.

"영감님, 어떻게 된 겁니까요? 영감님이 정말 노인들한테 5만원씩을 주셨습니까?"

"예, 실은 일이 이렇게까지 와전될 줄 모르고 그만..."

이우춘은 60세가 가까운 초라한 실업자로 술주정뱅이에 거지라고 보아도 과언이 아니다. 그는 어깨가 축 늘어진 채 풀이 죽어 고개를 들지도 못하고 힘없이 말했다.

"영감님, 괜찮아요. 힘을 내세요. 법에 저촉이 된다면 제가 받을 테니 솔직히 대답이나 해주세요. 그 돈은 어디서 났습니까? 영감님."

"예, 내가 몇 군데서 수금을 했습니다요. 그것도 유 후보님 선거 자금 명목으로 한 것이 아니고 딸년이 병원에 입원했다고 거짓말을 해서 수금했습지요."

"하하! 그러셨군요. 저를 위한 마음에서 애를 쓰셨는데 그러면 큰일 나요."

이우춘. 그는 명석한 두뇌에 학식도 풍부했다. 군 장교 출신으로 월남전에서 다리 한 쪽이 잘리는 부상을 당하면서부터 타락의 길에 접어들어 알코올중독자가 됐다. 평생 알코올중독자로 혼자 떠돌이 생활을 하면서 그날그날을 보내는 하루살이다. 그런 와중에도 정의감은 대단하다. 자기 자신도 가누지 못하면서 주위에서 누가 불의를 당했거나 억울한 일을 당하면 목숨을 걸고 앞장서는 성격이다.

주위에서 이우춘을 보면 누구나 머리를 흔들고 외면한다. 그러나 그 사람은 주위 시선엔 아랑곳없이 자신의 주관에 따라 행동하고 행복을 찾는다. 그 사람이야말로 가장 행복한 사람일지도 모른다. 자신의 모든 것을 비웠다. 호화스러운 집도, 옷도, 욕망도, 목적도 없이 그저 거지 차림에 하루 세 끼의 끼니와 술이면 되는 것이다. 다리병신이 되면서부터 모든 걸 자포자기했다. 흔히 주위에선 폐인이라 일컫는다. 한마디로 자기 목숨까지도 내동댕이쳐 놓았기 때문에 어느 누가 그를 이길 자가 없는 것이다.

그러나 주위에선 그의 정의감과 의리는 인정한다. 경찰서에선 유진호의 진술에 의해 이우춘도 같이 풀려났다. 풀려난 유진호는 이우춘에게 따뜻한 식사와 술을 대접했고, 주머니에서 가지고 있는 돈 20만 원을 그에게 주면서 말했다.

"아저씨 성의는 대단히 고맙습니다. 그러나 상대방에게 금품 거래는 절대 하지 마십시오. 그런 행위는 저를 도와주시는 것이 아니라 절 해치는 결과가 됩니다. 그리고 전 절대 금품 거래로 표를 던지는 건 원하지 않습니다."

"알고 있습니다. 하지만, 요즘 세상에 모두가 선생님 마음 같습니까? 아무리 실력 있고 꼭 우리 군민을 위해 일할 수 있는 일꾼일지라도 돈 없이는 외면을 당합니다. 자요. 이 돈은 거둬 주십시오. 내겐 돈도 필요 없고 만약 이 돈을 내가 받는다면 유 선생은 내게 뇌물 주었다는 명목으로 선거법에 크게 저촉됩니다요. "

이우춘은 손에 쥐었던 돈을 다시 내놓았다.

"이 돈은 그런 돈이 아닙니다. "

"그건 알겠지만 남들이 이해합니까요? 그렇지 않아도 유 선생에 대해서 무슨 꼬투리가 없나 하고 눈독을 들이고 있는데 말입니다. "

"하하! 알겠습니다. 영감님의 그 넓은 뜻을 알고 어쨌든 후로 미루겠습니다. 저에 대해 깊게 생각해 주시는 고마운 마음을 저로서도 깊이 생각하고 있겠습니다. "

"그러실 필요 없습니다. 저는 개인 유진호를 생각하는 게 아닙니다. 우리 구역의 새 일꾼, 우리 군민을 위한 국회의원 유진호를 위하며 바로 군민을 위해 열심히 일을 해 달라는 뜻에서입니다. 내가 왜 개인적으로 유진호 씨를 도와야 할 일이 있습니까요. 나를 위해서 나아가서는 우리들을 위해서 가장 일을 잘할 수 있는 분이 유진호 후보이기 때문에 돕자는 것입니다. "

그의 말은 정당했고 이론도 정연했다.

드디어 간접적인 선거운동의 열기가 시작됐다. 문민정부가 들어서면서 선거법의 규제가 강화됐다. 첫째가 금품 거래는 일체 못하게 되어 있어 가난한 유진호에게 더욱 유리한 조건이 되었다.

그러나 대강은 예측을 했지만 영화 스타로 전향했던 우석기가 경쟁자로 태양당에서 공천을 받고 나타났다. 공천을 받기 직전엔 TV, 방송, 신문, 잡지에 온통 우석기의 선전이 대단했다. 신인 스타로서의 전국에 인기를 높이기 위해 대대적인 PR 작전이었다.

영화 제작한 작품의 '금배지' 에 주인공으로 데뷔한 것이다.

늙은 여우 민천우 의원의 계략인 것이다. 우석기에게 여러 가지로 미흡하여 공천을 못 받게 되니까 인기 스타로 만들면서 그 인기를 주축으로 공천을 따낸 것이다.

우석기 뿐만이 아니다. 지금까지 유사 이래 인기 직업인들이 수십 명 출마했다. 각 당에서는 그들의 실력 이전에 우선 인기척도로 국회의원으로 당선시키겠다는 여세였다. 이 대열의 우석기가 가장 본보기였다.

영화 '금배지' 는 제작을 해서 돈을 벌겠다는 흥행 위주가 아니고 순전히 우석기의 인기를 높이기 위한 선전의 목적인만큼 다른 영화 제작비의 배는 더 투자한 작품이다. 가장 실력 있는 시나리오 작가에 명성 있는 감독과, 여주인공을 최고의 톱스타로 기용하는 등 엄청난 돈을 쏟아 부은 작품으로서 흥행에도 대히트를 하면서 우석기는 하루아침에 일약 스타로 부상했다. 인기 스타로서의 우석기의 열기는 전국에 회오리바람을 일으키고 있었다. 언제나 여유 있고 담담한 유진호도 우석기의 인기 앞에 머리 숙일 수밖에 없었다. 뜻밖에 옆구리로 기습해 온 것이다.

"여보, 이 일을 어쩌죠? 진천 극장에서도 온통 손님들이 줄지어 있고 선전도 대단해요."

"어쩔 수 없지, 최선을 다하는 수밖에…"

유진호는 모든 걸 체념했는지 운명에 맡긴다는 식으로 맥이 풀린 채 말을 던졌다.

선화는 측은해 보이는 진호의 표정을 훔쳐보더니 용기를 주기 위해 입을 열었다.

"하긴 극장에 몰리는 손님들은 대부분 여학생들이에요. 중고등학생들이 주축을 이루고 있으니까 안심은 돼요. 당신은 그 동안 유권자들을 정으로 끈끈하게 밑거름을 주었잖아요? 아무려면 정성 드린 퇴비를 인공비료가 따라 오겠어요."

"퇴비는 뒤끝이 좋지만 임시변통으로 발끈하는 것은 인공 비료가 빠르게 자라지."

우석기가 출연한 영화는 전국적으로 흥행에 절정을 이루고 있었다. 작품도 선거의 열기에 앞서 '금배지' 란 타이틀로 다른 영화제 작비에 비해 몇 배를 들였고, 출연 스타들 또한 우석기 이외에 A급 스타들만을 기용했다. 그들의 밑거름으로 주인공 석기의 인기가 우뚝 솟은 것이다. 좋은 작품에 인기 스타들이 전개되어서인지 촬영이 끝나기 전에 TV, 신문, 방송 등 선전 전략도 대단했다. 이 모든 기획은 영화계의 베테랑 기획자들과 민천우 의원의 전략이었다. 극장 안에서는 우석기를 비롯한 주·조연 남녀 스타들이 총동원 되어서 제각기 입장객들에게 무대 인사 및 사인 공세로 관객이 몰려들어 계속 줄을 이었다.

그 외로 스타들은 교대로 노인정, 양로원, 고아원 등지를 순회하며 위문 공연까지 해주고 있었다. 이들의 엄청난 비용은 모두 우 회장의 주머니에서 지출되고 있었다. 이러한 방법은 모두가 우석기 선거운동의 간접적인 작전인 것이다. 그렇다고 선거 법망을 교묘하게 빠져나갔기 때문에 다른 유권자들의 비난을 받지만 법으로서는 어쩔 수가 없다.

의기양양했던 유진호는 우석기 앞에 크게 기(氣)가 꺾였다. 그 동안은 진천군 내에 유진호에 대한 이야기들로 꽃을 피우던 것이 어느새 우석기의 전성기로 돌변한 것이다.

"은밀히 만나자는 용건은 뭐요?"

"보시다시피 내 아이디어로 계획된 일들이 순풍에 돛단 듯 잘 진행되고 있지 않소."

서울 고급 비밀 요정에서는 우 회장과 민천우 의원이 은밀히 만나고 있었다.

"예정대로 브레이크가 걸렸던 석기의 공천도 90%는 따냈소. 요즘 추세가 인기 연예인들 스카우트 전에 활기를 띠고 있는 덕분이죠. 내가 노린 것은 바로 이것이었소. 어떻소. 단시일 내에 석기의 인기는 하늘 높은 줄 모르게 올라가지 않았소. 남들이 10여 년 이상 쌓아올린 탑을 하루아침에 딛고 올라선 것이죠. 게다가 우 회장이 바라고 바랐던 '금배지'도 손에 쥐게 된 거나 다름없지 않습니까?"

"하긴 그렇긴 하지만."

"하지만… 대답하는 말끝이 좋지 않군요. 뭐 잘못된 거라도 있소?"

"그건 아니지만 어쨌든 내가 많은 돈을 찔러서 그렇게 된 것이 아니요?"

"하하하! 그럼 오늘의 우석기의 위치에 다져 놓은 공이 내가 아니고, 바로 우 회장의 공로란 말이요?"

"하긴 실제 행동은 내가 과감하게 하지 않았소?"

"허허! 그리고 보니 똥 눌 때는 급하고 똥 누고 나면 볼 장 다 봤으니 마음대로 하라는 식이군요."

"그게 아니죠."

"그럼 뭡니까? 우 회장의 말과 그 태도가 내게 몹시 못 마땅한 기색인데… 뭐 다른 불만이라도 있소?"

"하하하! 다른 불만은 그저 이제부터 시작인데 벌써부터 공치사를 하니까 하는 말 아니겠소."

"으음 그래요? 안 되겠군. 일단은 내일 백화점 하나를 나한테 정식으로 넘기고 다음 일을 계속합시다. "

"약속이 틀리지 않습니까?"

"약속은 당신이 먼저 어겼소. 당신을 믿을 수 없소."

"일을 끝내 놓고 약속을 지키는 것이 당연하지 않소?"

두 사람의 의견은 팽팽했다. 서로가 서로를 못 믿는 상태였다.

진호의 진영에서도 착실하게 노력한 결과, 후원회를 결성하려는 움직임이 일어나 급기야 결성 기념의 총궐기대회의 일정이 잡혔다. 진호와 선화는 그 준비에 여념이 없었다.

석기는 인기가 날로 상승함에도 불구하고 진호가 뿌리를 뻗은 지지자들이 한결같이 꿋꿋한 것에 대해 놀라는 모양이었다. 석기의 운동원이 현금을 갖고 진호를 지지하는 사람들에게 표를 사려고 광분한다는 소문이 퍼졌지만 진호는 염려하지 않았다. 돈 때문에 석기에게 넘어갈 표라면 차라리 필요 없다고 생각했던 것이다.

진호의 지지자들은 금품을 갖고 오는 석기의 운동원들을 당당하게 쫓아보냈다. 그러나 석기가 돈으로 해결할 수 없다는걸 알게 되면 석기 진영은 스스로 함정을 팔 것임에 틀림없다. 그래서 진호는 한층 경계를 강하게 했다.

우석기는 그 스타트를 진호의 고향에 있는 후원회를 선택했다.

'먼저 내 고향으로 습격을 해 오다니 건방진 녀석...'

진호는 자신의 소재지에서 열리는 민천우의 은퇴 성명에 얼굴을 내밀어 보기로 했다. 민천우가 눈치를 채고 진호에게 뭔가 한마디 말하게 해 줄지도 모른다고 생각했기 때문이다. 설사 아무 말도 못하게 되더라도 얼굴을 내밀어 두면 석기가 제멋대로는 할 수 없겠지. 민천우의 은퇴 성명이 가까워져 옴에 따라 민천우가 선거구에 들어와서 간부들과 의견을 교환하고 선거구에 있는 동안에 후계자를 발표할지 모른다는 소문이 퍼져갔다. 민천우가 선거구에 있는 동안이라면 석기 백화점의 본점이 있는 xx시에서 은퇴 인사를 할 것이라고 진호는 생각했다. '그때는, 다른 사람을 대신 회장으로 잠입시켜야겠군.'

진호는 그렇게 생각하며 마음속으로 누구를 보낼까 궁리하기 시작했다. 민천우 의원이 은퇴 성명을 발표한 후부터 진호는 현직의 민천우에게 거리감 가질 이유가 없기 때문에 대단히 움직이기가 편했다. 민천우 후원회 간부를 공공연히 빼돌리는 공작을 하는 것도 가능해졌다. 출마를 한다고 해도, 이제 아무도 민천우에게 활을 쏘는 행동이라느니 배신행위라느니 식의 말들은 없었다.

 진호는 매일 몇 개소에서 개최하는 5인 좌담회 수를 증가해 갔으며 거기에 청중 10명, 20명 단위의 미니 연설회를 보태 매일 정력적으로 선거구를 돌아 다녔다. 그러나 종종 미니 좌담회에서는 듣지 못했던 야유도, 연설회 형식의 회장에서는 진호를 향해 던져질 때가 많았다. 그러나 그것은 다른 파의 운동원들이 악의에 찬 야유를 보내는 것이었다. 그만큼 선거 유세에서 뒤지고 있는 다른 파의 초조함이 야유로 돌아온 것이다. 그중에서도 아내인 선화의 과거에 대한 야유가 악의에 물 들은 채 들려와 진호의 가슴에 상처를 입히곤 했다. 회합이 많게 되자, 아무래도 진호 혼자서는 감당할 수 없어 선화도 뛰게 되는 때가 많았다. 악의의 야유는 선화에게도 가차 없이 덤벼들었다.

"옛날 남자가 만나고 싶어 하던데?"

"맛이 좋아서 잊어버릴 수가 없대!"

"어 여, 지렁이 천 마리!"

천박한 야유가 쏟아질 때마다, 청중 사이에 추잡한 웃음이 퍼졌다.

"지난 번 실패한 녀석이 오늘밤에 노팬티로 기다리네."

"내일 밤 9시, 창고의 짚더미 속에서 기다릴게."

"콘돔은 갖고 갈게."

야유는 강간 미수 사건에서부터 시작해 점점 농도가 짙어 갔다. 그 중에는 강간 미수범으로부터 직접 이야기를 들은 듯 실감나게 이야기를 떠벌리는 자도 있었다. 참다못한 진호가 울컥 화가 치밀어 야유에 대한 반박을 할 때도 있었지만 오히려 그건 역효과만을 줄 뿐이었다.

"저는 아내의 과거를 문제로 삼은 적이 단 한 번도 없습니다. 사람이 한 평생 살아가는데 있어서 사소한 과거에 구애받게 되면 좋은 정치를 할 수 없고, 보다 나은 사회를 이룩해 갈 수가 없습니다."

"그것 참 명언일세. 그럼 말 나온 김에 오늘밤 부인 좀 빌려 줄 수 있겠나?"

"아내의 과거를 거들먹거리며 질책할 필요는 없습니다. 난 이미 모든 걸 알고 아내를 사랑하여 결혼한 겁니다. 결혼 전 아내의 애인이었다고 하는 남자가 여기에 나타난다 해도 난 웃는 얼굴로 이야길 할 수가 있습니다. "

"그거야 마누라가 기술이 뛰어 나서겠지. 테크닉이 좋은 여자와 결혼할 수 있었다니 당신은 행복한 자야."

라고 조롱을 하는 자도 있었다. 마침내 진호는,

"정치에 흥미가 없으신 분은 나가 주시길 바라요."

야유를 던진 남자를 향해 단상에서 손가락질 하며 고함을 친 적도 있다.

"밤일을 어떻게 하느냐에 대해선 대단히 흥미가 있지."

그 남자는 끝까지 그렇게 말하고 으쓱거렸지만, 모두가 그를 힐끔힐끔 쳐다보니, 더 이상 배겨 내지 못하고 결국 돌아갔다.

진호가 땅에 기어 다니다시피 저자세로 고통스럽게 표를 모으고 있을 때 민천우 의원의 선거구 후원회에서는 은퇴 인사 행각이 시작됐다.

이제, 선거가 있어도 표를 모으러 뛰어 다니지 않아도 된다는 홀가분함 때문인지 민천우 의원의 은퇴 이후는 순수하게 도시락과 술을 즐기기 위해 예전에 없는 사람이 모였고, 그 열기도 고조되었다.

첫날 진호의 고향에서도 이제까지 생각할 수 없었던 많은 사람들이 참석해 회장인 체육관이 꽉 차 회장 밖에서 도시락을 펴는 무리도 종종 눈에 띄었다. 그 사람들의 모임에 기분이 좋아졌는지, 민천우 의원은 진호의 고향 체육관에서 석기를 단상 위에 올려놓고 "나의 후계자는, 현재 나의 제 1비서를 해주고 있는 이 청년 우석기 군입니다" 라며 후계자 지명을 해 버린 것이다.

회장 안은 분노하여 외치는 소리와 기쁨의 환성으로 아수라장이 되었다. 진호를 지지하기로 결정했던 무리들은 '있을 수 없는 일이다', '이런 음모는 그만 둬 버려' 라고 각기 외치면서 뛰쳐나가려는 자와 그것을 저지하려는 자가 엎치락뒤치락하게 됐다. 뒤엉켜 몸싸움이 벌어지는가 하면, 재떨이가 날아다니고, 부인들은 비명을 지르며 도망치려고 우왕좌왕 하였다.

소란은 경찰 기동대와 패트롤카가 출동하고 나서야 겨우 진정됐다. 모임의 책임자로 석기는 경찰에서 호되게 야단을 맞았다. 그러나 그뿐이고 석기는 아버지의 말 한마디로 금방 석방됐다. 석기의 석방과 동시에 패트롤카가 진호의 집을 에워쌌다.

"묻고 싶은 말이 있으므로 서까지 동행해 주십시오." 라며 패트롤카에서 내린 경관이 외쳤다.

진호는 소란을 선동한 주동자가 아닌가 하고 취조를 받았다. 민천우의 후계자는 석기라고 공표하자 진호가 울분에 차 자리를 박차고 나간 게 소란의 원인이라고 밀고한 자가 몇 명 있었기 때문이다.

"당신이 내 입장이라면 그 발언에 박수 같은 걸 칠 수 있었겠소? 화가 나서 돌아가려고 한 것뿐이오. 특별히 소란을 일으킨다거나, 선동은 하지 않았소."

진호는 그렇게 진술하고 석방됐다. 경찰은 석기를 잡아서 조사했으므로 진호도 조사해야 공정하다고 생각한 모양이다. 쓸데없는 수작으로 시간을 뺏기자 진호는 화가 났다.

그 다음날 석기는 민천우 의원의 후계자 지명을 받아들여 다음 총선거에 입후보한다는 성명을 발표하고 기자회견에서 준비해 둔 정책과 공약을 발표했다. 당연한 거지만 석기는 젊음을 강조하고 더럽혀지지 않은 손으로 청결한 정치를 하고 싶다며 허세를 부렸다. 진호는 석기의 움직임을 내 알 바 아니라는 듯 변함없이 미니 좌담회와 미니 연설회로 유권자 확보에 심혈을 기울였다. 석기가 출마 성명을 내고부터는 더욱 미니 연설회에서 들려오는 야유가 점점 더럽고 천박해져 갔다. 석기 진영으로부터 돈을 받은 무리가 맹수나 잡은 양 방해 공작을 펴고 있다는 것을 알 수 있었다.

"뭐가 젊음이고 청결한 정치야? 석기 녀석이 하고 있는 짓은 금권 정치잖아. 젊음과 청결이 지옥에서 자다가 벌떡 일어나겠네."

진호는 선화 앞에서 그렇게 욕설을 퍼부었지만 그 소리가 석기 귓전에 들릴 리가 없었다. 진호는 연설회에서 퍼부어지는 천박한 야유는 일체 묵살하기로 했다. 그들은 흑색선전에 효과가 없는 걸 알자, 반진호파는 수단과 방법을 가리지 않고 진호에게 출마를 단념시키려 했다.

아침부터 밤까지 반대편과 자기편으로부터 불이 나게 전화가 걸려 왔다. 특히, 전화가 쉴 새 없이 쏟아질 때는 점심 시간대다. 거는 쪽도 이 시간대에는 전화 걸 여유가 생겨서인지 아니면 일부러 골탕을 먹이려는 것인지 진호는 식사를 하려고 테이블에 앉으면 기다렸다는 듯 어김없이 전화가 걸려 오는 것이다. 그 외에도 아침 식사 시간 때나 저녁 식사 시간 때는 특히 전화가 많았다.

처음엔 걸려오는 전화마다 진호가 받았지만 이제부터 식사 시간에 걸려

오는 전화는 식사를 마칠 때 까지 받지 않기로 했다. 그렇게 하지 않으면 제 때 끼니를 챙겨 먹는다는 것은 하늘의 별 따기와 같았기 때문이다.

석기가 민천우의 후계자 지명을 받고 출마 표명을 한 지 한 달이 지났다. 국회가 개회되어도 이렇다 할 수확은 없으면서 전혀 해산의 기미가 보이지 않았다. 이번에도 또 임기 만료까지 해산은 안 되는 건가. 그러한 추세가 강해지자 일찍부터 차기 총선거에 출마 의사를 밝혔던 자들 중에는 벌써 자금이 바닥난 자도 적지 않았다.

그러나 진호의 선거구에서는 현직이나 신인으로서 세상의 이목을 받고 있는 자들은 자금이 떨어져 안달복달하는 사람이 하나도 없었다. 석기 백화점의 후원을 받고 있는 석기와, 돈을 쓰지 않겠다고 결정해 자신이 조달할 수 있는 범위 내에서 운동을 추진하고 있는 진호도, 선거일을 마냥 지연시키는 데는 거의 영향을 받지 않았다.

선화의 첫 남자

 어느 금요일 정오, 진호가 점심 식사를 하고 있을 때 전화벨이 울렸다. 진호는 들은 척도 않은 채 선화가 만들어 준 영양가가 풍부하고 소화가 잘 되는 식사를 하고 있었다. 진호가 전화벨 소리에 무신경해 있자 선화가 전화를 받았다.

 "예, 예" 하고 응대하던 선화가 별안간, "예?" 하고 짧게 외쳤다. 얼굴이 빨갛게 핏빛으로 물들더니, 다음 순간에 새파래지며 굳어졌다. 선거법 위반 경고인가? 진호는 그렇게 생각했다.

 선거엔 규칙이 너무 많다. 그러니까 아무리 돈을 쓰지 않는 깨끗한 선거를 한다고 해도 10~20프로는 알게 모르게 위법할 수밖에 없게 돼 있다. 그렇다고 해서 위반을 해도 좋다고 할 수는 없다. 선거 위반 중에서도 특히 엄하게 처벌되는 것이 매수, 향응 등의 금품 수수를 통한 위반이다. 이러한 위반으로 검거되면 재판의 결과에 따라 벌금이나 실형을 받는 동시에 공민권 정지 등의 엄중한 벌을 받게 된다. 그러니까 선거에 닳고 닳은 무리들은 매수, 향응 등은 가능한 한 증거를 남기지 않도록 교묘하게 손을 써 결코 꼬리를 잡히지 않도록 한다. 그러나 처음으로 선거를 경험하는 초보자는 모든 위반을 피해 가려고 하기 때문에 지쳐 버리는 것이다.

선화는 이제까지 걸려 오는 전화에서 작은 위반을 지적당해 그 일로 신경이 예민해져 있는 때가 많았다. 얼굴이 굳어진 선화를 보며 진호는 또 그런 전화겠지 하고 생각했던 것이다. 그리고는 대충 넘어가 주면 좋으련만 하고 생각했다. 하지만 선화는 최후까지 공손하게 응대하고, 수화기를 놓더니 휴-하고 한숨을 쉬었다.

"누구 전화야?"

진호가 물었다.

"됐어요. 신경 쓰지 마세요."

선화는 화난 듯이 말했다. 또다시 전화벨이 울렸다.

"받지 마. 이렇게 전화가 계속 걸려 와서는 부부가 의논도 할 수 없겠어."

진호는 수화기를 누르고 선화가 전화를 받지 못하도록 저지했다.

"아까 전화 말인데…"

"이제 됐어요. 그보다 나, 읍내에 물건 좀 사러 갔다 올게요. 식료품도 열흘이나 사러 가지 않았고, 사고 싶은 것도 좀 있고… 그리고 당신 1시 반부터 미니 좌담회 있는 거 시간에 늦지 마세요."

선화는 그렇게 말하더니, 바쁜 듯이 뛰쳐나갔다. 또 전화벨이 울리기 시작했다. 그러나 진호는 내버려 둔 채, 받으려고도 하지 않았다. 1시를 지나 진호가 집을 나오려 할 때 낯모르는 남자가 찾아왔다.

"박덕배입니다. "

남자는 명함을 내밀며 그렇게 이름을 대었다. 명함의 직함은 경제 시장 조사 연구소 주임이라고 되어 있었다.

"유진호입니다. 제게 무슨?"

"긴히 드릴 말씀이 있습니다."

남자는 빤히 진호를 봤다.

"사실은 1시 반부터 시민 회관에서 미니 좌담회가 예정되어 있어서, 지금 나가지 않으면 안 될 시간입니다. 할 얘기가 있으시면 사전에 약속을 하고 나서 와 주시겠습니까? 예약으로 필요한 시간을 말씀해 주시면 꼭 시간을 내보겠습니다. 워낙 빡빡한 스케줄이라 이렇게 갑자기 방문을 하시면 대화 나눌 시간이 좀처럼 없습니다."

진호는 죄송한 마음으로 말했다.

"1시 반부터의 좌담회는 중지하시는 게 어떻겠습니까? 지금 제 이야기를 듣는 쪽이 훨씬 현명하다고 생각되는데요. 게다가 전화를 해도 도통 받지를 않고..."

박덕배는 마치 강요하는 듯한 말투였다.

"좌담회는 중지할 수 없소. 1시 반에 좌담회에 참석하는 분들에겐 일부러 부탁을 드려서 모인 거니까. 그걸 일방적으로 취소를 하는 건 실례예요. 이쪽의 신용에도 관계되는 문제고."

"난 당신에게 팔고 싶은 게 있어 흥정하러 왔소."

"흥미 없소. 난 나갈 거니까 돌아가 주지 않겠습니까?"

"그렇게 불친절하게 말씀을 하셔도 괜찮을까? 난 당신 부인의 첫 남자인데..."

박덕배는 낮은 소리로 으름장을 놓았다.

유진호는 '아' 하고 맥이 빠졌다.

"당신, 석기에게 매수당했지?"

진호는 치밀어 오르는 분노를 삼키며 말했다.

"누구에게 매수를 당하든 내 자유다. 안 그래?"

진호는 시계를 봤다.

"시간이 없어. 오늘밤이나 내일 아침, 전화를 해 주시지 않을래요? 이야기 그 때에…"

진호는 박덕배를 밖으로 내보내고, 자신도 밖으로 나와 자물쇠로 문을 잠갔다.

"그럼 실례."

진호는 정원 뜰에 세워 둔 소형 국산차에 올라 시동을 걸고 박덕배에겐 눈길도 주지 않은 채 큰 도로로 달려 나갔다. 진호는 시민회관을 향해 달리면서 '박덕배를 어떻게 해' 하고 궁리를 했다. 박덕배의 태도로 미루어 보아 선화는 우격다짐으로 강간당하다시피 처녀를 빼앗긴 것 같다. 선화의 얼굴색이 변한 전화는 박덕배로부터 온 전화였었군. 아마 지금 간다고 하는 전화였겠지. 그래서 선화는 당황해서 뛰쳐나간 거고…

진호는 그렇게 생각했다. 박덕배가 진호에게 팔 것이 있다고 하면서 왔다. 내게 팔려는 것을 부르는 대로 값을 치러 사주고 죽여 버리는 게 제일인데 하고 생각했다. 그러나 정치가가 되려는 자가 아무리 자신을 괴롭히는 놈이라고 해도 살인을 한다는 것은 자기 인생에 치명적인 오점이 될 것이며 그다지 동정 받을 만한 방법이 못된다고 생각했다. '그럼, 어떻게 한다지…' 진호는 시민회관에 도착하기까지 그 생각에 골몰했지만, 결론이 나지 않았다.

진호는 좌담회가 시작되자 박덕배란 남자의 일을 까맣게 잊고 출석한 유권자와 정치 얘기에 몰두했다. 회장에서 큰 박수를 받고 나와 차에 탔을 때 진호는 다시 박덕배의 일이 생각났다.

집에 돌아오자 선화는 이미 돌아와서 걸려 온 전화에 매달려 있었다. 진호는 선화가 수화기를 놓자 아예 전화 코드를 뽑아 전화벨이 울리지 못하게 했다.

"박덕배가, 왔었어."

대수롭지 않다는 듯 말했다.

"그래요?"

선화는 약간 표정이 어두워졌다.

"석기에게 매수당한 거지 하니까 부정은 하지 않더군. 쓸 만한 남자는 아니야."

"인간쓰레기예요."

선화는 울분을 토하듯 말했다.

"날 어떻게 생각하세요?"

"뭘 어떻게 생각해?"

"바보 같은 여자라고 생각했겠죠? 그런 인간쓰레기한테 걸려들어서…"

"이제 됐어. 끝난 일이야. 잊어버려."

"하지만 그 남자 잊어버릴 만하면 나타나서 결코 잊어버리게 해주지를 않아요. 필시 죽을 때까지 쫓아다니며 괴롭힐 작정인가 봐요."

선화는 울먹이는 소리를 냈다.

"인간쓰레기가 할 만한 짓이네. 울지 마. 난 너를 원망하지 않아."

"그러니까 괴로운 거예요. '너란 여자는 어쩌면 그렇게 바보 같니' 하고 질책 당하면 오히려 이렇게 괴롭지 않을 거예요."

선화는 진호의 가슴에 얼굴을 묻었다.

"박덕배는 팔고 싶은 게 있다고 했어. 무엇을 팔 생각인지 혹시 알아?

어떤 것이라도 부르는 값으로 사 줄 생각이지만."

"그런 것에 순순히 응해주면 더 기고만장해질 거예요. 요구는 단호히 거절하고 저와 이혼해 주세요. 그렇게 하지 않으면 당신의 야망은 달성할 수가 없어요. 인간쓰레기에게 걸려들어 인생을 망친 바보 같은 여자를 아내로 삼고서는 꿈을 절대로 이룰 수 없을 거예요."

선화는 얼굴을 들고 굳게 결심한 듯 단호히 말했다.

"선화, 잘 들어 줘. 의사와 정치가는 공통분모가 있지. 의사는 인간의 육체적인 병을 고쳐 건강한 몸으로 되돌려 줌으로써 인간을 행복하게 해주는 명의야. 정치가는 사회의 병을 고쳐 국민이 더욱더 안락하고 풍족한 생활을 할 수 있도록 나라를 만드는 것이 명정치가야. 이것을 할 수 없는 자는 돌팔이 의사이고 돌팔이 정치가지. 난 인간 하나도 구하지 못하는 돌팔이 정치가가 되고 싶지 않아. 인간을 행복하게 하는 명정치가가 되고 싶어. 그러니까 박덕배 같은 남자에게 협박당했다고 해서 선화와 이혼할 어설픈 남자는 되지 않겠어. 그런 어설픈 인간은 명정치가가 될 수 없으니까. 석기 군도 정치가가 되려고 노력하고 있어. 석기 군은 미라를 행복하게 해줘야 해. 미라를 행복하게 해줄 수 있는 남자라면 그 사람도 훌륭한 정치가가 되겠지. 그 사람도 뜻을 세운 이상에는 훌륭한 정치가로서 대성하길 바래. 그래서 난 노골적으로 그 사람의 다리를 잡아 당겨 끌어내리려 고는 하지 않을 생각이야. 자, 선화 기운을 내. 그리고 힘차게 미래를 향해 함께 걸어가지."

진호는 가슴속에 쌓여 있던 것을 봇물 터뜨리듯 토해 냈다.

"함께 걷는 일 같은 거 도저히 할 수 없어요. 당신이란 사람은 야망이 크고 너무 훌륭한 걸요. 난 그저 순종하며 가겠어요. 그러니까 숨이 차서 걸을 수 없게 될 때에는 손을 끌어 리드해 주세요. 그렇게 하면 어떻게든 따라갈 수 있을 거라고 생각해요."

선화는 밝게 웃는 얼굴을 보이며, 그렇게 말했다.

여비서의 변사체

진호와 석기가 출마하려고 하는 선거구의 정원은 5명으로서 은퇴하는 민천우를 제외한 4명이 재출마를 하고 진호와 석기가 그들을 쫓고 있다는 게 신문기자들의 견해였는데, 석기의 결혼식을 계기로 신구(新舊) 5명이 같은 선상에서 대격전이 벌어지게 됐다고 분석했다. 그러므로 현직 의원 5명 중에 2명이 탈락하고 진호와 석기가 당선될 확률이 높다는 추세로 기울기도 했다.

'희망의 빛이 밝아졌다.!' 5인 공방전 기사가 톱으로 난 신문을 잡았을 때 전화벨이 울렸다. '박덕배가?' 하고 진호는 일어섰다. 박덕배는 방문했던 다음날 다시 진호를 만나러 와서 입을 다문다는 조건으로 천만 원을 요구했다. 선화의 첫 남자였던 걸 아무한테도 말하지 않을 테니까 천만 원을 달라고 했다.

"그런 돈은 없어요. 어디든 가서 떠들어도 좋아요. 오히려 당신의 비열함에 주민들로부터 매장을 당할 뿐일 테니까,"

의논에 동석한 선화는 그렇게 말하고 박덕배의 요구를 딱 거절했다.

"어떻게 하겠습니까? 진호 씨?"

박덕배는 히죽히죽 웃었다.

"돈을 쓰지 않는 선거운동을 하고 있기 때문에 여유 돈은 없습니다. 우리 재무장관도 저렇게 말을 하니, 내놓을 수는 더더욱 없겠습니다. "

진호는 천천히 고개를 흔들었다.

"뭐, 애써 오셨으니까 이 정도는 드리겠습니다. "

진호는 박덕배에게 교통비라는 명목으로 10만 원을 내놓았다.

"놀고 있네. 나중에 울상 짓지 말아요."

박덕배는 봉투를 거들떠보지도 않은 채 씩씩거리며 돌아갔다. 그 이후, 박덕배한테 연락이 없었다. 어딘가의 진영에 빌붙어서 '진호의 아내는 내게 안겨 히히덕거리며 좋아했던 여자다' 라는 루머를 퍼뜨리며 다니게 되겠지 하고 진호는 생각했다.

진호가 박덕배에게 요구하는 돈을 건네주고 그의 입을 막았다 해도 지금까지의 소행으로 미루어 보아 선거 때마다, 같은 걸 요구해 올 것이다. 그러니까 언젠가 밝혀질 것이라면 상대가 밝히려 하고 싶어 할 때 밝히게 하는 것도 하나의 방법이다. 이러한 악성 루머 거리는 한번 밝혀 버리면, 그 후부터는 점차 흥미를 잃어 가기 때문이다.

전화벨은 집요하게 울리고 있다. 박덕배라면 진호 역시 세게 나갈 참이다. 그렇게 생각하고, 진호는 전화를 받았다.

"진호 군인가? 민천우다."

전화에서 노인의 목소리가 들렸다. '어어야' 를 이름 앞에 정관사처럼 붙여 진호를 자존심 상하게 했던 국회의원 민천우와 동일 인물이라고는 생각할 수 없을 정도로 허약한 목소리였다.

"아, 의원님이십니까 안녕하셨어요

진호는 무의식중에 그렇게 말했다.

"그저 그러네. 이번 석기 백화점의 고문 취임이 결정됐네. 나 같은 노인에겐 백화점에 낼 지혜도 감각도 없지만 우만식 회장이 인심 쓰는 셈치고 자리를 마련해 줘서 신세를 지기로 했네."

"그럼, 잘 됐군요. 축하드립니다."

"신문에 의하면 자네가 상당히 유리한 추세인 모양이던데."

"아직 전쟁이 시작되기도 전입니다. 방심할 수 없습니다."

"재출마하는 의원들은 약간 당황하는 기색이던데."

"황송합니다."

전화를 받은 유진호는 그 구렁이 같은 민의원의 속셈을 직감할 수 있었다.

"영감님, 제가 왔습니다. 유진호입니다. "

진천읍에서 소문난 거지 이우춘 영감이 시립 병원 병실에 누워 있었다. 얼굴에서부터 온몸이 피투성이로 엉망진창이 되어 있었다. 이우춘은 우석기의 공식 선거 유세장에서 술에 만취된 채 우석기에 대한 흑색선전을 한 것이다. 우석기는 풋내기로서 세상 물정도 모르며, 영화배우로서 인기인이지 정치인이 될 수 없다는 반박을 해 우석기 당원들 아니 그 패거리의 깡패들에게 무자비하게 매를 맞은 것이다.

그러나 경찰 측에서는 당사자들을 잡지 못했고, 깡패들도 서울에서 거액을 주고 대동했기 때문에 삽시간에 이우춘을 두들겨 패고는 재빨리 도망쳐서 사건을 규명 짓기에 곤란했다.

오히려, 불리한 것은 유진호 쪽이었다. 우석기 당에서는 주정뱅이며 병신에다 정신병자를 돈 몇 푼으로 매수하여, 그를 앞장세워서 우석기의 유세를 방해하려는 수작이라고 돌린 것이다.

이우춘은 진정으로 유진호를 지지하는 충성의 팬이다. 그러나 이우춘의 성의는 고마운 일이지만, 그가 다니면서 유진호 선거운동을 하면 할수록 오히려 유진호 표를 갉아 먹고 있는 것이다. 그렇다고 유진호는 그를 원망할 수도 없고 그가 충성을 다하여 열심히 본인을 위해 운동을 하는데 만류할 수도 없는 일이었다.

유진호의 당에서는 이우춘에게 제발 선거운동을 하지 않는 것이 봐주는 거라고 구슬리면서 만류도 했지만 이우춘에게는 말이 통하지 않았다. 유진호 당에서는 이우춘 영감이 다른 당에서 뇌물을 받고 이러한 방법의 역행을 하라는 임무를 받은 것이 아닌가 하는 의구심을 갖고 경계를 하고 있기는 하지만 그의 행동을 보면 이우춘의 말은 정확한 것이다. 이우춘 영감은 대학교를 수석으로 졸업할 만큼 영리한 머리를 가졌기 때문에 간혹 정신이상이 왔지만 그의 말은 정확했다.

진천군에서 각 당 위원장으로 출마한 후보들은 각양각색이었다. 인기 소설가, 식품 공장 사장, 아니면 인기 배우 등이며 그 중에 정식으로 정치계의 정상 코스에서 정도로 출마한 후보가 바로 유진호다.

유진호는 진실을 앞장세우고 최선을 다하는 농민의 머슴이 되겠다는 캐치프레이즈로 일찍이 지지 기반을 잡아 왔기에 금배지는 십중팔구 따 놓은 거나 다름없다는 자신감을 가졌는데 결정적인 순간에 우석기가 두각을 나타내면서 몹시 긴장 상태에 빠졌다.

우석기는 선거운동에 얼굴을 내비치지 않고, 그의 아버지가 서울의 모든 일을 정리하고 시골에 일개 중대를 인솔하여 전면 선거전에 나선 것이다.

우 회장은 아들을 선전하기 위해 10억 이상의 제작비를 들여 영화를 제작했으나 영화가 대흥행 기록을 세우면서 오히려 30억이나 벌어들여 그의 기상은 더욱 하늘을 찌를 듯했다.

우 회장은 서울에서 일류 스타들과 가수들에게 획기적인 대가를 지불하면서 선거운동에 참여시켰다. 그리고 시골의 어지간한 실력자들도 모두 수단과 방법을 가리지 않고 돈으로 매수했다.

우 회장은 민천우 의원과 같이 우석기가 국회의원이 된다면 서울에 있는 백화점 6개를 팔아서라도 고향인 이곳에다 공업단지를 세워 군 발전에 이바지하겠다는 공약까지 걸었다.

어쨌든 삽시간에 유진호 당원들까지도 대부분 매수되었다. 심지어는 그동안 유진호를 사부로 대하며 공수 화랑도까지 배웠던 수제자들도 그들의 하수인으로 선거운동의 주먹 잡이로 이용되고 말았다.

유진호는 엉망이 된 이우춘 영감의 손을 잡고 치솟는 분을 억제할 수 없었다. 옆에 있던 심복도 하나하나 우석기 쪽으로 넘어 가는 요즘 자기를 위해 끝까지 이렇게 매를 맞아 가면서 앞장선 자체가 눈물 나게 고마운 것이었다.

"영감님 앞으로는 공연히 나서지 마세요. 이만 하기를 천만다행이지요."

"아니오. 난 아무 것도 두려울 게 없소. 다만 우리 고향을 위해서 싸우는 것이지 결코 유진호 후보를 위한 것도 아니요. 난 정당하고 깨끗한 선거 그리고, 우리의 일군은 우리가 잘 분별해서 뽑자는 거요."

"물론, 영감님의 말씀이 지당하십니다."

"지금 우 회장이란 놈이 민천우 늙은 여우와 어떤 계략을 세우고 있는 줄 알고 계시오?"

"예, 대강은 알고 있습니다. 하지만, 정의와 진실이 결국엔 승리한다는 것을 믿고 있습니다. "

"헤헤! 천만의 말씀 아직도 목적을 달성하기 위해서는 돈과 악행으로 수단과 방법을 가리지 않고 돌진하는 것이오. 믿는 도끼에 발등 찍힌다고 당신의 그 마음 가지고는 국회의원은 물론 비서도 못하오. 우 회장은 허수아비인 아들을 세워 놓고 갖은 만행을 다하고 있소. 대부분에게 많은 돈을 먹여 입도 뻥끗 못하게 해 놓고 있소. 이래봬도 난 군에 있을 때 정보장교 출신이오. 이번 일에 대한 비리는 다 알고 있소. "

이때 경찰이 들어왔다.

"수고가 많으십니다. 그렇지 않아도 유 후보님을 뵈려고 사무실에 들렀는데 여기 가셨다기에 왔습니다."

"용건이 뭐요?"

"예, 선거법 위반으로 신고가 들어왔습니다. 잠깐 서에 가셔서 해명만 하시면 될 겁니다."

"무슨 위반인데요?"

"가시면 알 겁니다."

경찰 신고에 의하면 이우춘 영감이 흑색선전을 하여, 우석기 후보 일행에게 테러를 당하자 이어 다시 유진호 후보 당원들에게 보복을 당해 패싸움이 벌어져 우석기 당의 10여 명이 크게 다쳤다는 신고였다.

그러나 이 사건은 민천우 전 의원에 의한 술법이었다. 유진호는 민천우 의원의 술법을 너무 잘 알고 있었다. 과거 이러한 술법을 써서 의원 당선이 됐다. 유진호로 말하면 당시 민천우 전의원의 참모인 비서실장으로 같이 행동을 해오지 않았는가.

하지만 유진호는 과거의 라이벌을 죽이면서까지 자기가 올라가려는 방법은 전혀 쓰지 않았고 또한 간부진들이 갖가지 방법을 건의해도 극구 반대해 왔다.

경찰에 붙잡혀 온 인원은 단 1명이었다. 그는 전부터 유진호의 당원도 아니었고, 다만 시간이 있을 때 유진호의 공수화랑도를 연마한 제자로 일컬어 왔다.

그러나 그가 유진호 후보 일을 거들고 있다고 표면화 됐지만 실제로는 우석기 후보의 선거운동을 실질적으로 돕고 있다는 소문이었다. 나머지 인원은 모두 도망쳤다는 것이다. 그 청년은 유진호가 당도하자 모든 걸 시인하듯이 말했다.

"사부님 잘못했습니다. 이우춘 영감님을 젊은 사람들이 자꾸 때리자 우리가 대들어 말리던 것이 큰 싸움으로 번졌습니다."

이쯤 되니, 유진호는 더 이상 변명할 기력조차 없었다.

"빌어먹을 늙은이의 조작된 수작이야! 그리고 더 이상 네놈에게 말은 안 하겠다. 난 다 알고 있어 난 너 같은 제자도 두지 않았거니와 후에는 네놈이 내 가슴에 무서운 못을 박았다고 크게 후회할 것이다."

유진호는 이 말만 던지고 경찰에 법적으로 처리하라고 했다.

이 사건은 다음날 TV뉴스에 또 신문지상에 대서특필로 기사화 되었다. 민천우 전 의원은 모든 계획을 세워 놓고 중앙 신문, 관할 기자들을 부른 다음 행동에 들어간 것이다.

민천우 전 의원은 자기가 국회의원에 당선되는 것보다 우석기를 국회의원으로 만드는 것이 가장 중요했다.

우석기에게 '금배지'가 안겨지는 순간 민천우에겐 서울의 백화점 하나가 안겨지니 말이다. 평생을 국회의원을 해도 벌지 못하는 수익 계산이다. 그렇기 때문에 양심이나 우애, 의리, 체면 모든 것을 저당 잡힌 채 수단과 방법을 가리지 않고 '금배지'를 만들기 작전에 온갖 만행을 다하고 있는 것이다.

우 회장 쪽에서는 설문조사를 시켰다. 그러나 기대와는 달리 우석기의 지지표가 80%는 차지할 줄 알았는데 유진호의 표가 20%나 더 앞서고 있었다.

선거일은 앞으로 15일 남았다. 민천우와 우 회장은 몹시 당황했다. 엄청난 돈을 투자했는데도 유진호를 앞지르지 못했으니 초조함과 긴장감은 더했다. 우 회장 쪽의 계략과 만행은 더욱 격심했다. 막판 뒤집기에 들어갔다. 늦은 밤이다. 유진호 집에 전화가 걸려 왔다.

"여보세요?"

선화가 피곤하게 잠을 자다 한참 동안 벨이 울리자 착 가라앉은 음성으로 전화를 받았다.

"나, 박덕배요. 지금 잠깐 만났으면 좋겠는데."

선화는 무의식적으로 옆에 잠들어 있는 진호를 둘러보았다. 진호가 잠자고 있음을 확인하고 조심스럽고 낮은 소리로 입을 열었다.

"거기가 어디에요? 알았어요."

떨리는 손으로 수화기를 조심스럽게 놓고 자리에서 슬며시 일어났다. 어두운 방에서 옷을 갈아입으면서 시종일관 진호의 잠자는 모습을 살폈다. 그녀의 행동은 마치 야반도주 같은 행동이었다. 살금살금 방문을 열고 방을 나섰다.

"이 밤중에 남의 유부녀를 불러낸 이유가 뭐예요?"

"몰라서 물어. 당신이 보고 싶어서."

"지금 농담할 때가 아니에요. 정 그러면 경찰에 고발할 거예요."

"고발하려거든 나한테 할 게 아니고 당신 남편이란 작자를 고발해. 당신 남편은 선거운동하고 있는 박미선이란 예쁜 아가씨와 바쁜 와중에도 놀아나고 있다는 사실을 모르고 있어."

선화는 순간 가슴이 무너지는 것 같았다. 하지만 이내 이성을 찾아 박덕배의 모략으로 돌렸다.

"그건 우리 사정이고 나도 그 사실을 알고 있으니 남의 일에 콩 나라 팥 나라 할 필요 없어요. 어서 용건만 말해요."

선화는 이렇게 말하면서도 내심은 남편 유진호에 대한 감정이 북받쳤다. 그렇지만 박덕배 앞에선 이렇게 태연한 척 말할 수밖에 없었다.

"하하! 그리고 보니 국회의원 부인될 분이라 몹시 관대하시군."

박덕배는 빈정거리기 시작했다.

"그 얘기하려고 이 밤중에 날 불러낸 거예요?"

"우리 그러지 말고 옛날 그대로 지내자고. 난 당신이 불행해지는 꼴을 못 봐. 국회의원이 되기 전에 벌써 바람을 피우는데 국회의원이 되면 선화를 헌신짝 버리듯 할 것이 뻔해."

박덕배는 어느새 선화를 끌어안았다.

"이것 놔. 못 놓겠어?"

선화는 박덕배의 가슴에서 벗어나려고 발버둥 쳤지만 역부족이었다.

순간 선화에게 키스를 하자, 혀를 깨무는 선화.

"으아 앗!" 하는데 어느새 시커먼 물체가 공중으로 날아와 박덕배의 얼굴을 발로 후려쳤다. 번개 같은 그림자는 바로 선화의 남편 유진호였다. 둘은 불꽃 튀는 싸움은 말 이전에 행동으로 번졌다. 박덕배도 시골에서 주먹 꽤나 날리던 사내지만 정통파 공수 화랑도의 고수인 유진호에게는 상대가 되지 않을 것은 뻔했다.

순식간에 손 한번 써 보지 못하고 박덕배는 썩은 고목나무 쓰러지듯 내동댕이쳐졌다. 그런데 이것으로 끝나지 않았다. 그 배후에는 5명의 사나이들이 숨어 있었다. 그림자들이 좁혀 오자 유진호의 살기 찬 눈빛이 번뜩였다. 순간, 유진호는 함정이란 것을 알았고, 이 순간을 싸우지 않고 피해야 한다고 생각했다.

하지만, 상황이 급박했으니 앞으로의 문제는 두 번째다. 그중 사나이 하나가 어느새 부인인 선화를 낚아챘다. 이 상황에선 아무리 성인군자라도 가만히 지켜만 볼 수가 없었다.

"으하하 합!"

유진호는 번개처럼 공중으로 포효하자 순식간에 5명이 낙엽 떨어지듯 땅바닥에 쓰러졌다. 영화에서 보는 권법 영화보다 더 빠른 신비의 권법이었다.

유진호는 바로 선화를 데리고 집으로 갔다. 집에 돌아온 지 얼마 안 돼서 경찰차가 집으로 당도했다. 어이가 없는 일이 발생한 것이다. 그들은 모두 얼굴 등이 많이 다쳐 보통 3주~6주가지 진단서를 끊어 고발한 것이다. 유진호는 그들에게 겁을 주기 위해 일부러 얼굴을 발로 밀어 넘어뜨렸을 뿐 그런 상처는 없을 거라고 생각했다.

그런데 그렇게 많은 진단은 필시 고발하기 전에 자해를 했음이 틀림없다고 계산했지만 그것을 증명할 근거가 없어. 꼼짝없이 당해야만 했다. 애당초부터 그들은 맞으려는 철저한 계획이었기 때문이다.

다음날, 매스컴에는 대서특필로 국회의원 후보의 테러 사건이 보도되었다. 그러나 그 기사 내용은 오히려 좋은 기사로 풀이되었다.

정의감에 불타는 젊고 패기 있는 후보가 스포츠맨으로서의 중요성을 일깨웠으며 우선 정치를 하려면 힘이 있어야 정신력도 강하다는 등 좋은 평으로 보도된 것이다.

선거를 3일 앞두고 유진호 후보는 치명적인 공격을 받았다.

유진호의 비서 겸 선거유세에 누구보다 앞장서서 일을 하고 있던 박미선이 자기 숙소인 XX여관방에서 자살 아닌 타살로 밝혀지면서 그 화살이 유진호 후보에게 집중적인 공격으로 퍼부어진 것이다. 가장 결정적으로 유진호의 심장을 찌른 것은 민의원이 보낸 아르바이트 여대생과의 염문설이다. 가뜩이나 우석기의 벼락 인기에 눌리고 있었는데 그와 같은 스캔들은 유진호에게 있어서 치명적인 결정타가 아닐 수 없었다. 삽시간에 이 사건은 전국 방송, 신문 등에 톱기사로 대문짝만하게 실렸다. 유망주 국회의원 유진호 후보의 정부이면서 수하 직원인 박미선의 변사체-자살이냐 타살이냐에 대해 마치 유진호 후보가 타살시켰을 것이란 추측기사가 발표되면서 국회의원 후보의 살인 혐의가 깊게 내포된 내용이었다.

박미선과 유진호 후보는 오래 전 민천우 의원 비서로 있을 때부터 알게된 아르바이트 여대생으로 유 후보가 비서를 그만두고 국회의원에 출마하면서 본격적으로 깊은 관계가 되었고, 마침내는 유 후보의 선거 활동에 온몸을 불살랐다.

그러던 차에 막 결혼을 한 유 후보에게 강력한 제2의 부인 행세로 유 후보를 궁지에 빠뜨리자 유 후보가 끝내는 자살로 위장한 타살을 했을 것이란 추측이었다.

이러한 내용을 뒷받침해 주고 있는 것은 평소 많은 사람들이 선거운동을 하는 동안 유진호 후보와 박미선의 행동을 두드러지게 느꼈고 또한 박미선이 유진호의 일에 부인 못지않게 정열적으로 앞장섰다는 것이다. 뿐만 아니라 유진호와 박미선 단둘이 있을 때 이들의 짙은 키스와 뜨거운 밀어 등을 훔쳐보았다는 소문이 꼬리에 꼬리를 물어 크게 번져 왔다.

그런가 하면 그 소문이 유 후보의 부인인 선화의 귀에도 들렸지만 선화는 선거가 끝나고 보자는 식으로 미뤘다. 이러한 내용에 대해 유진호는 즉각 반격할 소재가 하나도 없는 것이다. 갖가지의 과장되고 조작된 내용이지만 박미선과의 깊은 관계를 가진 것은 사실이기 때문에 변명할 여지가 없는 것이다.

"우리 사나이 대 사나이로서 솔직히 이야기 하시죠."

주 반장은 조심스럽게 이 사건에 대해 유진호 후보에게 물었다.

유진호 후보는 버릇이 된 자신의 얼굴을 양 손바닥으로 아래위로 비벼대고는 무거운 입을 열었다.

"다른 말들은 다 승복을 하겠습니다. 하지만 내가 그녀를 죽였다는 것은 말도 안 됩니다. 적어도 최고 학부까지 나와 일개 국회의원이 되겠다고 큰 포부를 가진 내게 그녀가 가령 갖은 공갈 협박으로 괴롭힌다고 가정해서 그녀를 죽일 수가 있습니까? 솔직히 말해서 그녀가 내게 여러 차례 공갈 협박을 해 온 것은 사실이오. 하지만 그럴 때마다 그녀의 그 행동이 내 마음을 더욱 사로잡았습니다. 반장께서도 남자 아니오? 나 역시도 많은 여자들이 대들어도 마다 않고 좋아할 거요. 그런데다가 그녀는 매력 있고 싱싱한 처녀요. 그런 여자가 나같이 보잘 것 없는 놈에게 죽자살자 대드는데 왜 마다하겠습니까? 그녀는 내게 공갈 협박이라고 해야 고작 아무도 없을 때 욕정의 불을 꺼 달라는 것이었고 간혹 일을 끝내고 집으로 돌아갈 때 내 옷을 몇 차례 붙잡았을 뿐이오. 그 외는 나와 결혼해서 부인을 밀어내고 안방 차지를 하겠다든가 아니면 자기 일생을 책임져야 한다든가 분수에 맞지 않는 많은 돈을 요구하거나 이러한 것들도 전혀 없었소. 반장 말씀대로 순간적으로 살인할 수 있는 동기도 없었고, 또한 순간적으로 살인을 했다면 왜 그런 식으로 죽이겠소. 이것들은 전혀 앞뒤가 맞지 않습니다."

"그것은 유 후보께서 누구보다 영리하니까. 순간적으로 죽이고 나서 자살로 위장한 것이죠?"

구 반장은 그의 말을 신중히 듣다가는 이렇게 공격했다.

유진호 후보는 여유 있는 웃음을 지으며 말했다.

"역시 구 반장님은 명수사관이시군요."

이때 구 반장의 눈이 번득였다. 역시 그의 심장은 후배에게 승복했구나 생각했다.

"그렇다면 유 후보가 범인?"

"천만에요. 구 반장의 수사력이 날카로운 칼날 같다는 이야기며 그 말에는 내가 공격할 말이 없다는 이야기요. 그쯤 나온다면 난 살인을 안했으니까. 내가 살인자라면 정확한 증거를 가지고 법대로 하라는 대답입니다."

"하긴 인간적으로 제가 평가 할 때 유 후보가 사소 한 일에 자기 목숨까지 버릴 분이 아니란 것은 알고 있지만 직업이 직업인만큼 제일 먼저 수사 대상으로 꼽을 수밖에 없지요. 어쨌든 분투하겠소. 도둑놈보다 물건을 잃어버린 놈이 더 죄가 크다고 직업이 수사관이다 보니 이렇게 확실한 증거도 없이 이리 집적 저리 집적해서 공연한 인심을 잃고 있죠."

구 반장의 말 속에는 가시가 있었다. 유진호는 그렇게 받아들였다. 한 마디로 증거를 찾아 재도전하겠다는 저의의 말이었고 그의 빛나는 눈빛에서도 찾아 볼 수 있었다.

"본인도 구 반장의 심정을 충분히 이해하고 당연하다는 걸 알고 있습니다. 하지만 열길 물속은 알아도 사람 마음속 깊이는 알 수 없다고 구 반장님인들 내 마음 속을 어떻게 알겠소? 어쨌든 그 범인을 잡는 것은 구 반장의 소관이며 나도 빨리 범인을 찾아야만 날개를 달 수 있을 것이오."

"이번 일이 유 후보께 지장이 많겠습니다. 정말 안 됐습니다."

"지장 정도의 문제가 아닙니다. 양쪽 날개가 완전히 꺾였습니다. 어쨌든 이건 내 운명이고 다 같이 범인 잡기에 분발해야 할 것입니다. 저도 적극 협조 하겠습니다."

최연소 20대 국회의원

 우석기, 드디어 '금배지'를 달게 됐다. 우석기는 꿈인가 하여 정신이 몽롱했다. 전국 TV · 방송 · 신문 등 매스컴에 우석기의 기사가 대문짝만하게 보도됐다. 당선된 국회의원 중 가장 나이가 젊다는 것이 이슈였고 국회의원 이전에 혜성처럼 나타난 청춘스타란 점도 화제의 대상이 되었다. 애당초부터 우석기는 아버지의 적극적인 후원으로 피동적으로 출마는 했지만 이렇게 당당하게 당선되리라곤 예상치도 않았었다. 또한 우석기는 인기 스타로서만 만족했지 국회의원이란 너무나 무거운 짐이라 아예 생각지도 않았었다.

 그러나 막상 당선이 되고 보니 무거운 짐을 진 채 태산 같은 앞을 올라가기로 결심했다. 누구보다도 감사해야 할 사람은 극성맞은 아버지였고 결정적으로 이끈 것은 민천우 전 의원이었다. 그저 피동적으로 남의 일처럼 건성으로 얼굴만 성의 없이 내밀던 우석기였지만 그동안 아버지와 민천우 전 의원이 얼마만큼 극성을 부린 사실도 알고 있다. 양심이 있는 우석기에게 내심 죄스러운 가책이 본인의 심장을 짓누르고 있는 것도 사실이다. 그래서인지 열광적인 주위 사람들 앞에서 제대로 어깨를 펴지 못하고 얼굴도 들 수 없었다.

그동안 아버지와 민천우 의원이 수단과 방법을 가리지 않고 라이벌 후보자들에게 얼마나 못할 짓을 해 왔는가? 우석기에게 금배지를 달게 하기 위해 구두쇠 아버지가 백화점 하나를 투자한 것이다.

민천우 전 의원의 컴퓨터 같은 두뇌로 금품 모략 깡패 동원을 일삼아 왔고 따라서 금배지는 힘과 돈으로 매수한 것이나 다름없었다.

이러한 비리는 우석기 자신도 잘 알고 있었다. 우석기는 자신이 생각해도 국회의원은 물론 비서 자리도 지키지 못할 실력임을 안다.

우석기는 우직하고 무식한 황소 같은 아버지와는 성격이 판이하게 달랐다. 어디까지나 감성적이고 조용한 성격의 소유자다. 그런 그가 국회의원이 되자 그에게는 너무나 벅찬 무거운
짐이 되고 말았다.

우석기의 아버지, 우 회장은 끝내 목적을 달성했다. 한 번 마음먹으면 해내고 마는 우 회장. 그의 과거는 파란만장했다. 일찍이 남의 집 머슴을 했으며 일제하에 고개를 들기 시작하니 오직 많은 돈을 벌어야겠다는 꿈뿐이었다.

그 동안 우 회장은 돈을 버는 일이라면 무슨 짓이라도 다 해 왔다. 하나 둘 차근차근 낙엽처럼 돈이 쌓이는 재미로 살아온 그는 마침내 서울의 백화점을 6개나 경영하는 큰 부자가 됐다. 백 원을 투자하면 이백 원을 얻어야만 직성이 풀리는 우 회장. 그가 하나 있는 아들 우석기에게 백화점 하나를 투자하여 금배지를 산 것도 큰 속셈이 있었던 것이다.

아들이 국회의원이 되면 명예도 얻고 아들의 권력으로 배의 이익금을

챙기겠다는 계산이었다. 이러한 속셈은 우석기도 너무나 잘 알고 있다. 민천우 전 의원과의 예를 보아도 그 사실은 거울 보듯 알 수 있다.

그동안 돈 한 푼 없는 민천우 의원을 국회의원으로 당선시킨 장본인이 우 회장이었다. 우 회장은 민의원을 국회의원이 될 수 있도록 자금을 밀어 스폰서가 되었고 국회의원으로 있으면서 그 권력을 이용하여 투자한 배 이상의 자금을 벌어 왔다.

그쯤 되고 보니 둘 사이는 서로가 공존하는 동업자이기도 했다. 민의원이 나이를 먹고 가능성이 없자 아예 그 권력까지 사들인 것이다.

언제나 야비한 우 회장은 일단 아들이 국회의원에 피선되는 순간부터 360도로 달라졌다. 마치 자기가 국회의원이나 된 것처럼 국회의원 행세와 권력을 휘두르기 시작했다.

"이봐 민 선생, 그동안 당신은 내게서 1억 원이란 금액을 넘게 가져갔어. 그것으로 우리의 계산은 없는 것으로 합세."

"뭐라고? 그럼 내게 백화점 하나 주겠다는 약속은 없는 것으로 하자는 말인가?"

"그동안 난 민 선생께 백화점 하나 이상이 들어갔네."

"대신 그 배 이상은 챙겨 주지 않았소."

"그건 내 힘이었소. 나 아니었으면 당신은 국회의원도 해보지 못했지 않소?"

"내 우 회장의 심보를 알고 있으면서 설마 했었는데 역시 나 당했군."

"당하다니 무슨 섭섭한 소리를 하나. 난 아들에게 백화점 하나를 투자했네. 언제 그것을 뽑느냐가 고민이오. 정 억울하면 내 아들 녀석이 국회의원 하는 동안 그 권력을 이용해서 챙기시구려."

"더 이상 당신하고는 대화할 가치가 없겠군. 아직 나는 칼자루를 놓지 않았네."

민천우 의원은 결국 뒤통수를 크게 맞았다. 이럴 줄 알고 선거 전에 백화점을 인수하려고 했었다. 그런데 굳이 '국회의원이 된 후에 해주겠다. 만약 선거에서 낙방될 경우를 생각해서' 라고 하자 그 말도 일리가 있기에 모든 위험을 무릅쓰고 자기 일처럼 수단과 방법을 가리지 않고 국회의원에 당선시킨 것이 아닌가.

하지만 민의원은 서로가 나눈 계약서가 있고 또한 자신이 입만 뻥긋하면 우석기의 '금배지'를 반환해야 하는 것은 시간 문제였다.

무식한 우 회장도 만만찮은 카드를 쥐고 있다. 만약 계약서를 가지고 법적 소송을 한다면 마치 노름꾼들이 법을 위반한 채 노름빚을 내놓으라는 식이다. 그동안 선거운동을 하면서 금품 수수 및 모략ㆍ비리 등 온갖 나쁜 짓이 민의원의 손에서 행해졌기 때문에 큰 법망에서 본인이 벗어나지 못한다는 계산인 것이다.

분에 못이긴 민천우 전 의원은 더 이상 그 자리에 앉아 있을 수가 없었다. 심정 같아서는 당장이라도 우 회장의 목을 조이고 싶은 충동이 일어났기 때문에 자신의 감정을 억제하기 위해 벌떡 자리에서 일어났다.

"에잇! 빌어먹을... 내 폭탄을 등에 업고 불 속으로 뛰어들자. 이런 놈은 내가 희생을 해서라도 패가망신을 해야 정신을 차릴게야."

너무나 흥분한 민천우 전 의원은 몹시 흥분한 채 단숨에 선거법 고발 센터에 당도했다. 흥분된 감정을 억제하고 이성을 찾은 후 안에 들어서자 막상 입이 열리지 않았다. 역시 흥분은 금물이다. 과연 내가 모든 것을 털어놓으면 우석기를 죽이는 것은 당연하지만 자신 역시 그와 동일한 처벌을 받게 될 것이다. 그렇다면 손해는 마찬가지다 아마도 젊은 나이 같으면 이것저것 생각하지 않고 그 자리에서 우 회장의 목을 단숨에 조였을 것이다. 하지만 70이 가까운 나이의 민의원은 나이 탓인지 불같은 성격이지만 차분히 계산을 하게 됐다.

"아니다. 좀 더 신중을 기하자 아직 경솔하게 서두를 필요가 없다. 마지막 카드는 유효기간이 많이 있으니까."

우석기 의원의 당선 구역인 진천군에서는 하나같이 수군대기 시작했다.

"아니, 자기 아들이 당선만 되면 백화점을 몇 개 팔아서라도 지역 발전에 모두 바치겠다더니 투표가 끝나 당선이 되자 아들이고 아버지고 간에 코빼기도 하나 보이지 않아?"

"아, 그 사람 심보를 진작 몰랐나. 그 작자는 옛날에 머슴살이 하다가 왜놈 앞잡이 하면서 많은 사람을 괴롭힌 작자인데 그런 놈이 고향에서 쫓겨 서울로 도망쳐 돈벌었다고 한동안 고향 사람들에게 얼마나 으스댔는데... 아! 우리 딸년 서울에서 고등학교를 졸업하고 그 자 백화점 점원으로 시험을 치렀는데 고향이 진천이란 이력서를 보

"난 진천이라면 이가 갈린다. 고향에서 쫓겨 나온 사람이기 때문에 진천 사람이라면 이가 갈린다.' 고 입버릇처럼 말했지 않았는가."

"그런 것을 알고 왜 그 놈의 아들을 국회의원으로 당선시켰나?"

고 퇴짜 놓은 작자가 바로 우만식이었다우.""난 그 자에게 도장 안 찍었네."

막상 우석기가 당선되자 우 회장의 마음은 돌변한 것이다. 그리고 그 후로는 돈 한 푼 쓰지 않았다. 다만, 그 동안 선거비용으로 쓴 자금을 어떻게 되찾느냐 에만 고심하는 우 회장이었다. 심지어는 당선사례 잔치는커녕 당선사례 벽보 인쇄비도 아까워 일일이 직원들을 시켜 붓으로 써서 붙였다. 아들에게도 국회의원이 되기까지 민천우 전 의원에게 하듯이 자기의 욕심만 채운 것이다. 이런 속셈이 굳어 있는 우 회장에게 민의원이

백화점 하나를 보상받는다는 것은 꿈에도 생각지 말아야 했다.

하지만 민의원도 보통 사람이 아니다. 선거가 끝난 다음날부터 다른 국회의원들의 금품 수수 비리들이 하나 둘씩 터지면서 도둑이 제 발 저린다고 우 회장에게도 가슴을 조이게 만들었다. 무식하지만 계산에는 빠른 우 회장. 강한 자에게는 약하고 약한 자에게는 아주 강한 성격의 소유자였다.

"나와는 모든 계산이 끝난 걸로 알고 있는데 왜 날 만나자는 거요."

우 회장은 민천우 전 의원을 급히 만나자고 했다.

"내가 농협 지사장에게 500만 원을 진행비에 쓰라고 준 것이 터졌소. 이 일을 어쩜 좋소?"

"그걸 왜 나한테 묻소? 이젠 당신 아들이 국회의원인데 그 권력을 이용해야죠."

자기가 아쉬우니까 벌써 상대방에게 대하는 태도부터가 달라졌다.

달면 먹고 쓰면 뱉는 우 회장, 자기 아들이 국회의원에 당선되자 그동안 '민의원님' 10여 년을 부르다 하루 사이에 '민 선생' 하고 마치 수하 직원 부르듯 그 자세를 취했던 그가 아쉬우니까 당장 민 선생이 민의원님으로 존칭부터가 달라지며 며칠 전과는 정반대로 아부를 했다. 그의 속셈을 일찍부터 알고 있는 구렁이 민의원은 능글맞고 태연하게 입을 열었다.

"빨리 손을 써야죠. 공연히 호미로 막을 거 가래로 막지 말고 말이오."

"아니 민의원님, 마치 남의 일처럼 말하십니까? 이건 민의원님도 책임이 있지 않습니까?"

"허허 나와의 계산은 며칠 전에 끝나지 않았소. 그러니 나와 상관없는 일이죠."

"아 의원님, 끝가지 돌봐 주셔야죠. 우리 아들은 순전히 의원님이 후계자로 국회의원을 만들지 않았습니까요. 무식하고 미련한 제가 어떻게 합니까. 더욱이 아들 녀석도 뭘 압니까요. 아직 서른도 못 되었고 민의원님의 꼭두각시 아닙니까?"

우 회장은 민의원의 손을 양손으로 꼭 잡고 애원했다. 하지만 그의 손이 닿는 순간 마치 구렁이가 감는 듯한 느낌으로 섬뜩 자신도 모르게 머리카락이 솟았다. 정말 인간 이하의 철면피다. 우 회장이 인간이라면 감히 이러한 부탁을 하지 못할 것이다.

며칠 전 자기 아들이 국회의원에 당선되자 그 이전에 백화점 하나 주겠다는 약속을 어기고도 다시 부탁을 하다니 가증하기까지 했다. 하지만 우 회장에게는 어떠한 약속도 타협도 않겠다고 굳게 맹세했던 민천우 의원이 아니었는가! 이젠 그와 더 이상 이야기를 해봐야 당할 것이 뻔해 그와 만나는 것이 시간 낭비란 것을 계산했다.

"나, 지난 것 가지고 당신과 말할 시간도 없고 상대조차 하기 싫으니 전화 끊읍시다."

민의원은 상대방이 말도 끝나기 전에 일반적으로 자기 말만 하고 수화기를 놓았다. 그러자 우 회장은 삽시간에 집으로 찾아왔다.

"우리 사이 이젠 인연을 끊고 서로가 모르는 사람으로 했지 않소. 그러니 어서 돌아가시오."

우 회장은 민의원 앞에 무릎을 꿇고 양손을 합장하여 빌면서 애원한다.

"내 그 동안 민의원님께 죽을죄를 지었으니 용서하시고 제발 살려주십시오."

심정 같아서는 발로 얼굴을 차서 날려 버리고 싶었으나 민의원은 그래도 최고학부인 대학까지 나왔고 10여 년 국회의원을 지내 온 지성인이기에 순간적인 자신의 감정을 억제할 줄 알았다.

"우 회장 일어나시오. 이젠 당신 아들도 '금배지' 달기는 틀렸소. 게다가 다른 것까지 터지면 그 동안 백화점 하나 날아간 것이 문제가 아니라 당신이나 당신 아들까지도 형무소 생활을 면치 못하오. 그러니 이러는 시간이면 어서 나가서 불을 끄시오. 내게 아무리 애원해 보았자 시간 낭비이고 이젠 나도 힘이 없소이다."

민의원은 은근히 그에게 겁을 주며 보기 좋게 발뺌을 했다.

"민의원님 어떻게 합니까요. 이 미련한 인간을 용서해 주시고 제발 도와주십시오. 민의원이면 해결할 수 있습니다. 아무 것도 모르는 아들을 국회의원까지 만든 위대하신 분 아니 십니까요. 제가 그 공을 잊지 않겠습니다요."

"하하하, 그래요? 공을 잊지 않겠다고요? 원수로 말입니까?"

민의원은 어이가 없어 웃음만 나을 뿐이었다.

"여기 1억 원 가지고 왔습니다요. 이것 가지고 어서 불을 꺼 주시고 불을 끈 후에는 더 큰 보답을 하겠습니다요."

"이봐요. 우 회장 돈으로도 해결할 수 없는 것이 있소. 물론 당신 백화점에서는 돈으로 모든 걸 살 수 있지만 돈 가지고도 사는 게 있고 못사는 게 있소. 바로 당신의 신뢰감이오. 당신의 아들은 요행히 돈 가지고 국회의원이란 명예를 샀지만 엎질러진 물은 다시 주어 담을 수 없지 않습니까요."

"하지만 의원님은 할 수 있습니다. 돈 주고 명예를 산 것도 민의원님의 실력이지 않습니까요. 내 이번에는 이 일이 성사되면 저 명동에 있는 XX 백화점을 하나 뚝 떼어 주겠습니다."

"난 한 번 속지 두 번 속는 바보가 아니오. 공연히 내가 화내기 전에 어서 돌아가시오. 이젠 당신 아들은 국회의원 자리에 앉아 보지도 못하고 형무소 생활을 면치 못할 거요. 당신도 그리고 나도 당신들과 공모했으니 예외일 수는 없지요. 하지만 모든 돈 지불은 당신 손으로 당신이 직접 주었으니까 난 형무소까지는 가지 않소."

민의원은 당장 백화점을 자기 앞으로 명의를 돌려주면 해결해 주겠다고 내뱉고 싶었지만 조금 시간을 끌면 자기 입에서 나올 것이 뻔하다 싶어 은근히 또 겁을 주었다.

"내가 입을 열면 당신 백화점은 완전히 공중으로 분해되고 아마도 당신과 아들까지 형무소에서 죽는 날짜를 맞이할 거요."

이 말을 들은 우 회장은 멍하니 말을 못하더니 민의원 바지 가랑이를 붙들고 애원한다.

"의원님, 내 애당초 약속대로 당장이라도 백화점 하나를 달라는 대로 해줄 테니 어떻게 해서든지 손을 써 주십시오. 의원님..."

그러나 민의원은 고개만 흔들었다. 더욱 미친 듯 애원하는 우 회장... 원래가 배우지 못하고 아이큐도 좀 모자란 우 회장은 그동안 민의원의 조언으로 오늘까지 돈을 모았고 민의원의 말이라면 팥을 콩이라고 해도 믿는 그였다. 민의원은 그에 대해 너무나 잘 알고 있기에 이왕 터진 것이고 고양이가 어쩌다 쥐한테 물렸던 것이라며 본전이 생각났다. 어차피 터진 것 민의원도 같이 당할 것은 뻔했다. 그래서 최선을 다해 막아 보면서 백화점 하나는 자기 손에 넣어야겠다는 계산이 앞섰다.

그래서 70% 자신을 던져 주고 나머지 30%는 운명에 맡기면서 합의 백화점 하나를 법망에서 벗어나 5년 전 매매한 것으로 하고 당장 등기 이전을 시켜 1억 원 자금으로 사태 수습에 앞장서기로 합의 했다.

숱한 화제를 뿌리면서 혜성처럼 나타난 청춘스타이며 최연소로 국회의원의 스포트라이트를 받은 우석기가 당선된 지 일주일도 못되어 아니 금배지를 만져 보지도 못한 채 물거품이 될 또 하나의 화제의 대상이 되고 있다.

선거법 위반으로 두 번째 고발되어 우석기 지역구인 진천에서 조그마한 사건이 생겼다. 진천군의 농협 지점장이 자기 딸과 우석기와의 결혼 미끼로 금품을 뿌리며 선거 운동한 것이 꼬리를 잡힌 것이다. 우석기의 은폐된 부정은 대단했다.

민천우 전 의원은 우 회장에게서 처음 약속한 백화점 하나를 끝내는 인수받았다. 그동안 민천우 전 의원은 상대방이 싸움을 걸어오지 못하도록 적당히 양보했다. 우석기 쪽의 잘못을 너무 들추어서 공연히 사건을 크게 확대할 필요가 없는 것은 아닌가! 가벼운 사건으로 우석기 당선자가 다시 선거법 위반으로 탈락되게 끔만 수긍하면 더 이상 덤비지 않을 것이란 계산에서였다. 만약 이것마저도 숨기고 싸우려고 대항하면 완전히 전복되어 사건이 크게 확대될 것이며 그때는 우석기 쪽은 물론 민천우 의원에게도 큰 화를 면치 못할 것이란 계산이다. 더 이상 크게 확대 안 되는 '키' 는 완벽하고 철두철미한 민의원 손 안에 있는 것이다. 결국은 우 회장이 거액을 들여 아들에게 명예를 사주었지만 그것은 정당하지 않았기에 오히려 벌을 받게 된 것이다.

오늘날 굴러가는 역사의 수레바퀴 아래 시대가 바뀌었다. 과거 3선 째 국회의원 자리를 지켜 왔던 민천우 전 의원 시대는 지난 것이다. 민천우 전 의원이 그 동안 실전의 경험을 토대로 우석기를 국회의원으로 당선시키기까지는 성공했다. 하지만 시대는 인정을 못한 것이다. 끝내는 재선을 치러야 했다. 10여 년 동안 민천우 전 의원은 용케도 자리를 지켜 왔다.

그러나 그 자리는 항상 김철문 박사가 밑거름을 주어 왔다. 김철문 박사는 5대째 진천군의 토박이로 명문대를 졸업 민천우 전 의원보다 10여 년 연하인데 항상 차점으로 밀리고는 했다. 김철문 박사는 말수가 적고 학자 타입의 실력자다. 그는 대대손손 큰 벼슬을 해온 양반의 자손으로 일찍이 고향으로 내려와 터를 일궈 왔다.

그는 10여 년 이상을 알게 모르게 한의원을 겸하여 헌신적으로 불우한 이웃을 도와 왔다. 원래가 고지식한 김철문 박사는 민천우 전 의원의 금품 수수와 상대방의 모략, 공권력 등으로 인해 항상 그늘에 가려져야 했다.

그러던 차에 혜성처럼 나타난 젊은 유진호가 위협을 주었고 우석기란 어린 후배가 선두로 앞질러 왔던 것이다. 그 외 후보들은 그저 들러리로 앞으로의 준비 겸 나름대로의 자신을 가지고 얼굴을 내밀었지만 가능성에는 외면당해 온 것이 아닌가?

재선거. 우석기 당선자의 불명예로 재선으로 들어갔다. 이쯤 되면 김철문 박사의 당선이 확실시되고 있다. 여론에 의하면 유진호가 김철문 박사와 팽팽한 라이벌이 될 적수인데 유진호에게는 예하 아르바이트 여대생이 타살됨으로써 그 범인이 유 후보 쪽으로 기울어지며 그 동안의 원색 염문설로 유진호의 표를 많이 깎아 내린 것이다. 유진호는 애당초 이번을 경험 삼아 또는 얼굴 익히기로 나섰지만 이런 변이 일어나 풀이 꺾인 상태였다. 세 번째 서열이었지만 재선에서 희망을 걸 수 있다고 판단하여 포기하지 않고 부득이 재출마에 나섰다.

멈추지 않는 도전

"빌어먹을 다 된 밥에 재를 털다니. 안 될 놈은 뒤로 자빠져도 코를 깬다더니..."

유진호는 혼잣말처럼 투정 섞인 목소리로 투덜댄다.

"큰일을 앞두고 여자 유혹에 넘어간 당신이 그런 말이 나와요?"

"그 늙은 여우의 미끼에 말려든 거야. 그녀는 의도적 아니 계획적이었어. 5백만 원을 그녀에게 시켜 직접 보낸 것이 의심스러웠지만 설마 했지."

"아니에요. 그녀는 전에도 당신을 좋아했어요. 나한테도 몇 차례 당신 같은 형의 남성 즉 과묵하고 침착한 남성을 좋아한다고 했어요. 게다가 직업은 국회의원 이구요."

"도대체 그를 죽인 범인은 누굴까?"

"수사진에서는 당신을 가장 유력한 용의자로 점치고 있던데요. "

유진호는 요를 끌어 얼굴을 덮는다. 이어 선화도 스위치를 내리고 유진호 옆자리에 거리를 두고 눕는다.

밝은 달빛이 정원의 나뭇가지 사이로 비춰 들어와 선화의 수심에 가득한 얼굴을 훤히 들여다보고 있다.

때를 같이 하여 유진호 집에서 200미터 떨어진 외진 곳에선 50대의 강력계 구창모 반장과 파트너 민창구가 은폐한 채 유진호의 집을 감시하고 있다.

"스스슥, 하합 쉬익······ 나무아미타불. 앗싸르비아, 으하 합. 관세음보살."

거구 민창구 형사는 보름달을 향해 양반 다리를 하고 앉은 채 쿵푸를 하듯 바람을 가른다. 대단한 파워다. 스피드로 내는 그 소리는 제법 위압감을 주고 있다. 한동안 그렇게 바람을 가르던 민창구는 양손을 모아 합장을 하고는 속으로 주문을 외기 시작했다.

"에잇. 빌어먹을! "

유진호 방에 온 신경을 곤두세우고 있던 구 반장은 방에 불이 꺼지자 거칠게 내뱉었다. 이어 구 반장(콜롬보 반장)은 쓴 입맛을 다시며 주머니에서 담배를 꺼내 입에 물고는 불을 붙인다.

"이봐. 민 형사!"

정좌한 채 기를 모으며 주문을 외고 있는 민 형사가 어깨를 쳤다. 그러나 민 형사는 꼼짝도 않은 채 계속 진행한다.

"이봐, 이봐. 민 형사!"

아무 반응이 없자 구 반장은 점점 세게 밀어 보지만 민창구는 마치 큰 바위처럼 끄떡도 안 한다. 호기심이 동한 구 반장은 더욱 강하게 온몸으로 밀어 봤지만 헛수고였다.

한참 후 바위처럼 끄떡도 않던 민 형사가 마치 잠에서 깨어나 듯 손뼉을 치며 일어나 앉았다. 움직인 것이다.

"찾았다. 찾았어."

"찾긴 뭘 찾아. 녀석아."

"넷. 반장님. 서산 앞바다 모래사장입니다. 제가 분명히 보았습니다. 그곳에 박미선 살해 사건의 실마리가 있습니다. "

"이봐, 민 형사. 참 딱하구먼. 지금이 어느 세상인데 그런 엉터리 점술을 믿나 이 사람아. 그것도 한두 번 이래야지. 열 번 중 한 번이라도 맞아야 믿든 말든 할 것 아니야! 제발 부탁이다. 너의 그 괴이한 무예는 인정하지만 엉터리 점술은 믿지 못하겠어. 만일 앞으로 또 그런 엉터리 짓거리를 하면 난 민 형사를 파트너로 데리고 다니지 않겠어. 상부에 보고 하는 건 물론이고 알겠나? 민 형사."

"네. 알겠습니다."

"이봐, 자네 그 멀쩡한 허우대 값 좀 하게."

"또 하나 경고하겠는데 이 시간 이후 그런 짓을 하면 민아와도 절교야. 미친놈한테 딸을 줄 수는 없으니 말이야."

"그 그건 너무합니다. 그 결정은 민아에게 맡기시는 게 좋지 않겠습니까? 결혼은 민아와 제가 하는 것이지 반장님이 저와 살 것은 아니지 않습니까."

"그렇다면 앞으로도 약속을 이행치 않겠다는 도전이냐?"

"그게 아니지만…"

"그럼 아니면. 이제 너희들은 다 컸으니 간섭하지 말라는 협박이로구나!"

"그게 아닌데…"

"그럼, 뭐야. 뭐냐 말이야?"

반장이 제법 흥분까지 하며 민 형사의 멱살을 잡자 민 형사가 구 반장을 번쩍 들어 업고 자리를 옮긴다.

"녀석아 이것 놔. 이젠 공갈·협박으로 안 되니까 힘으로 하는구나."

"허허허, 할 수 없죠. 대신 닭이라 하지 않습니까? 말로 안 되면 힘으로 라도 이겨야죠."

"지금은 근무 중이야. 네놈은 공갈·협박에 공무집행 방해죄 감이야!"

"마음대로 하세요. 저도 장인어른께 공갈·협박 정도는 대응할 수 있으 니까요."

"좋다. 그건 그렇고 나를 업고 어디로 가겠다는 거냐? 깊은 물에라도 덤 벙 넣겠다는 것은 아니겠지? 녀석아."

"경우에 따라서는 그럴 수도 있죠. 하지만 저는 직접 판사 앞으로 모시 고 가는 중입니다."

"판사?"

"네. 민아 앞에서 재판을 받자는 겁니다."

"일은 어떡하고?"

"저 혼자 근무하겠습니다. 반장님은 방해만 되니까요."

"하하하! 네놈 그 둔한 머리에 그런 약은 머리도 굴릴 줄 아는구나. 나 를 집에다 따돌리고 술 먹으러 가려고 그러는 거지?"

"역시 장인 어르신은 명수사관입니다. 그건 저도 인정합니다. "

민 형사는 더 빨리 걸음을 재촉했다.

박미선 살해 사건에 대한 수사는 애매모호한 난점이 있었다. 죽은 박미 선에게선 이렇다 할 단서 하나 찾을 수 없었고 현장을 목격한 제보자도 없다. 게다가 박미선의 신원조차 모두 위장되어 있어 정확한 이름도 불 투명한 상태였다.

죽은 그녀의 비품에는 학생증과 현금 17만 원만 핸드백에 고스란히 남아 있을 뿐이었다. 국립 과학 수사관 검시 보고서에 따르면 약물 투여에 상처, 지문 하나 없다고 기록돼 있다. 따라서 이 사건은 단순 자살로 쉽게 종결지을 수도 있었다.

 그러나 유진호 후보의 진술에 의하면 유진호와의 약속 시간에 이어 써 놓았다는 메모가 석연치 않았다. 유언장이란 간단한 메모지가 오히려 위장 타살에의 의혹을 강하게 불러 일으켰고 시기가 시기인 만큼 범행할 가능성을 내포한 용의자 역시 많이 있다.

 첫째, 선거를 위해 미모의 여대생을 이용하고 게다가 정사까지 해서 자신의 정부로 만들었으나 막상 박미선이 안방까지 차지하려는 적극적인 태도를 보이자 그녀의 협박에 박미선을 죽였을 가능성을 추측해 볼 수 있다.

 아니면, 유진호 후보 부인이 이 사실을 알고 질투심에서 죽였을 가능성도 배제할 수는 없을 것이다. 또 하나는 우석기 후보의 사부 격인 민천우 의원이 애당초부터 돈 심부름으로 미끼를 던져 유진호가 그 미끼를 물자 그녀를 살해하고 유진호 후보에게 누명을 뒤집어씌우려는 가능성도 생각해 볼 수 있다. 그 외 다른 라이벌 당에서 유진호 후보가 가장 유력해 지자 그를 음해하려는 정치 공작으로도 내다 볼 수 있다. 수사진에서는 진술한 4군데에 초점을 두고 온갖 수사에 전력을 기울였다.

"바쁘신데 이렇게 시간을 내달라고 해서 미안합니다."

"아, 아닙니다. 오히려 영광입니다. 헌데 김 후보님께서 저를 부르시니 몹시 궁금하군요."

"하하하⋯ 그러시겠지. 실은 우리 당원들이 일전에 저지른 일을 사과하려고 만나자고 했네."

"사과하실 것이 뭐 있겠습니까. 라이벌로 싸우다 보면 그런 비방은 당연한 것 아니겠습니까?"

"역시 그 동안 내가 보아 왔던 유진호 후보의 인품이나 인격은 믿을만하군. 비록 나이도 많고 인생 경험도 많은 나지만 젊은 유 후보의 유유하고 담담한 그 행동에 반했네. 유 후보를 화나게 했을 일들이 번번이 일어나도 시종일관 남의 일처럼 담담히 덮어두고 묵묵히 앞만 보는 자네를 높이 사고 싶네."

"과찬의 말씀이십니다. 그렇게 보아 주시니 감사합니다."

겸손하게 대응한 유진호는 속으로 마치 고양이 쥐 생각하는 듯한 그의 태도에 대해 은근히 비웃고 있었다. 유진호는 어떤 일에도 화를 내지 않는다. 그런 그의 무표정과 과묵함은 늘 유 후보의 가장 큰 매력으로 매사에 작용했다.

유진호는 자신에 대한 허점들을 숨김없이 드러내 놓음으로써 누구나 손쉽게 드나들 수 있게끔 마음의 문을 개방시켜 놓고 있다. 그러나 머릿속에선 나름대로 모든 것을 파악하고 속으로만 계산할 뿐 표현은 하지 않는다.

'흥! 재산도 많겠다, 경제학 박사에 나오는 모든 면에서 황새와 뱁새 차이다. 하지만 국회의원 후보로서는 동등한 입장에 인기는 오히려 내가 훨씬 유력하지. 게다가 그는 집권당이란 점이 유력한 조건이면서도 때로는 결정적인 핸디캡이기도 하다.'

유진호는 이런 생각들을 하면서 이 능구렁이 같은 영감이 찾아온 속셈을 헤아려 보기 시작했다.

"선배님 저한테 무슨 말씀을 하시러 오셨는지 용건을 말씀하시죠. 제가 요즘 좀 바빠서..."

"아 하! 성급하긴. 용건은 벌써 말하지 않았던가. 이제 우리 함께 식사나 하지. 내가 한 턱 냄세."

유진호는 김 후보가 아직 결정적인 카드는 꺼내지 않고 있음을 계산했다. 식사 후 적당히 술기가 돌면 카드를 내놓을 것이란 호기심에 유진호는 다른 약속을 취소하고 그의 제안에 따르기로 했다.

우석기가 당선되자 무효로 제 2차 보궐선거가 다시 시작됐다. 선거일을 일주일 앞둔 이들은 서로가 바쁜 시간이다. 그런 와중에 김 박사가 직접 찾아와 식사까지 하자고 하는 걸 보면 큰 흥정이 있을 법했다. 이들은 최고급 저녁 식사를 하고 반주도 겸했다. 그리고 서로는 적과 적이라는 사실을 떠나 모든 것을 잊을 겸 고급 술집으로 향했다.

"선배님이 바쁜 와중에 이렇게 시간을 배려해 주신 데는 무슨 긴요한 용건이 있을 것 같은데 아직도 더 뜸을 드려야겠습니까?"

두 사람 모두 약간 취기가 돌았다. 기분 좋을 만큼...

"천만의 말씀. 내 보따리는 다 털어놓았다. 다만 선거 전에 우리 이렇게 건배를 하고 7일 후 결과에서 자네가 국회의원이 되던 내가 국회의원이 되던 함께 힘을 합하자는 것일세. 내 말뜻 알겠나?"

"글쎄요. 조금 실망스럽군요."

"그게 무슨 뜻인가?"

"적어도 전 선배님이 제게 이번 국회의원 후보에서 물러나 달라고 요구하실 줄 알았습니다. 물론 그 표에 대한 대가는 치르실 테고요. 어차피 전 결정적인 스캔들(살인 혐의)로 많은 표를 잃고 있으니 말입니다."

"하하하하! 역시 자네는 영리해, 하하하!"

김 박사는 호탕하게 웃더니 정색을 하며 술잔을 유진호 앞에 내민다.

"자. 한 잔 가득 따르게. 내 이 한 잔을 마시고 말을 하겠네."

유진호는 두 손으로 공손히 가득 따랐다. 김 박사는 술잔을 한숨에 비우고 나서 본론을 꺼냈다.

"미안하이. 자네에게 크게 실망을 주어서 말일세. 난 그런 생각은 추호도 없네. 다만 우리 당원들이 자네를 모략한 것을 사과하러 온 것일세. 이 중요한 시기에 자네 직원 여대생이 사고를 당해 다 따 놓은 금배지가 은배지로 변한 것이 애석할 뿐이네. 그러나 자네는 조금도 동요하지 않고 있으니 참으로 그 점을 높이 살만 하네. 실은 자네의 이번 사건이 내겐 많은 힘과 용기를 주었던 것만은 사실이네. 다른 당에서 그 사건을 눈덩이처럼 불려 비난하지만 화살은 오히려 나에게 돌려지고 있다는 사실을 나 자신도 잘 알고 있네. 하지만 나도 내가 금배지를 달 것이란 확신은 없네. 아무래도 표가 많이 흘러 넘어가도 자네한테 갈 것 같네."

"어쨌든 그렇게 생각해 주시니 감사합니다. 하긴 저 자신도 사건이 나기 전에는 자신했지만 이젠 포기 상태입니다. 하지만 애당초 계획대로 아직 젊으니까 한 번, 두 번, 세 번 아니면 백번이라도 절망하지 않고 나가겠습니다. "

"자, 우리 분발합시다. 앞으로도 우리 당원들이 실수를 하면 직접 내게 연락 주시오."

김 후보는 유진호의 손을 두 손으로 꼭 쥐었다. 손바닥을 통해 전해진 따스한 감정은 진정 어린 우정의 표시였다. 앞질러 생각했던 유진호의 얄팍한 기대는 모두 수포로 돌아갔다. 기대 밖의 제안이었기 때문이다. 그렇지만 김 박사의 마음속에는 더 무섭고 엉큼한 계략이 깊이 도사리고 있을 것이라는 생각을 유진호는 떨쳐 버릴 수가 없었다.

"친애하는 군민 여러분 안녕하십니까? 선거일을 바로 눈앞에 두고 마지막 단상에 섰습니다. 우선 제가 마지막 단상에 선 것은 그동안 저로 인해서 발생한 불미스러운 일에 대해 사과를 드리고 여기에 대해서는 이렇다 할 변명은 하지 않겠습니다."

이때였다. 많은 객석 중에 한 사나이가 소리쳤다.

"에잇, 살인자. 어서 단상에서 내려오시오. 당신은 금배지를 달 자격조차 없는 사람이오. 이 살인자!"

"자, 진정하시오. 어떤 비난을 해도 변명을 하지 않겠습니다. 단, 진실은 시간이 해결할 것입니다."

유진호는 여유 있고 침착하게 사나이의 고함에 웃음까지 띠우며 말을 막았다.

"진실? 진실 좋아하네, 한 가정도 이끌지 못하면서 어떻게 우리 군민을 위해 일을 하겠다는 거요."

"그 말씀은 옳은 말씀입니다. 하지만 제가 조금의 실수는 있었지만 소문대로 큰일은 아닙니다. 더구나 여기는 공석입니다. 당신과의 사적인 대화가 아니고 많은 여러분들과의 대화이니 그런 비난은 삼가 해 주시기 바랍니다. 또다시 그런 비난의 발언을 하면 가차 없이 경찰에 고발하겠습니다. 나에 대한 진실은 수사진에서 알아서 할 것입니다. 나에 대한 당신의 비난은 오히려 선거 유세를 방해하려는 다른 당의 모략으로 군민들은 오해할 수 있습니다. 그러면 오히려 당신 당을 더욱 외면하게 될 것입니다."

유진호는 이렇게 대응하자 관중석에서 갑자기 우레와 같은 환호가 터져 나왔다. 사나이는 더 이상 말도 못하고 주위를 둘러보더니 겁에 질려 어느새 사라졌다.

"자, 고맙습니다. 역시 여러분은 저의 진실을 알아주시니 감사합니다. 오늘 제가 이 단상에 선 것은 꼭 국회의원 표를 받기 위해서가 아닙니다.

나 외에도 고명하신 선배님들이 많이 계십니다. 고명하신 선배님들에 비하면 지혜나, 재산이나, 학력, 경험 면에서 전 가장 뒤떨어져 있습니다. 그러나 저에겐 젊음이 있고 최선을 다하려는 노력과 진실이 있습니다. 따라서 저는 실행할 수 없는 어떠한 공약도 약속하지 않겠습니다. 다만 젊음 하나로 여러분을 위하는 길, 아니 우리 군민을 위한 일이라면 이 한 몸 바쳐 여러분의 심부름꾼이 되겠습니다."

또다시 우레와 같은 박수와 환호로 장내가 떠나갈 듯했다.

"박덕배 비서 들어오라고 해."

김철문 후보는 몹시 흥분한 채 박덕배를 불렀다.

"부르셨습니까?"

"거기 앉아 봐."

몹시 흥분한 김철문은 줄담배를 피운 채 자리에 앉지도 않고 서성거리는 것이 흥분을 가라앉히기에 안간힘을 쓰고 있음이 역력했다.

"제가 뭐. 잘못이라도 했습니까요?"

"자네는 내가 그렇게 일렀는데도 왜 내말에 움직이지 않는 거야. 날 죽일 작정인가."

"무슨 말씀을 그렇게 섭섭하게 하십니까요. 저는 의원님을 위해 충성을 다하고 있고 만요."

"이봐 박 비서. 박 비서는 나를 위해 충성을 한다고 하지만 그런 방법은 지금 통하질 않아. 그건 범법 행위야. 내가 그 동안 입이 닳도록 말하지 않았나. 금전 공세나 상대방을 비방하지 말고 정당한 유세를 하자고 말이야."

"네. 알고 있습니다. 그러나 유진호 후보가 허물어지는 기세에 의원님의 가능성을 내다보고 XX주식회사에서 선거 자금을 자발적으로 투자했습니다. 굴러 들어오는 떡을 마다하겠습니까? 여기 있습니다. 천만 원 주기에 받고 선거운동에 쓰고 남은 돈입니다. 전 공금은 조금도 손대지 않았습니다.”

“그것이 문제가 아니야. 왜 유진호 후보를 모략하는 거야. 근거도 없는 살인자라는 말에 게다가 그 부인이 자네의 옛 애인이었다느니 하는 말들 자네 책임질 수 있어?”

“그건 사실을 말했을 뿐입니다. 더욱이 유진호 후보는 질적으로 나쁜 놈입니다. 생각해 보세요. 남의 애인을 가로챈 데다 그것도 모자라 죽은 박미선이란 여대생을 애첩으로 두고 실컷 이용할 대로 이용해 먹고서는 불리하니까 자살로 위장해 죽이지 않았습니까요.”

“자네 유 후보가 죽였다는 확실한 단서가 있어? 책임질 수 있느냐 말야.”

그 말에 박덕배는 말을 잇지 못하고 고개를 떨어뜨리며 뒷머리만 긁적인다.

“그러고 보니 자네가 범인일 수도 있어.”

“네? 제가 범인이라고요?”

박덕배는 자리에서 벌떡 일어나 백발이 성성한 김철문 박사에게 덤비듯 대든다.

“그래!”

“어째서요.”

“내가 진작 자네와 유진호 부인과의 관계를 알았다면 내 일에 자네를 끌어들이지 않았을 거야. 자네는 개인감정으로 보복하기 위해 의도적으로 내 일에 뛰어들었어. 그동안 자네는 오직 유진호의 중상모략에만 매달려 왔어. 그런 말들이 들어올 때마다 난 자네한테 만류하지 않았는가. 그런데도 지금까지도 내 말을 무시한 채 자네는 수그러진 기미를 보이지 않았어."

"그거야 유진호 후보가 가장 유력하니까 의원님을 당선시키기 위해 앞지르려는 방법이었죠. 선거에서는 수단과 방법을 가리지 않고 어떠한 방법으로든 상대를 짓밟고 올라서야 해요. 두 번째는 소용이 없어요."

"듣기 싫어. 난 3번이나 실패했어. 그런 식으로 금배지를 달려면 벌써 달았어. 그리고 자네는 이 시간부터 사무실에서 일을 해."

"차라리 그만두겠습니다."

"그래? 이제 알만 하군. 이왕 나온 말이니 하겠는데 자넨 유진호 부인의 첫 남자였고 그 후 유진호를 찾아가 금전을 요구했었지? 그 요구를 안 들어주고 망신만 당하자 나한테 접근한 거야. 박미선 여대생이 살해된 것도 그러한 원한 관계에서 보나 그 부인의 행위로 뒤집어씌우기 위해 자네가 범행을 저지른 것으로 예측하고 있다고."

"그런 말을 그 연놈들이 해요?"

"그 사람들은 자네와의 관계를 입 밖에도 내지 않았어. 유진호 후보. 그 사람이야말로 젊은 사람으로서 거목이 될 사람이야. 자네가 비난한 것과는 정반대의 훌륭한 사람일세. 나이 먹은 나도 존경할 만한 사람이라고."

"그러고 보니 박사님, 그 사람하고 협상하셨군요. 놈이 스캔들에 살인범으로 몰려 비난의 대상이 되면서 승산이 없으니까 박사님한테 돈을 받고 팔아넘긴 것이 틀림없어요."

"역시 자네는 몹쓸 사람이군. 근본 자체가 그런 것만 생각하고 상대방의 약점만 노리는 습성을 가졌어."

"그래요. 전 그런 놈이에요."

박덕배는 미친 사람처럼 흥분한 채 나이 먹은 김 박사에게 싸울 듯 대들었다.

"자네와 싸우고 싶지 않네. 결론만 말함세. 이 시간부터 선거 끝날 때까지 사무실을 지키든가. 아니면 사표를 내든가 둘 중 한 가지를 선택하게."

"알았습니다. 더러워서 안 있겠습니다. 이젠 이용할 대로 다 이용하고 쓸모없으니까 트집을 잡으시는군요. 나가겠어요."

하며 문을 박차고 나간다.

"그동안 일한 대가는 내일 계산해 주겠네."

경제연구소 소장이 간판을 걸고 경제학박사인 김철문 박사에게 접근했던 박덕배는 어느 날 김 박사의 국회의원 일을 돌봐 주겠다고 나섰다. 해서 김 박사는 청산유수 같은 그의 언변과 사교성을 높이 사서 제 2비서로 일을 하게 했는데 막상 선거 유세에 나서면 유진호 후보의 중상모략 비난만 일삼아 왔던 것이다.

이전에는 우석기 편에서 많은 자금을 받고 유진호 잡기에 앞장섰던 장본인이었다. 우석기가 불미스러운 일로 당선이 되었다가 곧 무효로 됐고 보궐선거가 실시되면서 김철문 박사에게 기댄 것이다.

몇 차례나 남을 비방하는 행위는 삼가라고 강력히 말렸으나 박덕배는 언제나 자기 고집을 내세웠다. 그것은 역효과를 초래했고 그 후 박미선 살해 사건이 나면서 자기가 데리고 있는 박덕배가 유진호 후보 부인, 선화의 첫 애인이었다는 사실을 주위 몇몇이 귀띔해 주었으며 그 내막을 아는 사람들 입에서 살인자는 박덕배일 것이란 추측설도 나돌았다.

다음날 저녁 유진호에게서 전화가 걸려 왔다

"선배님 밤늦게 전화를 드려서 죄송합니다."

"아 괜찮소. 이렇게 밤늦게 전화를 주시니 뭐 급한 일이라도 생긴 건가?"

"아, 아닙니다. 실은 그동안 선배님의 비서 박덕배가 수차례 저를 모함하고 터무니없는 비난을 일삼고 있다는 정보가 들어왔지만 전 상대할 가치조차 없는 인간이라고만 생각했었습니다. "

"으흠, 나도 선배인 입장에서 애당초부터 몇 차례 꾸짖었지. 그런데 그때뿐이야. 그 사람 또 무슨 짓을 저질렀나?"

"아, 아닙니다. 그런데 어제는 좀 심한 모략을 해서...그거야 새삼스러운 얘기는 아니지만 어제 선배님이 제게 술까지 사시면서 서로 돕고 의형제까지 삼자고 약속까지 하셨는데 그쪽에서 그런 비난을 하니까 어쩐지 선배님을 생각하는 각도가 달라져서요. 제가 혹시 뒤통수를 맞고 있지 않나 하고요. 그래서 전화를 드렸습니다."

"미안하이. 내가 그 생각을 못했었네. 참 그리고 보니 며칠 전에 우리 직원들한테 언뜻 얘기를 들었는데 박 비서와 유 후보가 좋지 않은 관계라면서? 그게 사실인가?"

"아 아닙니다. 그저 조금. 그런데 그런 말이 누구한테 나왔습니까? 본인이 직접 말하던가요? 본인 아니면 아무도 모를 텐데요. "

"어쨌든 우리가 조그마한 그런 얘기 가지고 신경 쓸 필요 없고 앞으로 그 불쌍한 친구 잘 좀 보살펴 주시고 선배님이 사람 좀 만들어 주세요. 그리고 며칠이면 비난할 이유도 없을 겁니다. 자신이 지쳐 더 이상 중상모략할 이유가 없으니까요. 죄송합니다. 밤늦게 전화를 드려서... 다른 뜻은 없습니다. 새삼스러운 일도 아니니까 마음 쓰시지 마세요. 어제 선배님과의 약속 후라 조금 언짢은 기분일 뿐입니다."

"미안하이. 내일 혼내 주겠네!"

"그러실 필요 없습니다. 선배님이 하지 말라고 하더라도 안할 사람이 아니니까. 제풀에 지치도록 둬 두십시오. 모르는 척 하시는 게 더 약이 될 수도 있습니다. 그럼 안녕히 주무십시오. 전화 놓겠습니다."

전화를 받은 김 박사는 수화기를 끊었는데도 놓지 않고 멍하니 서 있었다. 마치 뒤통수를 맞은 듯했다. 그 동안 모략과 비난을 받으면서도 아무 반응이 없었던 유 후보가 오히려 두렵게 생각된 것이다. 유 후보야말로 깊은 바다에 꽉 채운 물이라고 비유할 수 있을 것이다.

어질고 탁한 물, 높은 데서 낮은 곳으로 흐르는 물은 장애물이 있으면 우회하여 돌아간다. 그러나 양같이 순하고 겸허한 물도 폭포수가 되면 밑에 단단한 바위도 꿰뚫는 위력을 보인다. 또한 깊은 물은 촐싹대는 개울물과 달리 위엄 있고 덤덤하게 유유히 자리를 지키고 있다. 상대가 무엇이든지 싸우려고 대들면 반항도 하지 않은 채 공격만 받을 뿐이다. 하지만 어떤 무엇이든지 깊은 물과 싸우면 이길 자가 없다. 김 박사는 이러한 깊은 물을 유 후보에 비유했다.

드디어 선거 전야가 되었다. 김 박사에게는 여기저기 다른 후보들 측에서 항의 전화가 빗발쳤고 때로는 그쪽 몇 명씩 싸우려고 집을 방문하기도 했다. 그러나 유 후보 측에선 잠잠했다.

내용은 박덕배의 보복인 것이다. 박덕배는 전전날 김 박사 당에서 쫓겨났다. 유 후보를 향한 개인적인 비난 때문에 김 박사에게 해고당한 것이나 마찬가지였다. 여기에 앙심을 품은 박덕배는 김 박사의 당을 업고 상대 후보들을 맹렬히 비난했고, 게다가 말로 표현할 수 없는 중상모략을 다했다.

박덕배는 이렇게 해서 다른 당들이 합세하여 김 박사에게 공격하게끔 교활하게 싸움을 붙여 놓을 심사였던 것이다. 김 박사는 때가 때인 만큼 변명의 여지가 없었다. 변명해 봐야 상대들이 이해할 리 만무했다.

선거란 상대방을 짓밟고 일어서서 수단과 방법을 가리지 않고 라이벌과 싸워 이겨야만 하는 것일까. 여기에는 차석도 필요 없다. 오직 첫째라야 한다.

실력, 힘, 돈 가지고도 안 된다. 라이벌과의 1대 1의 싸움도 아니고 다수의 군민들에게 자신이 최고란 인상을 심어 주어야 한다. 그래서 대부분 상대방을 중상 모략해서 표를 얻는 비열한 방법이 뒤따르게 된다.

여기에 박덕배는 김 박사를 죽이기 위해 역 행동을 한 것이다. 김 박사의 비서 입에서 상대 당들에 대한 허위, 흑색 모략이 나왔으니 그 책임이 후보 김 박사에게 돌아갈 것은 불을 보듯 빤한 일이었다.

박덕배의 허위 모략으로 인해 김 박사는 선거 전야에 아닌 밤중에 홍두깨 격으로 몰매까지 맞는 등 그 파장은 컸다. 따라서 TV, 방송, 신문 등 매스컴에서도 대문짝만하게 톱기사로 김 박사의 선거운동을 크게 비난하고 나설 것이 뻔했다. 그것뿐이 아니었다. 그 동안 가장 유력했던 유진호 후보가 여대생과의 스캔들에 살해범의 용의자로 내몰려 인기가 뚝 떨어져 대신 두 번째를 달리던 김 박사가 톱으로 금배지의 가능성이 굳혀져 있었는데 하루아침에 박덕배로 인하여 유 후보 쪽으로 승세가 기울고 말았다. 군민들은 그 일로 말미암아 비난의 화살을 보내며 김 박사로부터 등을 돌리기 시작했다. 그날 밤 마치 폭풍우가 뒤집고 간 후의 폐허처럼 김 박사의 집은 엉망진창이 되었고 식구들이나 당원들 모두가 하나같이 실의에 차 있었다.

"유 후보!"

"네. 선생님. 이 밤중에 웬일이십니까?"

"왜 자네는 나한테 욕 한 번도 안 하나?"

"무슨 말씀이십니까. 아닌 밤중에 홍두깨도 아니고 그리고 보니 선배님 술에 취하신 것 같군요."

"하하하! 역시 자넨 존중할 위인이야. 거기에 비하면 난 옹졸하고 치사한 소인배야. 하하!"

"무슨 말씀이십니까. 선배님 혹시 제가 선배님을 비난했다는 말이라도 누가 꾸며댄 게 아닙니까?"

"아니야. 왜 나한테 쫓아와 내게 더러운 놈, 비겁한 놈하며 뺨이라도 치고 내 얼굴에 침이라도 뱉지 않았느냐 말이야."

"도대체 무엇이 어떻게 돌아가는 줄 모르겠군요. 선배님이 절 크게 오해를 하고 계신 모양인데 전 맹세코 선배님에 대해 이름자도 입 밖에 낸 적이 없습니다."

"그게 아니란 말이야. 틀림없이 어제 박덕배란 놈, 그놈이 자네에 대한 비난을 제일 많이 떠들어 댔을 텐데 말이야. 그 말들이 자네 귀에도 들어 갔을 텐데 왜 나한테 욕 한마디 안 했느냐 말일세."

"하하하! 그것이 새삼스러운 일입니까? 하루 이틀도 아니고 지금까지 내 욕을 일삼아 온 건데요. 그런 인간 같지 않은 사람과 싸우면 오히려 같은 사람이 돼요. 차라리 미친개가 짖는구나 하고 한쪽 귀로 듣고 한쪽 귀로 내보내야죠. 그렇지 않아도 많은 정보가 들어 왔었습니다. 하지만 모르는 것이 약이라고 몇 차례 흘려듣고는 그 놈의 비난은 보고하지 못하게 했어요. 다만 섭섭한 것은 선배님이 그런 미친놈과 손을 잡고 일을 하시는 것이 아쉬울 뿐입니다."

역시 젊은 나이의 유진호는 침착하고 자신감 있게 김 박사의 아픈 곳을 정통으로 찔렀다.

"하하하! 역시 내가 생각했던 대로 자네답군. 나 지금 다른 당원들한테 반항 한번 하지 못하고 몰매를 맞았네. 우리 집은 쑥대밭이 됐어. 지금은 거센 페리호 태풍이 지나쳐 간 후야. 허탈감에서 혼자 술을 먹고 있네. 난 이 시간 후로 완전히 망했어. 바로 박덕배란 놈 때문이야. 놈은 그저께 내가 해고시켰어. 자넨 그 놈을 앞장세워 내가 시킨 것으로 오해하고 있는 줄 모르지만 자네를 비난하기에 몇 차례 경고했지만 그날도 개인적인 감정으로 자네를 모략한 거야. 해서 내가 쫓아냈더니 끝내는 우리 당과 내 이름을 업고 자네는 물론 다른 당들까지 허위 중상모략을 만들어 선전한 거야. 그것은 나를 이 모양 이 꼴로 만들려는 박덕배의 보복일세. 내일이면 TV, 신문, 매스컴에 대문짝만하게 일면 톱기사로 나올 것이고 그 동안 나를 지지하던 유권자들도 모두 등을 돌릴 것이 빤하네. 그뿐인가. 선거법에도 위배돼 법의 처벌도 받게 될 걸세."

"하긴 열길 물속은 알아도 한 길 사람 속은 모른다고 하지 않습니까? 어쨌든 저도 선배님이 믿거나 말거나 최대로 믿어 보겠습니다."

"고맙네. 공연히 술 먹고 잠자는데 푸념을 늘어놔서 미안하이."

"그런 것 가지고 실망하시는 건 너무 성급합니다. 내일 아니 오늘입니다. 결론은 바로 눈앞에 두었습니다. 용기를 가지십시오. 저는 이미 기대를 않고 2보 후퇴 1보 전진이란 희망만 가지고 최선을 다하고 있습니다. 선배님도 실망하시기엔 아직 이른 것 같습니다. 어쨌든 용꿈이나 구십시오."

내 마음과의 전쟁

본격적인 보궐선거 날짜가 코앞에 닥쳤다. 지난번에는 가장 유력했던 유진호가 스캔들에 휘말려 우석기에게 밀렸었다. 본선에서 3위를 차지했으나 보궐선거에서도 도저히 가능성이 없었다. 그러나 포기하지 않고 다시 나선 것은 다음을 생각해서였다. 김 박사가 제일 유력했지만, 유진호는 아예 포기 상태에 있으면서도 다음 기회를 노리고 있어서인지 느긋한 태세였다.

오후 7시, 전국적인 투표가 끝나자 투표함 개봉에 들어갔다. 모든 국민들은 하나같이 TV 앞에 턱을 괴고 앉아 온 시선과 귀를 기울이고 있었다. 보궐선거였지만 우석기의 사고가 널리 알려져 있었기 때문에 이 고장의 보궐선거는 관심사였다.

이때 유진호 부부는 희미한 촛불 빛에 TV도, 방송도 없앤 채 단둘의 시간을 마련하고 있었다. 결론은 빤한 것이었다. 이들은 최고 득점은커녕 어느 정도 창피를 당하지 않을 만큼만 득표가 나와 줘도 다행이란 계산을 하고 있었다.

차라리 모르는 것이 약이다. 보지 않고 듣지 않고 그래서 밝은 불을 희미하게 줄여 단둘의 시간을 마련한 것이다. 그것은 개표 상황의 긴박감에 대한 두려움 등을 잊기 위해서였다.

"여보, 우리 음악이나 들읍시다. "

"당신, 처음에 만나 저녁 식사를 마치고 나이트클럽에 데려간 후 춤을 추며 날 꼬였지요?"

"하하! 그랬었나."

감회가 깊다는 식의 묘한 여운이 갈린 웃음이었다. 오디오에서 블루스 곡이 은은하게 흘러나온다. 이들은 응접실에 마주 앉아 소주로 마음을 가라앉히고 있었다.

"여보, 일어나요. 오래간만에 우리 춤 춰요."

"좋지!"

술잔을 단숨에 비운 유진호는 선화의 손을 잡고 일어섰다. 이들은 몸을 맞대고 스텝을 밟았다. 취기가 서서히 오르기 시작한 선화는 조금씩 진호의 가슴 속으로 파고들기 시작했다. 그러는 그녀를 고옥 껴안는 진호.

"고옥 껴안아 줘요. 더요. 더..."

어느새 둘은 전기가 감전되기 시작하여 입술과 입술이 포개지면서 진호는 선화를 번쩍 들어 침대 위로 눕혔다. 침대 위에 단둘이 포개져 본 지도 오래간만이다. 그동안 선거 때문에 여념이 없었다. 이들의 숨결이 거칠어지면서 하나, 둘, 옷들이 침대 밑에 불규칙하게 내던져지기 시작했다. 촛불이 가끔 흔들흔들 춤을 추고 이들 부부는 녹아내리는 촛불처럼 격정의 사랑에 불타올랐다.

정작 그 시각에 온 군민은 흥분의 도가니 속에 있지 않은가! 그러나 주인공은 이렇게 사랑으로 불태우고 있었다.

얼마나 시간이 흘렀을까. 시골이라 아주 깊은 밤이었다. 캄캄해야 할 시간인데도 동네 여기저기에서는 불빛이 새어나왔다. 둘은 침대 위에 나란히 알몸이 된 채 누웠다. 진호는 누운 채 담배에 불을 붙였다.

"당신 그 솜씨는 아직도 녹슬지 않았어요."

"앞날이 창창한데 벌써 녹이 쓸면 어떡해. 남자는 뭐니 뭐니 해도 이게 유일한 무기야."

"하긴 그래요. 그래서 당신은 미라까지도 삼켜 버렸고 그것도 모자라 데리고 있던 박미선 까지도 꿀꺽 했어요."

"그건 또 새삼스럽게 왜 끄집어 내. 내 무릎까지 꿇고 사죄하지 않았소."

"무릎 꿇고 사죄했다고 자기 버릇 개 주나요? 물론 사죄는 받았지만 내게는 큰 충격이었어요. 내게 준 충격이 어쩌면 당신의 앞길을 막을 수도 있어요."

"그게 무슨 뜻이지?"

"이번 일만 해도 그래요. 이제는 당신이 국회의원이 되는 것이 두려워요. 그래서 속으로는 지금 이대로 있었으면 하고 바랄 때도 있어요. 당신이 크게 출세하면 나 같은 여잔 아무 때나 헌신짝 버리듯 할 테죠? 그렇지 않아도 당신은 여자들이 좋아할 타입인데 높은 자리에서 권력가지 휘두르면 발끝에 차이는 것이 여자들일 텐데…"

"그런 얘긴 그만 합시다."

"그래요. 당신에게 그저 가벼운 행동일 테지만 나에게 아니 여자들에게는 얼마나 큰 충격인 줄 아세요? 그 충격으로 인한 분노는 원자폭탄과도 같아요."

"당신 그러고 보니…"

이때였다. 밖에서 아버지가 소리치며 달려왔다.

"얘야. 얘야. 뭘 하고 있니? 지금 네 표가 무더기로 쏟아지고 있어. 무더기로 쏟아지고 있다고!"

아버지의 목소리는 기뻐서 흥분을 감추지 못하고 있었다. 처음에는 김철문 박사 표가 가장 많이 나와 우세했고 다음이 상상 외의 민영호 표가 바짝 추격하고 있었다. 이에 유진호 표는 4번째로 엉금엉금 숨 가쁘게 기어오더니 느닷없이 무더기 표로 민영호 표를 앞지르며, 가장 우세한 김철문 박사를 향해 줄달음질 치고 있었다. 당시 40% 개표 현황이었다. 이쯤 되면 완전히 포기했던 유진호지만 당선 가능성을 기대해 볼만도 했다. 아버지의 말에 유진호는 서둘러 불을 켜고 TV를 보기 시작했다.

"여보, 난 가슴이 뛰어 못 보겠어요. 심장이 너무 약해서요." 선화는 TV 화면을 보자 자기 가슴에 손을 얹고 마음을 안정시키며 입을 열었다.

"하긴 이왕지사 기대하지 않았던 것. 생각을 말아야지."

유진호가 화면을 켰다.

"당신들 이래도 되는 거야. 내가 누군 줄 알아?"

"알고 있습니다. 박덕배 씨!"

"그럼 김철문 박사, 아니 김철문 국회의원 수석 비서였다는 것도 알고 있겠지?"

"네. 알고 있습니다."

"흠. 하룻강아지 범 무서운 줄 모른다더니. 감히 형사 조무래기가 내게 살인 혐의로 경찰서까지 가자해. 난 못가. 날 데려 가려거든 정식으로 출두 명령서나 영장을 가져오라고."

결국 금배지는 김철문 박사에게 갔다. 애초부터 기대하지 않았던 유진호 후보가 중간부터 김 박사의 뒤를 바짝 따라 붙었지만 막판에 박사의 무더기 표가 쏟아져 나와 2천표 차이로 차석이 되었다.

선거가 끝나자 수사진에서는 다시 본격적으로 수사에 열기를 띠기 시작했다. 박미선 살해 사건은 자살로 넘어갈 뻔했었으나 태양당 유진호 후보와 직결된 문제였기 때문에 다른 당에서 가장 유력한 후보인 유진호의 인신공격의 수단으로 이용, 수사진의 재수사에 불을 붙였다. 유진호 후보는 끝내 여론의 화살의 집중 공격을 받아 떨어지고 말았다.

수사진에서는 아직도 실마리를 잡지 못했다. 과학 수사 연구소에 의뢰한바 사전에 맞은 흔적은 없고 알코올에 치사량의 수면제를 함께 복용한 것이 직접적인 사인으로 판명되었다.

또 그녀의 학생증이나 주민등록증, 수첩 하나 발견하지 못해 사체를 인수해 갈 연고자를 찾는데 어려움이 많았다. 그래서 수사는 더욱 미궁으로 빠져들어 갔다.

유진호 후보에게 박미선의 인적 사항에 대해 조사했으나 유진호 후보도 그녀를 같은 국회 사무실 여대생 아르바이트란 것과 이름밖에 모르고 있었다. 맨 처음 돈 심부름으로 그녀를 만난 유진호 후보는 박미선이 의도적으로 유혹을 해 오자 순간적으로 정을 통했고, 부담 없이 선거일을 돕겠다고 해서 짧은 기간 선거운동을 해 왔다는 것이다.

그러자 수사진에선 전에 근무하던 국회 사무실로 찾아가 죽은 박미선의 신원을 의뢰했지만 정식 직원도 아니고 아르바이트 학생이라 이력서나 주민등록을 비치하지 않았다. 박미선이 문현대학교에 다니고 있었다는 사실만을 간신히 알아냈다. 문현대학교를 찾아가 박미선이란 이름을 가진 여학생을 찾았다. 2명의 동명인이 있었다. 하지만 그들은 현재 학교에 잘 다니고 있었다. 그렇다면 피살된 박미선은 가짜 여대생이든가, 아니면 이름이 예명이든가 두 가지 중 하나인데 다른 이름을 가진 여학생으로 연락 없이 자리를 비운 학생이 없어 결국 그녀는 가짜 여대생으로 의혹만 남게 됐다.

이렇게 되고 보니 수사진에선 범인으로 유진호 후보와 그 부인, 아니면 우석기 후보, 그도 아니면 다른 라이벌 후보들 중 특히 현재 국회의원으로 당선된 김철문 박사 등을 용의 선상에 놓고 있었다.

게다가 김철문 박사의 비서였던 박덕배도 지나칠 수 없는 인물이다. 전과 경력이 화려한 박덕배는 유진호 부인인 선화의 첫 남자였고 결혼한 선화에게 첫 남자였다는 구실로 유진호 부부를 공갈 협박하여 많은 돈을 받아 내려다 실패한 장본인이다.

사건이 발생하자 제일 먼저 그는 유진호가 살인자라고 과격한 비난을 일삼아 왔다. 수사진에선 박덕배와 유진호 관계를 뒤늦게 알고 조사하려고 연행했으나 박덕배가 난동을 부리는 것이다.

"선생께서 꼭 영장이나 출두명령서를 요한다면 선거법 위반 혐의로 모시겠습니다. 그렇지 않아도 겸사겸사 모시려고 했는데 선생이 원리 원칙을 따지니 하는 수 없군요!"

그렇게 의기양양했던 박덕배는 풀이 죽었다. 조사계 형사 앞에 조사를 받고 있는 박덕배. 이때 한 형사가 다가와 조사하고 있는 손 형사에게 박덕배의 주민등록과 컴퓨터 신원 조회한 것을 건네준다. 손 형사는 박덕배의 신원 조사서 전과 기록을 훑어본다.

"흠, 전과가 아주 화려하군."

손 형사 앞에 고개를 숙이고 있는 박덕배의 얼굴을 뚫어지게 본다.

"사기, 폭력, 공갈, 협박, 게다가 살인 미수까지 있군."

"모두 무혐의지 않습니까?"

"어쨌든 아니 땐 굴뚝에 연기 나겠어? 그건 그렇고, 다시 본론으로 들어갑시다. 그럼, 그날 밤 자정이 넘은 시간에 그 집 쪽에서 여자가 나와 할멈 집을 지나갔다고?"

"네. 틀림없이 나한테 그렇게 말했습니다."

"왜 할멈은 그 얘기를 당신한테 했을까?"

"글쎄요. 난 주야로 집집마다 방문하며 지금 국회의원이신 김철문 박사님 선거운동을 했으니까 당연하죠."

"왜 할멈이 당신한테 목격한 말을 했느냐 말이야. 당신이 물어본 것 아니야?"

"그날 밤 끔찍한 일이 벌어졌다고 말씀하시며 그 말을 나한테 던졌습니다."

"당신은 유진호 후보 부인과 과거가 있었고, 유 후보와 결혼하자 몇 차례 공갈 · 협박을 했다면서?"

"공갈 협박한다고 들어줄 사람들입니까? 또 협박한다고 가난뱅이 유진호에게 국물이라도 나올 것이 있나요?"

"공갈 협박한 사실은 시인하는군. 그러나 보기 좋게 거절당하자 그 앙갚음으로 김철문 박사 밑으로 들어가 그 보복으로 유 후보의 정부인 박미선을 살해하고 유 후보에게 살인자라는 누명을 씌워 결정적인 비난이 되게 했지. 당신은 김철문 의원의 선거운동이 아니라 오직 개인적인 감정으로 유진호 후보 비난에만 혈안이 돼 있었어."

"아닙니다."

"뭐가 아니야. 당신 순순히 자백해. 우리가 모든 증거를 다 입수해 놓았어."

"증거가 있고 자신이 있으면 이렇게 나한테 자백을 받을 필요 없잖아요."

"흥, 이제 근성이 나오기 시작하는군!"

"그래요. 난 이렇게 당신들한테 공갈 협박을 받을 만큼 바보가 아니오. 난 더 이상 협조 못하겠소. 내가 알고 있는 것은 다 말했소. 확실한 증거가 있으면 정식으로 구속영장을 청구하시오. 난 바빠서 가 봐야겠습니다."

박덕배가 벌떡 일어나 조사에 불응할 태세를 취하자,

"가만히 앉아 있어. 성급하게 굴지 마. 민 형사, 이 친구 구속영장 가져와 보여 줘."

화가 난 40대의 손 형사가 소리쳤다. 박덕배는 구속영장을 가져오라고 하자 또다시 놀라며 안절부절 못한 채 긴장했다.

"박미선 살인 혐의 건 말입니까?"

"그래 내 물적 증거가 있다고 하지 않았어? 그러니 솔직히 자수하면 정상을 참작하지."

"난, 난 그녀 죽음과 전혀 상관이 없습니다. 난 그녀를 죽이지 않았어요."

"이봐, 범인은 하나같이 안 했다고 말하지 '내가 범인이요.' 하겠어! 우선 보호실에 들어가. 자수할 시간의 여유를 주겠어."

하며 박덕배를 조사계 보호실 철창 안으로 밀어 넣었다. 사실 박덕배의 구속 영장은 선거법 위반으로 발부받은 것이다.

한편 강력계에서 콜롬보 형사라는 닉네임으로 통하는 구창모 반장은 유진호 후보의 집을 혼자 방문했다.

"안녕하십니까?"

"어서 오세요. 반장님. 그런데 어쩐 일로 이렇게 누추한 곳까지 오셨습니까?"

"헤헤! 네, 역시 부인은 아름다우십니다. 그건 그렇고 유 후보님께서는 안 계시나요?"

"네, 어디 좀 가셨어요."

"인사도 드릴 겸 겸사겸사 왔는데."

"면목이 없습니다."

"뭐가요."

"여러분들이 이렇게 관심을 가지고 도와주셨는데 선거에 낙방이 되어서요."

"정말 애석하게 됐습니다. 모두들 유 후보님이 당선될 거라고 생각했었는데…"

"글쎄 말예요. 운이 없나 보죠. 아니 운이라기보다 아직 자격이 부족해서겠죠."

"선거 앞에 불거진 불의의 사고가 큰 원인이 됐던 것 같은데요."

"하긴 그 점이 결정적이었죠."

"사모님께 협조를 좀 얻으려고 겸사겸사 왔습니다."

"제가 뭐 도울 일이라도 있나요?"

구 반장은 어느새 집 구조를 유심히 둘러본다.

"집 구조가 간단하고 작지만 짜임새가 있습니다."

"네. 우리가 결혼식을 올리자 아버님이 손수 지으셨어요."

"신혼살림을 차리기에 아담한 보금자리군요. 신혼 시절이야 말로 인생의 가장 행복한 한때죠."

"네 그랬었지요."

"그동안 부부간에 갈등은 없었습니까?"

"갈등이라고 뭐 있었겠어요. 결혼하자마자 선거 때문에 바빠서 눈코 뜰 새 없었죠."

"으흠, 하긴 아직 신혼일 텐데... 혹시 부군과 박미선 아가씨와의 관계를 부인은 알고 계셨나요?"

"네. 처음엔 소문을 들었어요. 당시만 해도 전부터 제가 그이보다 먼저 알았고 또 그이 일을 돕는다고 했지요. 소문이란 확실한 것도 아니잖아요. 더욱이 있는 것으로 조작해 비난의 수단으로 삼는 라이벌 모략일 수도 있어 크게 관심을 갖지 않았죠. 또 우린 서로가 서로를 믿어 왔고요."

"그렇다면 사실을 루머로만 알고 있었다는 얘기인가요?"

"아니죠. 그이는 모든 것을 제게 솔직하게 털어놓고 용서를 빌었어요."

"그럼, 부인께 박미선이란 여자와의 관계를 고백했다는 얘기군요."

"네."

"그때 심정은 어땠습니까?"

"그때 심정요? 하늘이 무너지는 것 같았죠."

"그러셨겠죠. 그 실망과 배신감 같은 것, 말로 표현할 수 없었겠죠. 그때부터 그녀를 죽여야겠다는 마음은 없었는가요?"

"왜 그런 맘이 없었겠어요. 그이 앞에서는 태연한 척했지만 내 자신의 감정을 억제하는 데는 큰 진통을 겪었지요."

"그녀와의 충돌은 없었나요?"

"우리는 그 학생보다 나이가 많은 선배입니다. 그런 제가 그런 애와 싸운다는 것도 자존심 문제고 또 그이는 공인이기에 누워서 침 뱉기 격이며 제가 떠들고 싸우면 얼마만큼 자극을 받는다는 것도 계산하고 있는데 참을 수밖에 없었지요."

"그래서 다른 사람들처럼 때리고 소리치며 싸울 수 없어 남몰래 자살을 위장해 살해하게 되셨군요."

"네? 지금 뭐라고 하셨어요?"

태연하게 떠드는 구 반장의 유도 질문에 사색이 되다시피 한 그녀가 눈을 크게 뜨고 반문했다.

"그날 밤 부인께서 서성거린 것을 보았다는 증인이 나타났습니다. 왜 그 집을 배회했지요?"

부인은 한참 후 고개를 들고 무거운 입을 열었다.

"실은 그날 밤 그 집 근처를 배회했던 건 사실이에요. 하지만 제가 배회할 때 저쪽에서 검은 물체가 튀어 나갔어요."

"남자였나요? 여자였나요?"

"그것까지는 확실히 모르겠어요. 검은 옷차림은 틀림없는데 얼굴은 전혀 모르고 그냥 물체가 튀어 나가는 것 같은 실루엣만 보았어요. 그 후 저도 겁에 질려 집으로 발걸음을 돌렸습니다."

"왜 그 집에 갔었지요?"

"그이가 안 들어 왔어요. 그래서 그녀 숙소에 있지 않나 현장을 목격하러 갔었죠."

"그럼, 그때 그녀와 유진호 씨가 같이 있었나요?"

"그것까지는 알 수 없었어요. 그냥 밖에서 서성거리며 동정만 살폈을 뿐이니까요."

"그렇다면 왜 처음부터 사실대로 말하지 않았습니까?"

"빤하잖아요. 사실대로 말했으면 마치 제가 살인이라도 한 양 복잡해졌을 것 아니에요."

"어쨌든 고맙습니다. 검은 물체란 것이 사람임에 틀림없죠?"

"네."

"그러면 부인 혼자서만 보았다는 것인데 그것은 신빙성이 없습니다. 하지만 믿고 조사해 보겠습니다. 그리고 만약 그 검은 물체가 남자라면 부인께서는 누구일 것이라고 생각하십니까?"

"글쎄요. 저도 그동안 많이 생각했었어요. 범인을 빨리 찾아야만 그이도 다시 명예가 회복될 것 아니겠어요?"

"물론이죠. 유 후보께서도 그 사건 때문에 선거에서 탈락했고, 또한 신상에도 위협을 받고 있죠. 그 동안 혼자 생각하시면서 범인은 누구일 거라고 생각하셨습니까?"

"글쎄요. 그녀는 알쏭달쏭하게 베일에 감춰진 여자기 때문에 가늠할 수가 없네요!"

"혹시 검은 물체가 남자였다면 혹 박덕배란 사나이일 수도 있겠군요."

"글쎄요. 그 사람이 그녀와 무슨 관계가 있겠어요. 전혀 무관 할 텐데!"

"박덕배는 부인의 첫 남자였고 그 후 그는 당신들 부부에게 공갈 협박을 했습니다. 일이 성사되지 않자 보복할 셈으로 그랬던 게 아닐까요?"

"글쎄요."

"어쨌든 부인께서도 용의 선상에서 제외될 수는 없습니다. 다시 들르겠습니다."

"네! 최선을 다해 협조하겠습니다."

"이봐, 어디에 전화를 걸고 있는 거야?"

구 반장과 민 형사는 으슥한 곳에 차를 대고 앉아 잠복근무를 하고 있는 중이다.

밤 10시. 유난히 보름달이 밝다. 밝은 달은 며칠째 집에도 못 들어가고 잠복근무를 하고 있는 총각 민 형사의 가슴을 설레게 했다. 박덕배 집 주위를 집중 감시하고 있던 구 반장은 민 형사가 어디엔가 계속 핸드폰 다

이얼을 돌리는데 정신을 몰두하자 한마디 했던 것이다.

"지금이 몇 신데 전화도 안 받고 있지? 아직 안 들어 왔나? 아니 학생이 밤늦게까지 어디를 돌아다니는 거야,"

민 형사는 구 반장의 말을 듣고도 못들은 척하는 것인지 도통 관심 밖이다.

"그러고 보니 우리 민아한테 전화하고 있군. 하하하!"

"웃으실 일이 아니에요. 민아에게 어떻게 교육을 시키셨기에 77생이 늦은 밤까지 집에도 안 들어오고 돌아다니는 겁니까?"

"이봐, 민 형사. 공연히 김칫국 먼저 마시지 말라고. 물론 혼자 짝사랑하는 것은 자유이지만 말야."

"그게 무슨 말씀이세요. 섭섭하게."

"섭섭해도 할 수 없네. 내가 그 애를 어떻게 길렀는데. 민아는 내 둘도 없는 유일한 재산이란 것을 알고 있겠지?"

"알고 있죠."

"그럼 내가 왜 아내와 생이별을 하고 어린 딸 하나를 혼자 기르고 있는지도 알고 있겠군."

"물론이죠. 반장님이 허구헌날 집에 못 들어가니까 장모님께서도 도망을 가셨죠."

"장모님 이라니!"

"그럼 뭐라고 부릅니까?"

"떡줄 사람은 생각지도 않는데 김칫국부터 마시지 말라고..." 구 반장이 민 형사의 머리를 주먹으로 쥐어박는다.

"아까도 말했듯이 딸에게 애비의 전철을 밟지 않고 행복하게 살게 하려면 자네와 결혼을 안 시키는 게 상책이야. 자네나 내나 가정생활에는 제로라는 것 잘 알고 있잖나."

"단지 제가 형사라는 것 때문에 반장님처럼 집에 안 들어갈까 봐 그러시는 겁니까?"

"그것뿐이 아니야. 내 딸하고 자네를 저울에 달아보니까 아무래도 자네가 많이 기울어."

"헤헤! 반장님은 어떻게 매일매일 맑았다 흐렸다 변하십니까? 언제는 제가 최고의 사윗감이라 하시더니 오늘 같은 날은 또 심통만 부리시고… 도대체 제가 어떻게 해야 반장님 기분이 나아지시겠습니까?"

이때였다.

"쉿, 떴다."

둘은 조용히 박덕배 집 쪽을 향해 뚫어지게 쏘아본다. 박덕배가 옆에 여자를 끼고 한쪽 손에 먹을 것을 잔뜩 들고 집으로 들어간다.

"왜 사실을 나한테까지 숨겼소?"

"모르는 것이 약이다 하지 않았어요. 역시 내가 당신의 앞길을 가로막는가 봐요."

"새삼스럽게 그건 무슨 말이오?"

"애당초부터 당신의 부인 아니 국회의원의 부인이 될 자격이 없나 봐요."

"우리 지나간 일들은 잊어버리고 미래만 생각하여 살아가기로 약속했잖소. 그나저나 경찰에서는 또 얼마나 우리를 의심하겠소. 이번 일은 당신의 큰 실수였소."

"실수는 누가 했는데요?"

"물론 나의 큰 실책이긴 하지만."

"원인은 당신 때문이잖아요."

"내 모질지 못한 성격 탓이겠지. 순간적인 유혹을 뿌리치지 못한 것이 큰 후회가 돼."

"바로 당신의 의지가 약하다는 증거예요. 솔직히 난 이번 선거에서 떨어지길 잘했다고 생각해요. 당신 말대로 한 가정도 다스리지 못하는 사람이 어떻게 국회의원이 되겠어요."

"하긴 그래, 나도 인정은 하지만 당신도 남편을 그렇게 못 믿고서야 어찌 평생을 살겠소."

"당신이 믿게 했어요? 오죽했으면 내가 야밤에 그 계집 집을 배회했겠어요. 마치 밤도둑처럼… 난 당신에게 크게 실망했어요. 나도 여자예요. 여자란 자존심과 질투를 빼면 빈 껍질만 남는 다구요. 그동안 내가 나이 어린 그 계집애한테 얼마나 수모를 당했는지 아세요? 술 마시고 집으로 전화할 때마다 정말 쫓아가 죽이고 싶은 생각이 한두 번이 아니었다고요."

열이 올라 큰소리로 싸울 듯 말하던 선화는 마침내 울음을 터뜨리더니 울먹이면서 계속 말을 잇는다.

"그래도 당신을 위해 '참자 참어' 하면서 내 입술을 수차례 깨물어 왔어요. 그런데 그 계집애는 죽은 다음에도 끝까지 우리를 물고 늘어져 괴롭히는군요. 죽은 것은 내심 고소하지만 말이에요. 으흐흐흑…"

선화는 남편의 가슴에 얼굴을 파묻고 크게 울먹인다. 그녀의 양어깨를 꼭 감싸고 천장을 올려다보며 한숨을 내쉬던 진호의 얼굴에 어느새 뜨거운 사나이의 눈물이 흘러내린다. 순간적인 조그마한 실수가 이렇게 큰 화근이 될 줄은 미처 몰랐다는 회한이 담긴 눈물이었다. 그러면서도 유진호는 내심 선화를 의심하기 시작했다. 질투에 불타는 여자의 마음은 지독하리만큼 무섭다. 특히 선화는 양같이 온순하면서도 반면 무섭고 당돌한 기질도 가지고 있었다. 그녀의 성격은 누구보다도 진호가 잘 알고 있다. 그녀는 무슨 일이고 말보다 행동이 앞서는 여자다. 선화 말대로 여자란 자존심과 질투심을 빼놓으면 빈 껍질이다. 내가 박미선을 타의건 본의건 건드렸고, 사실을 또 고백했으니 선화의 심정은 어떠했을까? 처음 그녀와의 사실을 고백하자 선화는 아무렇지도 않은 듯 야릇한 웃음만을 던졌다. 그리고 그 이상의 변명이라든가 말을 강력히 막았다.

"알았으니까 이 순간부터 더 이상 그녀 얘기를 끄집어 내지 말아요. 그 계집은 당신이 좋아서 그런 것이 아니라 나에게 도전장을 보낸 거예요. 나보다는 그 계집이 훨씬 신선했겠죠. 여자의 생명은 성성함이에요. 물이 오를 대로 오른 파릇파릇한 젊음과 성성한 몸매, 게다가 얼굴도 예쁘니 사실 나보다 몇 배 나아요. 잘해 보세요. 당신이 원한다면 난 언제든지 물러설 수 있어요. 하지만 내가 바보는 아니란 것만은 명심하세요."

이만큼 선화는 유진호에게 무서운 공갈 협박조로 말했었다. 지난 일들을 비추어 볼 때 남편인 유진호는 선화가 능히 무서운 일도 저지를 수 있을 거라고 생각하니 은근히 걱정이 되지 않을 수가 없었다.

때를 같이해 xx경찰서 강력계에는 쇼킹한 정보가 날아들었다.

"반장님! 유진호 후보 동네 약국을 조사한 결과 부인 선화가 가끔 수면제를 사 가곤 했답니다. 박미선 살해 사건 전에도 2차례 수면제를 사 갔는데 박미선이 복용한 것과 똑같습니다."

줄담배를 피우고 있던 구 반장이 이 소리에 벌떡 일어나 앉았다.

"맞았어. 똑떨어져. 다른 약방도 찾아봐. 기록을 전부 찾아보라고. 수면제는 극약이야. 그녀는 습관적으로 수면제를 복용해 왔을 테고, 수면제의 성분도 잘 알고 있을 거야. 또 수면제는 한 사람한테 많이 팔지 않아. 그녀는 여기저기 다니면서 한 번 두 번 복용할 것을 사들였을 거야. 그리고 술을 마신 후 수면제를 먹으면 그 효력은 몇 배 강하게 되지. 죽을 수도 있을만큼...”

구 반장은 수사의 초점을 선화에게 돌렸다. 어딘가 바보스러워 보이는 외모와는 달리 천재적인 두뇌를 가지고 있는 구 반장의 예상이 들어맞았다.

“안녕하십니까? 부인.”

“어머, 어서 오세요.”

어수룩한 차림새를 하고 구 반장은 예고 없이 선화의 집을 방문했다. 새로 지은 선화의 집은 별로 크진 않았다. 시내에서 조금 떨어진 외진 곳에 마당에 수도가 있고 담은 형식적으로 블록으로 쌓아올렸으며 대문은 항상 열려져 있었다.

예로부터 충청도는 양반들이 많이 살았던 곳으로 어질고 착한 사람들이 모여 있는 곳이라 해서 통금 시간이 정해져 있을 때도 충청도만큼은 통행금지 시간이 따로 없었다. 그러나 그것은 충청북도에만 국한된 예외 조항이었고, 충청남도만 해도 통금이 있었다. 요즘과는 달라서 대문도 열어 놓고 다녔으며 심지어는 담도 없이 생활했던 곳이었다. 그래서인지 충청북도 진천에 대대손손 선조를 모시고 있는 유진호 부친께서도 아들의 집을 손수 동네 사람들과 같이 흙으로 지었고 다만 지붕만 현대식이라 그 집을 방문하는 데는 수월했다.

구 반장이 활짝 열린 대문을 들어설 때 선화는 마당에서 손수 한 빨래를 널고 있었다. 낯선 인기척에 깜짝 놀란 선화는 얼른 젖은 손으로 옷매무새를 고치며 구 반장을 반겼다. 선화의 심정은 옷매무새를 고친다기보다 놀라서 의식적으로 젖은 손이 노출된 젖가슴 쪽을 향했던 것이다. 그러나 상대가 구 반장임을 알자 이내 가슴이 두근거리기 시작했다.

"유진호 선생님은 어디 가셨나요? 하긴 대낮에 물어보는 게 잘못입니다. 허허허..."

"마침 아버님과 같이 밭에 가셨어요."

"그건 왜요?"

"국회의원도 떨어지고 이젠 할 일이 없잖아요. 그래서 아버님과 농사일을 배워 농사를 짓기로 했어요."

"좋은 생각입니다. 요즘 농촌에 그런 훌륭한 분들이 남아 줘야지 그렇지 않으면 남자고 여자고 씨가 마를 겁니다. 남자고 여자고 학교만 졸업하면 하나같이 서울로 가 버리니 어디 젊은 사람들이 있습니까? 그리고 요즘 사람들 대자연의 원리를 몰라요. 하늘과 땅, 즉 인간이나 동물은 아니 식물까지도 자연을 외면하면 어떤 결과가 오는 줄 모릅니다. 우리 인간은 흙을 밟고 식물에서 나오는 맑은 공기를 호흡하며 논밭에서 일을 해야 합니다. 그래야 건강하고 장수하는데 사람들은 그것을 몰라요. 그저 책상머리에 앉아 편안하게 발에 흙 하나 묻히지 않으려고 해요. 두꺼운 시멘트 바닥에 게다가 두꺼운 가죽구두를 신고 차만 타고 다니니 도시의 그 많은 병원들이 모두 환자들로 붐비고 있지요. 헤헤."

"그건 그래요. 우리 국민도 반성해야 할 점이 많아요. 그런데 좋은 소식이라도 가지고 오셨나요?"

선화는 구 반장의 말을 건성으로 흘려들으면서 내심 무슨 일로 왔을까 하는 생각에만 몰두했다.

"네, 죄송합니다. 제가 쓸데없는 말만 주책없이 지껄여 댔군요."

구 반장은 상대방을 조사할 때는 언제나 우회적인 방법으로 대답을 유도해 낸다. 다른 이야기를 지껄여 대면서 상대의 심정을 어느 정도 파악하게 되면 서서히 본론으로 좁혀 들어가는 것이다.

"저... 부인께서는 수면제를 자주 복용하시나요?"

"네. 가끔요. 그건 왜요?"

"그럼, 세코날에 대해서도 잘 아시겠군요?"

"네, 가끔 복용하는 약이니까 어느 정도 성분과 복용 방법 등은 알고 있지요. 그런데 그건 왜요?"

"그렇다면 몇 알을 먹어야 잠이 오고 효력이 있습니까?"

"그거야 처음엔 1알씩 먹어도 잠이 오지만 몇 번 복용하면 2알... 오래 복용하면 저항력이 생겨서 7알은 먹어야 해요."

"아하, 그렇군요."

구 반장은 고개를 끄떡인다.

"사람이 수면제(세코날)를 먹고 죽는 수도 있지요?"

"물론이죠. 세코날은 극약이에요. 그래서 약국 처방도 1회분씩 밖에 안 팔아요. 하긴 옛날엔 수면제를 먹고 죽은 사람들도 많이 있었죠. 자살하는 사람의 대개는 많은 양을 먹고 잠자다 죽는다고 하더군요."

"얼마나 먹으면 죽습니까?"

"그걸 내가 어떻게 알아요. 하지만 10알정도..."

"10알이라..."

"저 같은 경우는 20알 먹어도 죽지 않아요."

선화는 구 반장이 왜 이런 질문을 하는지 알고 있었다. 박미선이 수면제를 먹고 죽었다는 말을 들었기 때문이다. 구 반장이 그 약에 대해 잘 알고 있으면서도 일부러 자신에게 물어보고 있음을 선화도 이미 눈치 채고 있었다.

'틀림없이 근처 약방에서 수면제를 구입한 인적 사항을 조사했을 거고 내가 여러 군데서 조금씩 사서 복용한 사실도 알고 있을 것이다.'

수면제는 다른 약과는 달라서 극약이기 때문에 상대방의 인적 사항을 항상 기록해 놓고 양도 1회 분씩밖에는 팔지 않는다. 선화는 내심 불안해지고 있었다. 자신에 대한 수사진의 올가미가 점점 좁혀지고 있었다. 선화는 구 반장의 다음 질문을 예상할 수 있었다.

"어허! 그렇다면 부인께서는 수면제를 많이 복용해 그만큼 면역이 생겼다는 결론이군요?"

"네, 게다가 술을 많이 먹고 수면제를 복용하면 빨리 죽는데요."

톡 쏘는 목소리로 선화는 앞질러 대답했다.

구 반장은 무릎을 손바닥으로 탁 치며,

"맞았어요. 박미선의 사체가 발견된 곳에 소주병과 세코날 1알이 남아 있었어요. 떨어져 숨어 있었던 거죠."

"그렇다면 제가 살인 용의자란 것이 더욱 확실해지고 있군요. 우연치고는 너무나 앞뒤가 꼭 맞네요."

선화도 보통 당돌한 여자가 아니다. 명석한 두뇌에 당돌할 때는 여느 남자들 못지않은 저돌적인 면이 있었다. 이렇게 구 반장의 말을 칼로 자르듯 앞질러 가자 구 반장은 다음 말이 궁색했다.

"하하하! 부인께서도 약에 대해 대단한 식견을 가지고 계시네요. 혹시 전공이 약대라도?"

"아니에요. 난 대학교는 문전에도 못 들어가 봤어요. 다만 세코날에 대해서만큼은 나의 유일한 벗이기 때문에 좀 자세히 알뿐이죠."

"세코날과 친구가 된 특별한 동기라도 있나 보죠?"

"물론이죠. 남편이 국회의원 후보가 되면서 너무나 스트레스를 많이 받고 있었어요. 그 일들은 너무나 많아서 말씀은 안 드리겠어요. 스트레스 받는 날이면 밤잠을 못 잤어요. 제 성격도 어지간히 깐깐하고 대쪽 같아서요. 건드리면 부러질지언정 휘어지진 않는 성미인데, 남편의 큰일 앞에서 부러지면 안 되겠기에 수면제를 먹어야 잠을 자곤 했죠. 그리고 다음날 숨 가쁘게 뛰지 않으면 안 되었어요. 이 심정 아시겠죠?"

"아암. 알고말고요. 그런데 유감스럽게도 각 약방에서 부인이 사 가신 세코날은 상당한 양이던데요?"

"그렇다면 제가 여기저기서 산 세코날을 그녀에게 먹여 자살로 위장했다는 얘기가 되는군요?"

"그런 추측이 가능하죠!"

"죽은 그녀의 이름은 없던가요?"

"네, 없었고 다른 사람들이 가끔 있었지요."

"호호호. 그럼 꼼짝없이 제가 그물에 걸려들었군요. 그날 밤 저를 목격한 노인, 게다가 죽은 박미선은 제가 즐겨 먹는 세코날을 먹은 채 살해됐다니, 그럼 전 어찌되죠? 제가 죽이지 않았는데도 어쩔 수 없이 누명을 써야 되나요?"

"글쎄. 말입니다."

"반장님. 말씀드리겠는데 저는 그녀를 죽이지도 않았고 죽일 만한 위인도 아니며, 무엇보다 그녀를 죽일 만한 이유가 없어요. 이건 공연한 시간 낭비일 뿐이에요. 그리고 더 이상 참고 될 만한 재료도 없어요. 이젠 다 털어놓았으니까. 아시겠어요?"

구 반장은 더 이상 그녀와 싸워 무엇인가 찾는다는 것은 무리란 것을 알았다. 대신 지금까지 나약하고 착한 여자로만 보아 왔던 그녀가 비로소 보통 여자가 아니라 몹시 당돌하고 무서운 여자란 것을 깨달았다. 그리고 그녀에게 접근하려면 확실한 증거를 가지고 대해야지 어설프게 유도하려 했다가는 오히려 유도 당할지도 모른다는 생각이 앞섰다.

구 반장은 그녀라면 능히 살인도 범할 수 있는 여자이며 영리한 두뇌를 믿고 완전범죄를 꾀했을 수도 있겠다고 생각했다. 구 반장은 더 이상 그녀에게서 실마리를 찾지 못하고 일단 후퇴했다.

수사본부에서는 이번 사건을 그대로 자살로 처리하자는 의견이 지배적이었지만 구 반장의 생각은 달랐다. 구 반장은 이번 사건에서 뭔가 냄새를 맡고 있었다. 따라서 현직 국회의원인 김철문 의원을 철저히 조사해서 진실을 규명하고 유진호 후보의 오해를 씻기 위해 계속 수사할 것을 의뢰했다.

김철문 박사는 유진호 후보를 극진히 생각해서 다그친 것인 데 유진호 측에서는 반대로 이들을 죽이려는 작전이라고 생각했다.

"빌어먹을. 김철문 의원이 우리에게 손잡고 잘해 보자고 하더니 고양이가 쥐를 생각하는 격이군. 다음 기회에 우리한테 빼앗길 것 같으니까 우리를 완전히 짓밟아 없애자는 수작이었군."

"그래요. 당신은 너무 상대방을 잘 믿는 게 탈이에요. 저처럼… 김 의원 잘 뜯어보세요. 늙은 여우 중에 상여우예요. 그 양반 박사에 지식인으로 높이 보았는데 겉 다르고 속 다른 수박이에요."

"하긴 물속 깊이는 알아도 사람 마음 속 깊이는 모른다고, 검은 속마음을 어찌 알겠소. 하긴 미적지근하게 자살로 덮어 버리면 우리는 영원히 용의자란 오명을 벗지 못해. 그 양반 말대로 범인을 잡아야 우리에 대한 오해가 말끔히 씻어져 다음을 기약할 수 있게 돼."

"내가 불안해서 못살겠어요. 구 반장은 나를 의심하고 있어요. 그날 밤 그곳에 나타나 배회한 것에 거기다 내가 세코날을 사서 복용하고 있는 것까지 다 조사를 했어요. 하필이면 그 계집애가 세코날을 먹고 뒈질게 뭐람. 죽으면서까지 나를 못살게 물고 늘어질 건 뭐냔 말예요. 글쎄…"

"당신이 꼭 오해 받을 만한 상황이야."

박미선 살해 사건에 대해서는 김빠진 맥주 격이 되어 가고 있었다. 이렇다 할 단서 하나 잡을 만한 증거가 없고 오직 선화를 가장 유력한 용의자로 점찍었을 뿐이다. 무엇보다 살해된 그녀의 신분이 의문이었다. 그녀의 집에서나 소지품에서도 제대로 된 증명서 하나 찾을 수 없었고 따라서 뚜렷한 신분도 알아내지 못했다. 기껏 알고 있는 것이 유진호 후보 밑에서 아르바이트로 선거운동을 했다는 것과 그 이전에는 학생 신분으로 민천우 의원 사무실에서 아르바이트를 했다는 사실이었다. 아르바이트란 그날그날 하루살이처럼 심부름만을 하고 일당을 받는 임시직원이었기 때문에 신원을 증명할 서류 같은 것은 필요치 않았다.

그녀가 다녔다는 학교도 조사했지만 여전히 알 수 없는 의혹의 여자였다. 따라서 부모나 일가친척 하나 나타나지도 않은 채였다. 박미선이라는 여자 자체가 의문을 지닌 문제의 여자였다. 정상적이 아닌 많은 의혹을 갖게 하는 여자란 점이 오히려 수사진의 관심을 더욱 끌어 모으고 있었다.

"어쩐 일이세요, 아빠가. 내일 아침엔 해가 서쪽에서 뜨겠네요."

"그래! 이렇게 일찍 네 얼굴을 마주 보기도 오래간만이다."

저녁 5시쯤 구 반장은 힘없이 들어섰다.

"그런데 너도 웬일이냐? 주말도 아닌데. 학교 끝나고 아르바이트하느라고 밤늦게 귀가하더니."

"아빠가 일찍 들어오실 것 같은 예감이 들었어요."

"오호, 그랬군."

대학 졸업반인 민아는 구 반장이 벗어 놓은 옷을 하나하나 받아서 정돈

해 옷걸이에 걸면서 물었다.

"목욕물 틀어 놓을까요? 아빠."

"아니다. 집에 오기 전에 목욕을 했다. 그것보다 배가 고프다. 뭐 먹을 것 없니?"

"왜 없겠어요. 아빠가 일찍 오실 줄 알고 맛있는 음식을 장만했지요."

"아무래도 이상하다. 혹시 오늘이 무슨 날이냐? 내 생일이라던가... 그렇지 않으면..."

"아빠 생일은 아직도 한 달이나 남았어요."

"오, 그렇구나. 하긴 내 생일도 못 찾아 먹는 애비 아니냐!"

"아빠는 너무 완벽하세요. 아니 완벽하다기보다 책임감이라고 할까? 어쨌든 아빠 일밖에 모르셔요."

"그러니까, 너희 엄마한테 채이지 않았니. 가정에 무능력해서..."

"알긴 아시는군요. 그렇지 않아도 어제 엄마한테 전화 왔었어요."

"전화는 뭣 하려 했던?"

"그래도 엄만 제일 먼저, '아빠 건강하냐? 식사는 제대로 하시느냐? 옷은 잘 빨아 챙겨 주느냐?' 하시면서 아빠 안부만 묻고 나한테는 끝으로 공부 잘 하란 말만 하고 끊었어요."

이 말에 구 반장은 아무 말 없이 갑자기 얼굴에 그늘이 지더니 곧 풀이 죽는다. 아버지의 그 표정을 슬쩍 훔쳐 본 민아는 공연히 엄마 이야기를 해서 아빠의 아픈 상처를 건드렸구나 하고 후회했다.

"하긴 나도 똥고집을 버려야 하는데..."

구 반장은 서글픈 얼굴에 힘없이 말을 던진다.

"와! 오늘이야말로 진수성찬이로구나. 응? 내가 좋아하는 고량주도 있고. 하하!"

"그래 자 우선 목부터 축이자."

하고 술잔을 내밀자 민아가 두 손으로 공손히 따른다.

"크아! 그래도 우리 공주가 따르는 술이 제일이다. 술이 온몸을 확 녹이는구나. 자, 한잔 더."

"식사 먼저 하시고 천천히 드세요. 빈속에 술 드시면 안 돼요."

"술은 배가 부르면 안 들어가는 법이다. 출출할 때 알코올이 들어가야 쩡하니 온몸이 풀어지는 게야."

이때였다. 현관 벨이 울렸다.

"아니, 누구야?"

구 반장이 눈이 둥그레져 술을 마시다 말고 얼굴을 돌렸다.

"누구긴 누구예요."

민아는 총알처럼 쫓아가 문을 딴다. 문이 열리자 한쪽 발을 들여놓고 얼굴을 내미는 민 형사. 거구에 노타이 차림으로 땀을 흘린 폼이 뛰어온 것이 틀림없다.

"미안해 늦어서."

이때였다. 벼락같이 일어선 구 반장은 발걸음을 서서히 옮겨 민 형사와 민아의 얼굴을 교대로 쳐다본다. 간격을 좁히자 민아와 민 형사 얼굴이 굳어진다.

"어쩐지 집에 일찍 들어오고 싶더라니. 네놈이 여기 오기로 약속을 해놓고 뭐 어쩌고 어째 어머니가 아파서 병원에 모시고 간다고? 모처럼 효자 노릇 좀 하려고 하는데 일찍 퇴근 안 시켜 준다고? 그래, 여기가 병원이냐, 병원이야?"

구 반장의 추상같은 추궁에 할 말을 잃은 민 형사는 고개를 숙이고 빙긋이 웃으며 뒤통수만 긁적인다. 민아는 킥킥거리고 웃고만 있다.

"이리 와, 왔으니 일단은 앉아 봐."

구 반장은 민 형사의 한쪽 귀를 잡아 식탁 앞으로 끌고 간다.

"하긴 원님 덕분에 나발 분다고 네놈 덕분에 내가 오늘 포식을 하긴 하지만 저 미련퉁이 민 형사 줄려고 차렸구나?"

"아니에요. 아빠. 실은 창규 씨가 오늘 아빠가 오래간만에 일찍 들어가시니 진수성찬으로 차려놓으라고 했어요. 그리고 후에 창규 씨가 찾아와 아빠 덕분에 포식하겠다고요."

"그래, 그래. 벌써부터 너희들끼리 거짓말 호흡이 잘도 맞는다. 맞아. 미안하지만 저놈은 내가 야간 근무를 한다고 하니 먼저 거짓말을 하고 도망친 놈이야, 그런데 뭐? 아빠가 일찍 퇴근한다고? 하하하."

민 형사 민아도 같이 따라 크게 웃는다.

"장인어른 많이 드시고 몸 건강히 오래오래 사세요!"

민 형사가 큰 덩치에 무릎을 꿇고 두 손으로 술잔을 따른다.

"그래 네놈 심보 뻔하다. 이 독한 술을 한 잔이라도 많이 마셔 일찍 죽으라고 빌겠지?"

"아니에요. 아버님!"

"임마, 네놈 이마에 그렇게 써 있어. 이 능글맞은 놈아."

단숨에 독한 술잔을 비우고 민 형사에게 준다.

"저는..."

"공연히 내숭 떨지 말고 받아. 네놈 색시 집에 가서는 예쁜 색시들 앞에서 잘만 먹더라."

"뭐예요. 색시 집엘?"

그 소리에 민아가 갑자기 얼굴색이 변하며 고양이처럼 손톱으로 민 형사의 허벅지를 꼬집는다.

"아야앗, 민아! 너 아버지의 놀부 같으신 성격 몰라서 그래? 그건 순전히 아버님이 꾸미신 거야."

"녀석아 내가 거짓말할 때가 따로 있지. 딸 앞에서 거짓말을 해? 네놈 미련한 덩치에 비해 미꾸라지처럼 빠져나갈 구멍은 잘도 찾는구나. 하긴 곰도 구르는 재주는 있다더라."

구 반장은 시치미를 떼고 능청스럽게 민아와 민 형사의 싸움을 지켜본다.

"애비가 뭐라고 하든. 민 형사 겉보기와는 다르다고, 여자 꼬드기는 데는 선수니 일찌감치 멀리하라고 하지 않던?"

"아빠가 언제..."

"으음, 네가 못들은 모양이구나."

"아빠는 지금까지 민 형사 칭찬만 했잖아요."

"그랬냐? 그거야 내 파트너니까 매일같이 술 사줘, 게다가 혼자 적적하실 테니 여자 친구라도 삼으라고 여자까지 대령하면서 너한테 거짓말을 하라고 시켜서 했을 뿐이야. 그뿐이냐? 잠복근무 할 때도 화장실 간다고 가면 3시간이 걸린다. 그럴 땐 빤하잖니. 여자가 한 두 명인가, 녀석 근무하는 데까지 여자들을 끌어들이는 녀석인데 저래도 여자들한테는 대인기다. 다른 것은 모두 낙제인데 술과 여자 꼬드기는 데는 천재야. 천재. 사무실에선 아주 소문이 자자하다."

"으흠, 그랬었구나. 그러면서도... 이리 좀 와 봐."

마침내 민아는 어금니를 악다물고 민 형사를 끌고 자기 방으로 간다.

"아! 아! 좁은 네 방까지 갈 필요 없다. 나 너무 피곤해서 내방 가서 잘 테니 녀석 적당히 혼내 일찍 집으로 보내라."

어안이 벙벙한 민 형사. 어떤 말을 해야 할지 말을 잊은 채 우두커니 서 있는데 구 반장이 민 형사에게 웃으며 윙크를 던지고 2층으로 비틀비틀 올라간다.

다음날 아침, 구 반장은 아침 일찍 출근해서 책상머리에 앉아 두 손을 잡아 책상 위에 올려놓고 뭔가 생각에 잠겨 있다. 9시나 되어서야 출근한 민 형사가 종이컵에 커피를 2잔 들고 구 반장 앞에 다가와 멈춰 선다. 민 형사의 한쪽 눈에는 흰 안대가 둘러져 있다. 다른 직원들이 그 모습을 보고 모두 한마디씩 던진다.

"어젯밤에 범인하고 한바탕 했어?"

"술 먹다 친구하고 박치기 했군."

"그게 아니라 차에서 내리다 오토바이와 부딪쳤어요."

"헤헤! 오토바이가 차라리 예쁜 아가씨였더라면 좋았을 걸."

"그래 한 대 박치고 얼마 벌었냐?"

이때 구 반장이 입을 열었다.

"민 형사 이야기는 모두 거짓말이야. 어제 내 딸한테 프로포즈하다가 얻어맞은 거야."

"반장님!"

구 반장의 입을 얼른 가로막으며 다른 형사들을 쳐다보는 민 형사의 얼굴은 민망한 부끄러움에 몸 둘 바를 몰라 했다. 더불어 강력계 사무실은 한바탕 웃음바다가 됐다. 그러나 수사 과장이 들어서자 분위기는 다시 예의 그 삼엄한 분위기로 돌아갔다.

행방을 감춘 선화

"반장님은 왜 혼자만 고집을 부리십니까? 모두들 이렇다 할 단서가 없고 그녀가 여기저기서 세코날을 구입한 증거도 있어 자살로 간단히 처리가 됐는데요. 특별한 이유라도 있으십니까?"

"이봐! 그 사건은 틀림없이 타살이라고, 완전 범죄야. 난 범인을 잡고 말거야."

"반장님은 그 대쪽같은 고집 빼면 시체라더니 정말 그렇군요. 장모님이 왜 집을 나가셨는지 이제 알만 해요. 단순히 반장님의 일 때문에 집에 못 들어가시는 이유만이 아닐 겁니다."

"임마, 장인 장모 소리 좀 빼라. 네놈한테 우리 천금같은 딸을 준다고 안 했어. 알겠어?"

"바로 그것입니다."

"뭐가 녀석아?"

"장인 어르신께서 지금같이 오락가락 개였다 흐렸다 하시는 성격도 큰 이유가 됩니다."

"무슨 이유가?"

구 반장은 민 형사에게 꿀밤을 준다.

"장모님이 집을 나가신 이유 말입니다."

"또 장모님!"

"네, 장인 어르신. 우리 민아가 꼭 그렇게 부르라고 분부를 내렸습니다."

"하하! 저놈의 능청을 사위 삼았다가는 나도 내 명에 못살겠다."

"자 오늘은 한 일도 없이 오전 일과가 끝났군요. 점심은 뭘 드시겠어요? 제가 한턱 사겠습니다. 장인어른."

"좋다. 내가 산다."

구 반장이 앞장을 선다. 뒤따르는 민 형사.

유진호는 은근히 당선이 될지도 모른다는 기대가 없지 않았다. 그런데 막상 낙선되고 보니 허탈한 마음을 금치 못한 것도 사실이었다.

그러나 유진호는 모든 것을 잊어버리고 차점으로 떨어졌다는 점에 새로운 용기를 얻었다. 시골이니만큼 4년 동안 흙에 파묻혀 농민들과 호흡을 같이 할 것에 마음을 굳혔다. 본래 농민을 위해 흙과 같이 호흡하며 정치를 하겠다는 캐치다.

지칠 대로 지친 유진호는 더 이상 선화 찾는 일을 포기하고 하던 일을 다시 시작했다. 하던 일이라야 농사일을 거들어 주는 것이다. 군민들에게 돈 안 받고 머슴 생활을 하며 그 외에 사무적인 일들을 도와주고 관에서 무슨 일이 생기면 유진호가 앞장서 해결하는 등, 자선 사업을 계속 했다.

도대체 선화는 어떻게 된 걸까? 사실 유진호도 부부긴 하지만 박미선 살해자가 선화일지도 모른다는 생각을 늘 하고 있었다. 박미선과 일을 같이 하면서부터 유독 부부 사이의 충돌이 잦았었다.

"당신 잘해 봐. 나는 이제 늙었다 이거야? 그놈의 계집이 내 가슴에 칼날을 들이댔지만 천만의 말씀. 내가 호락호락 후퇴할 줄 알아? 그년이 아직 내가 얼마나 무서운 여잔지 몰라서 그러는 모양인데 일단 선거 끝날 때까지는 조용히 있겠어!"

유진호에게 이렇게 퍼붓고 나서는 그 후부터 선화의 태도가 달라졌었다. 그리고 얼마 후 박미선이 살해됐고 그 뒤부터는 더욱 불안과 초조감에 쫓기는 듯했다. 지금 생각해 보면 정신 이상자 같은 적이 한 두 번이 아니었다. 근래엔 부쩍 잠도 못자고 먹지도 않더니 끝내 집을 나간 것이다.

유진호는 제발 아니기를 빌었다. 오늘도 유진호는 마음을 굳혀 일터로 나갔다. 어느 때는 밭에서, 어느 때는 논에서 흙을 맨발로 밟으며 똥내와 풀 썩는 냄새를 맡으며 농부들과 어울려 함께 일을 하고 있노라면 모든 걸 잊을 수 있었다.

햇볕이 쨍쨍 내리쬐는 한낮에 갈증이 날 때면 걸쭉한 막걸리 한 대접을 단숨에 들이 키고 농부들이 부르는 풍년가를 흥겹게 따라 부른다. 평소엔 하루 세 끼도 먹을까 말까 그것도 밥 한 두 숟가락 떠먹는 게 고작이었는데 일을 하면서부터는 여느 농부들처럼 수북이 담긴 밥을 한 그릇씩 후딱 해치웠다. 그것도 아침, 점심, 저녁 중간에 새참으로 내오는 두 끼를 합하면 하루 5차례나 먹어 치우는 것이다. 고된 일을 하니 그만큼 에너지를 소비시키기 때문이다.

유진호는 하루에 그렇게 많은 밥을 먹어 치우는 자신의 변모된 모습에 마음이 뿌듯했다.

유진호가 농부들과 같이 일을 하면 신명이 난 농부들은 보통 때보다 일의 능률이 3분의 1이나 빨리 진행되었다. 그도 그럴 것이 시골에서 배웠다는 사람들은 남자건 여자건 할 것 없이 초등학교만 졸업해도 호미 자루와 삽자루를 팽개치고 서울로 올라가 버리는 것이다. 그러니 일손이 모자란 것은 당연했다. 기껏해야 노인들만이 지키는 시골에서 대학을 졸업하고 장래에 국회의원이 될 사람이 함께 일을 한다는 것은 참으로 자랑스러운 일이었다. 게다가 매사에 솔선수범해서 야무지게 일을 하니 그들의 눈에 유진호는 참으로 '된 사람'으로 보였다.

이렇게 하루하루를 보내는 동안 유진호의 인기는 날로 치솟고 있었다. 유진호 자신도 비록 몸은 피곤하지만 이렇게 힘겹게 같이 호흡을 하는 것에서 무엇보다 큰 삶의 보람을 느꼈다. 이렇게 하루를 정신없이 보내고 거나하게 취해 집으로 돌아오면 허전한 공허감이 유진호를 엄습해 온다. 방은 늘 불이 켜져 있고 방 안은 말끔히 치워져 있다. 70세가 넘으신 어머님이 아침, 저녁으로 건너와 정성스럽게 집을 치워 주시기 때문이다.

유진호는 방 안에 들어와 허전한 마음을 달래기 위해 혼자 소주를 마시고 눕는다. 강한 알코올 기운은 노곤해진 유진호를 곧바로 잠재웠다. 이러한 생활이 다람쥐 쳇바퀴 돌듯 반복되었고, 집 문턱에 들어서면 매일같이 혹시나 선화가 돌아와 있지 않을까 하는 기대감을 가지긴 했지만, 한 달 두 달이 지나가자 이젠 거의 포기한 상태가 되었다.

그러던 어느 날 농부들과 같이 가을 추수를 하고 있는 유진호 앞으로 검은 그랜저 한 대가 덜커덩 덜커덩 진흙을 튀기며 다가오고 있었다. 모두들 시선이 그쪽으로 집중됐다. 농부들은 놀라움을 금치 못했고 예사롭지 않은 눈빛으로 서 있던 진호는 어느 정도 예측하고 있었다. 아무리 김철문 의원이라지만 유진호의 인기가 날로 상승하고 있음을 알고 농부들도 위안할 겸해서 이곳 시골까지 내려온 것이다. 유진호의 예상은 들어맞았다. 가까이 다가온 김 의원은 많은 선물을 들고 차에서 내리면서 농부들에게 인사를 했다.

"수고들 많습니다. 금년에는 풍년이란 소식을 듣고 축하 인사차 왔습니다."

적어도 국회의원이 방문했는데 농부들도 일을 계속할 수는 없는 일이다. 하나같이 일손을 놓고 모두 밖으로 나와 김 박사가 내민 손을 일일이 잡는다.

막 일손을 떼고 나온 유진호는 흙 묻은 손과 발로 티 하나 안 묻은 깨끗한 양복에 제법 기름기까지 도는 그의 얼굴을 마주쳐서 진흙탕 속에 짓밟아 버리고 싶은 충동이 일었지만 주먹만 불끈 쥐었을 뿐 이내 마음을 바꿨다.

"바쁘신데 이렇게 어려운 걸음을 해주셔서 감사합니다."

현 국회의원인 김철문 박사도 양복을 벗어 제치고 일꾼들과 같이 일을 했다. 유진호는 자신의 감정을 억누르고 깍듯이 인사했다.

이날 저녁 김선국 노인네 집에서는 돼지까지 잡으며 큰 잔치가 벌어졌다. 알부자로 소문난 구두쇠 김 노인이 일생일대의 대잔치를 벌인 것이다.

"자, 여러분! 우리 마을이 번창 일로에 있는 것은 바로 여기 유진호 선생의 공이 큽니다. 저로서는 부끄러운 마음 금치 못하겠습니다. 그런 의미에서 유진호 선생을 위해 우리 다함께 건배합시다."

넓은 마당엔 모처럼 많은 사람들이 모여 현직 국회의원과 술잔을 돌리며 마음껏 취하고 춤과 노래로 거나하게 취기가 오른 흥을 돋우고 있다.
이 춤과 노래야말로 시골의 대자연 속 원초적 본능이며, 각 개인의 정통
적인 춤과 노래가 아니라 몸과 마음에서 우러나온 흥겨운 가락이다.

"여보게. 동생!"

김 박사는 유진호의 손을 덥석 잡더니 술잔을 내민다. 그러나 김 박사의
손은 유진호에겐 얼음장처럼 차게만 느껴졌다. 그것은 유진호의 마음속
에 아직도 김철문 박사의 좋지 않은 감정이 쌓였기 때문이다.

유진호의 성격은 모난 성격은 아니다. 어지간한 일이면 자기 마음속으
로만 새기고 소화를 시킨다. 사소한 일에 네가 잘못했느니 내가 잘했느
니 하며 싸우지 않고 그저 속으로 판단하고 새길 뿐인 것이다. 김철문 박
사도 지금껏 경우가 발랐고 도의에 벗어난 행동, 비굴하다거나 야비한
짓은 조금도 하지 않는 사람이었다. 지식인이란 점에서 누구보다 체면을
중히 여겼던 사람이었다.

그런데 선거전에서 김 박사의 부하 직원들이 대부분 질적으로 좋지 않
은 사람들이었기 때문에 수단과 방법을 가리지 않고 상대방을 중상 모략
하는 등 다른 후보에게 실망스런 행동을 일삼았었다. 아마도 이것이 오
늘날 김 박사가 지금의 금배지를 달게 된 결정적인 요인이 됐을 것이다.

"그동안 자넨 정말 훌륭한 일을 했네. 그리고 앞으로도 계속 그렇게 하
리라고 믿네. 자네 앞에선 고개가 숙여지는군. 자네 인기는 서울 국회 사
무실까지 대단하더구먼."

"과장된 소문입니다. 의원님! 전 이 시골에 해 놓은 것도 없고 다만 돈
없고 미력한 이 유진호에게 많은 표를 던져 준 우리 군민들에 대한 보답
으로 천분의 일이라도 이 몸으로 머슴살이를 해서 보답하고 싶었을 뿐입
니다."

"역시 자넨 말 대신 행동으로 옮기는 겸손한 미덕이 있어. 어쨌든 간에 그간 우리 직원들이 자네를 가장 많이 공격한 모양인데 용서하게나. 절대 나의 뜻은 아니었네. 나도 나중에야 사실을 알았네. 내가 오늘 이곳에 방문한 것은 그 오해도 풀 겸 자네가 어떻게 지내나 궁금해서 내려온 것일세."

"다 지난 일인 걸요. 앞으로가 문제겠죠."

"아암, 바로 그거야. 난 전에 약속한 대로 자네를 라이벌로 생각지 않고 친동생으로 생각하고 있네. 이것만큼은 내 진심일세. 지난 일들은 모두 용서하게나."

이때 다른 사람들이 몰려와 이들의 손을 끌어 술을 권하면서 흥겨운 춤과 노래가 계속됐다. 자정이 되어서야 제각기 흩어지기 시작했다.

"형님 오늘밤은 누추하지만 저희 집에서 주무시는 게 어떻겠습니까?"

유진호의 혀 꼬부라진 소리다.

"아암, 좋지 좋아. 바로 내가 바라던 걸세. 나도 시골 촌놈이야. 시골 촌놈이 도시에서 생활한다는 거 그거 보통 고역이 아닐세. 그리고 국회의원 이것도 이만저만 후회스러운 게 아니야. 하지만 우리 고향에서 심부름꾼으로 날 밀어 주었으니 임기 동안이나마 최선을 다해야지. 고향을 위해서 나아가서는 국가를 위해서 그리고 우리 가정을 위해서도 말일세."

김 의원도 혀 꼬부라진 소리로 대답한다. 이들 둘은 어느새 어깨를 맞대고 균형 잃은 걸음으로 함께 유진호 집을 향해 걸었다.

"아! 저 개구리 우는 소리, 소쩍새 우는 소리, 정말 그리웠던 소리야."

"이 풀 냄새! 맑은 공기, 이렇게 좋고 그리운 고향을 두고 돈과 명예에 목을 매며 50평생을 살아온 내 자신이 후회되네."

"네, 고향이 최고죠."

"자, 우리 그런 얘기 집어치우고 노래나 하세."

김 의원과 유진호는 '고향', '한오백년' 등 박자도 안 맞는 옛날 노래를 목청껏 내지르다 어느덧 집에 도착했다. 언제나 그랬듯이 방 안에선 불빛이 새 나왔다.

"다 왔습니다."

방 안의 불빛을 본 유진호는 정신이 들었다. 항상 집 앞에 당도할 때면 막연한 기대감 같은 것이 있었다. 혹시 선화가 와 있지 않을까 하는 기대감. 그러다 막상 문을 열고 들어가면 너무나 깨끗이 펴져 있는 이부자리. 무더운 여름철에도 들어서면 싸늘한 기운이 방 안을 맴돈다. 선화가 있을 때에는 겨울이고 여름이고 간에 방 안에 들어서면 안정되고 포근한 공기만 맴돌았는데... 방 안에 들어서자 여전히 냉랭한 공기가 유진호를 반긴다. 방안에 이부자리만 깨끗하게 펴져 있다. 낮에 노부모가 청소해놓고 돌아가신 것이다.

"자, 보다시피 난 이런데서 이렇게 홀아비로 살고 있습니다."

술에 취했던 김 의원도 방 안의 찬 공기에 술이 번쩍 깼다. 침통한 표정으로 한동안 앉지를 않는다.

"자, 앉으십시오. 왜 누추하셔서 그러십니까? 그러시다면 시내 호텔로 모시죠."

"아, 아니야. 동생한테 뭐라고 위안의 말을 해줘야 할지 몰라서 그러네."

"아닙니다. 인생이란 게 다 이런 것 아니겠습니까? 인생은 공수래공수거라 높은 곳이 있으면 낮은 곳도 있고 평탄한 길을 가다 보면 험한 길도 있는 것이고... 다 그런 과정의 일부분이죠."

"여기 내 비상금이 있습니다."

유진호는 부엌으로 나가 소주 한 병과 오이, 김치로 상을 차렸다.

"이것도 형님과의 한 추억일 겁니다."

"좋지. 자, 우리 밤새워 마음껏 마시자고."

이들은 마주 앉아 주거니 받거니 하며 정담을 나누었다.

"자네 혹시 박덕배 녀석 소식 아나?"

"그놈 소식은 형님이 더 잘 아시죠. 왕년에 형님 오른팔이었지 않았습니까?"

"그랬었지. 놈은 질적으로 나쁜 놈이더군!"

"형님한테는 특등 공신이잖아요!"

"내 자네한테 그런 말이 나을 줄 알았네. 나와 그 녀석 관계를 얘기 해 봐야 자네가 믿거나 말거나 일세. 자네야말로 진짜 무서운 사내지."

"나 같은 바보가 어디 있습니까?"

"아니야. 자네는 누구에게나 허점을 보여 그로 인해 대부분은 공격을 받지만 자네는 그것을 모두 수용해. 자넨 일단 수용해 놓고 행동으로 싸우는 무서운 사내야. 싸움에선 적을 알아야 한다. 그리고 자기 흥분은 금물이다. 마찬가지로 자네는 싸움에서 이길 수 있으면서도 일부러 져 주고 상대의 모든 것을 파악하지. 그리고 결정적일 때 한방에 날려 보내지."

"그렇던가요? 칭찬 감사합니다."

"난 처음 박덕배와 자네의 관계를 몰랐어. 나한테 접근할 때는 다른 비서를 통해 경제 연구소 소장이란 거창한 간판에 주먹에도 일가견이 있는 의리파라고 하기에 도와 달라고 했지. 더구나 선거에도 많은 경력을 지녔다고 하기에 말이야. 일을 같이하다 보니 내 앞에서는 열심이고 착실해 보이더군. 선거운동을 할 때, 상대의 약점을 비방하지 말라는 것이 우리의 캐치프레이즈였는데, 놈은... 난 놈이 자네와 그런 관계인 줄 몰랐네. 나중에야 박덕배가 자네 부인의 첫 남자였다는 사실을 알았던 걸세. 몇 차례 크게 꾸짖고 경고했지만 소용이 없었네. 놈이 더욱 자네 비방을 일삼기에 끝내 해고 시켰네. 그러자 놈은 내게 앙심을 품고 더 몹쓸 짓을 일삼았지. 하지만 자네는 그런 중상모략을 받고도 우리에게 반발 한번 하지 않았어. 그 무거운 침묵. 그 침묵이야말로 내겐 큰 두려움이었지."

"그건 그렇고, 지금 그놈 형님과 연락이 됩니까?"

"국회 사무실에 한번 찾아 왔더군. 충성을 다할 테니 아무 자리나 밥 좀 먹게 해 달라고."

"그래서요?"

"두말 않고 30만 원 내주고 돌려보냈지. 차비나 하라고 말야. 그리고는 꼴도 보기 싫으니 내 앞에 다시는 나타나지 말라고 했지."

"그래도 그 녀석이 형님한테는 일등 공신인데요."

"그건 녀석과 자네와의 싸움이었어. 진정 날 위한 것이 아니라."

"지금쯤 뭘 하고 있을까요?"

"글쎄, 남의 약점이나 잡아 돈을 우려내거나 사기꾼이 됐겠지."

"혹시 놈이 선화를 납치해 간 것은 아닐까요?"

"글쎄. 나도 내심은 박미선 학생 살해범으로 점찍고 있었네만... 그런데 자네 부인이 간단한 메모만 남기고 나갔다는 사실은 뭔가 석연치 않아."

"죽었으면 연락이 왔을 텐데. 전국 경찰에서도 백방으로 선화를 찾고 있지만 무소식이에요."

"무소식이 희소식이라고 아직 살아 있으니까 소식이 없는 거야. 더 기다려 보라고. 좋은 소식이 오겠지."

유진호는 돌이켜 생각해 보았다. 선화는 나를 위한 일이라면 무엇이든 하는 여자다. 박미선과 나와의 스캔들을 고백했을 때도 선화는 용서했다. 그녀가 질투심 때문에 살인까지는 저지를 여자는 아니란 걸 알면서도 왠지 불안했다. 박미선이 나와의 스캔들을 빌미로 나에게 공갈 협박하는 것을 알고 그것을 저지하기 위해 첫 남자와 짜고 그녀를 살해했을 수도 있을 거란 추측이 가능했다. 선화는 나를 위해서라면 능히 그럴 수도 있는 여자란 걸 알기 때문이다.

밤의 불청객

깊은 밤이었다. 조그마한 아파트 침대에서 잠을 자고 있던 박덕배는 귀찮은 듯 잠결에 상체를 일으켰다. 의식적으로 눈을 비비며 시계를 보았다. 자정이 막 지난 시각이었다.

'이 밤중에 날 찾아올 사람이 없는데...'

중얼거리며 침대에서 내려오던 박덕배는 잠시 멈춰 시트를 정리하고 문쪽으로 걸음을 옮긴다. 팬티만 입고 있던 박덕배는 현관에 귀를 들이대고 조심스럽게 문고리를 잡고 묻는다.

"누구시죠?"

"박덕배 씨 댁이죠?"

낯익은 여자의 목소리. 순간 박덕배는 그녀가 누구인지 금방 알아차릴수 있었다.

"그렇소. 선화"

"부인! 그런데 어쩐 일이지? 이 밤중에..."

"어서 문이나 열어요."

박덕배는 더럭 겁이 났다. 선화의 첫 남자였다는 이유로 그동안 그녀를 몹시 괴롭혀 왔지 않았는가! 그런 그녀가 한밤에 불쑥 나타나 앙칼진 목소리로 열라고 하니 덕배로서는 두렵지 않을 수 없었다.

"혼자 왔소?"

"그래요. 혼자예요."

"용건은?"

"우리 관계. 타협하러 왔어요."

"타협?"

잠시 후 결심한 듯 박덕배는 문을 열었다. 불쑥 방으로 들어선 선화는 담담하고 태연하게 방 안을 훑어보았다.

"제 버릇 개 못 준다고 하는 옛말이 하나 틀리지 않는군."

방바닥엔 소주병들이 어지럽게 뒹굴고 있었고, 옷은 무질서하게 걸려 있었다.

"그런데 선화가 이 밤중에 웬일이지. 하하하!"

"구관이 명관이라고 그래도 첫사랑이 좋은 모양이지 뭐."

"하긴 남자한테도 조강지처가 최고라더군."

"조강지처? 물론 돈이 필요해서 그랬겠지?"

"하하하! 잘 알고 있군 그래."

"하지만 난 지금 빈껍데기뿐인데 그래도 나를 받아 줄 용의가 있어?"

"아암. 난 진심으로 선화를 사랑했으니까. 언제나 환영이야."

하며 은근히 선화를 포옹하려고 다가서는데

"잠깐!"

선화는 찬바람이 일듯 쌀쌀맞게 접근하는 박덕배의 손을 가로막는다.

"뜨거우면서도 얼음장 같은 성격은 여전하군."

박덕배는 야릇한 미소를 지으며 포옹하려던 것을 중단했다.

"호랑이 굴을 이렇게 찾아 들어온 선화의 조건이 뭐야? 국회의원 부인께서 옛 남자를 찾아왔을 때는 그만한 이유가 있을 게 아냐?"

"역시 머리 하나는 잘 돌아가는군. 살해된 선미, 누가 죽였지?"

"내가 죽였다는 것을 확인하러 온 건가? 하지만 설사 내가 죽였다 해도 내입으로 내가 죽였다고 말할 나는 아니지. 더욱이 내가 그녀를 죽일 이유도 없지 않겠어?"

"하긴 그래. 그렇지만 덕배 씨는 누가 죽였다는 것을 알고 있을 것 같아서..."

"공연히 생사람 잡지 마. 그렇지 않아도 나와 선화의 관계 때문에 일부에서는 내 소행이라고 하고 수사진에서도 나를 끈질기게 따라 다니고 있다고."

"그런 내 생각도 동감이야. 애초부터 덕배 씨는 우리 부부에 앙심을 가지고 있어. 그래서 김철문 박사를 찾아가 앞장서서 우리를 중상 모략하더니 끝내는 그쪽에서도 쫓겨났지."

"하하하! 역시 선화는 내 성격을 잘 아는군. 한번 한다 하면 끝까지 하고 마는 내 대쪽같은 성미를 말야. 분지르면 부러질지언정 휘어지지 않는 성격이지만 지금은 경우가 달라졌어. 분질러지는 댓가지보다 능수버들처럼 부러지지 않고 휘어지는 성격이 더 강하다는 것을 이젠 알았거든."

"그렇다면, 범인은 덕배 씨군."

"아니라고 했잖아."

덕배는 버럭 소리를 질렀다 그리고 내뱉듯이 조그만 목소리로

"아마 김철문 박사의 소행일 거야. 이중성격의 소유자로 겉과 속이 다른 잘 익은 수박 같은 인간이거든. 겉은 푸르지만 속은 새빨갛지. 누구보다 나는 김철문 박사의 속마음을 잘 알고 있지. 겉으로는 누구에게도 친하지. 당신 남편한테도 아우니 뭐니 하면서 가장 생각해 주는 척하지만 속에는 구렁이가 열댓 마리는 들어 있을 걸. 그렇기 때문에 그 자가 지금 국회의원이 된 거야."

"나도 김철문 의원이 진호 씨한테 지나치게 친절한 것 같아서 못 마땅했었어. 혹시 미선이를 죽인 것이 그 쪽이 아닐까?"

이렇게 상냥하게 말하면서 선화는 형사처럼 덕배의 얼굴을 빤히 뜯어본다. 그러나 덕배는 구석에 굴러다니는 소주를 한 병 들어 입으로 뚜껑을 딴다.

"자, 한 잔 할 테야?"

덕배는 선화에게 자기가 따라 마시던 소주잔을 건네준다. 지저분하다는 듯 얼굴을 찡그리던 선화는 이내 소주잔을 받는다. 하긴 여자 없이 혼자 사는 덕배의 처지를 알고 있기에 선화도 그의 생활에 수긍은 갔다. 한때는 몇 개월 같이 살았었기 때문에 덕배의 깔끔하지 못한 성격도 잘 알고 있었다. 그렇기 때문에 지금은 어릴 적 소꿉놀이 친구와도 같았고 오빠와도 같았다.

이들은 소주 한 잔으로 시작해서 서로의 흉금을 털어놓는 등 밤새워 같이 술을 마셨다. 남자든 여자든 술은 많은 실수를 범하게 만든다. 따라서 '취중 진실'이라고 술에 취하면 평소 마음속에 간직했던 말 들을 술기운에 모두 발산하게 마련이다. 선화는 은근히 이것을 노린 것이었다.

남편 몰래 메모만 남기고 집을 나온 선화는 이미 자신의 인생을 포기했다. 사랑하는 남편을 위해 희생하려는 모진 각오였던 것이다. 그러기 위해서는 먼저 남편의 탄탄대로에 제일 큰 걸림돌인 미선이의 살인범을 찾아야 했다. 물론 자신도 누명을 쓰고 있어 사람들의 시선이 따가웠다. 수단 방법을 가리지 않고 이번 사건의 범인을 찾는 길만이 남편을 위하는 지름길이란 생각에 선화는 아무 두려움 없이 집을 나을 수 있었다.

"야. 내 몸에 손대지 마"

새벽녘이 되자 둘은 만취했다. 젊은 남자와 여자가 같은 방 안에 단둘이 있으면서 각기 잠을 잔다는 것은 무리였다. 이들은 그동안 쌓이고 쌓였던 서로의 회포를 풀어놓기 시작했다.

먼저 덕배가 선화의 옷을 벗기려고 하자, 선화가 혀 꼬부라진 소리로 방어를 한다.

"야. 네 몸에는 금테를 달았니? 국회의원 사모님."

덕배는 앙칼지게 방어하는 선화를 덥석 손으로 낚아챈다. 그리고는 자기 가슴에 그녀를 끌어당기고 그녀의 귀에 입을 댄다.

"이 밤중에 호랑이 굴에 들어온 사모님의 심정은 충분히 알고 있다고. 넌 그동안 그 허울 좋은 남편에게서 가장 중요한 성생활에 굶주려 왔어. 그렇지? 넌 내 품안이 그리웠던 거야."

덕배는 선화의 귓불에 애무를 하면서 촉촉하고 끈끈한 말로 선화의 온몸을 녹이기 시작했다.

"이 악마. 악마. 으흐흑!"

덕배의 능수능란한 애무는 삽시간에 선화의 마음과 몸을 무너뜨리는데 성공했다.

"안돼. 안돼! 이럼 안돼. 난, 난, 유부녀야."

선화는 덕배의 강렬한 애무에 빨려 들어가 완전 포로가 되어 있는 상태에서 신음 소리와 함께 입으로만 가늘게 마치 숨넘어가는 소리로 웅얼댔다. 덕배는 이에 아랑곳 않고 선화를 번쩍 들어 침대 위로 집어던졌다. 그리고는 허기진 늑대가 먹이를 찾듯 그녀의 옷을 벗겨 침대 밑으로 내동댕이쳤다. 둘은 뜨겁게 격정의 순간들을 만끽했다. 한참 동안 그 육중한 아파트가 허물어 질듯이 요동치던 이들은 어느새 용광로의 뜨거운 열기 속에 녹아든 듯 온몸이 땀으로 범벅이 되어 침대 위에 알몸이 된 채 나란히 누웠다.

"선화도 이젠 완숙한 여자가 됐군."

"그럼, 옛날만 해도 푸른 사과였잖아. 하지만 지금은 내 일생에 봄을 맞이해 가장 성숙하고 성(性)적인 면에서는 꽃봉오리가 터질 나이지 않아?"

"하긴 그렇지. 남편을 두고 여기까지 찾아온 이유를 알겠어."

"천만에. 내 남편은 덕배 씨에 비하면 성관계도 스승이야. 그런 오산은 하지 마."

유난히 밝은 달밤이었다. 종래와 같이 오전에 동리 마을 일터에 나가 일을 마친 유진호는 저녁에 초상집에 갔다. 여섯 살 먹은 딸 하나를 데리고 사는 30대 여인 김유화는 명문대학을 졸업한 엘리트였지만 가난한 생활을 하지 않으면 안 되었다.

공무원이었던 그녀의 남편은 간암으로 1년여 세월을 병원에서 보내야 했다. 그러다 보니 수월찮은 병원비와 생활비에 생활은 점점 궁색해질 수밖에 없었다. 끝내 남편은 죽게 되었다. 병원에서 사형 선고를 받고 퇴원한 남편은 갈 곳이 마땅치 않아 고향인 이곳으로 내려오지 않으면 안 되었다. 오랫동안 서울서 살다가 갑자기 시골로 내려오자 일가친척도 없고 누구 하나 아는 사람이 없었다. 때문에 문상객이래야 낯익은 동네 사람 몇 명이 전부였다. 이 대열 속에 유진호도 예외일 수는 없었다.

낮에는 농부들과 어울려 일을 하고 초상집에 얼굴이라도 내밀겠다고 왔다가 너무나 초라하고 안쓰러워 발걸음을 돌리지 못한 채 몇몇 동리 사람들과 어울려 시신을 지키고 있었다. 유진호는 웃음도 용기도 모두 잃었다. 금배지를 향한 포부도 내심 포기하고 있었다. 과거 자신의 경솔했던 염문 스캔들에 대한 죗값을 어떻게 치르는가가 문제라면 문제였다.

"한 가정도 제대로 지키지 못하면서 어떻게 국회의원의 자격을 지닐 수 있겠느냐"고 유진호는 입버릇처럼 부인에게 말했었다.

그러나 애당초 선화와의 결혼 직전에 그녀의 동생인 미라와의 스캔들도 그렇고 그 후 선거 막바지에 아르바이트 여대생 박미선과의 염문은 결정적으로 그의 앞길을 막는 커다란 장애였다. 박미선의 죽음으로 유진호와 그의 부인은 살인 용의자로 몰렸으며, 끝내는 부인마저 행방을 감춘 지 몇 달이 지났다. 이러한 모든 일은 유진호 자신의 경솔함에서 빚어진 것이다. 피를 토할 것 같고 가슴이 찢어질 듯한 심정이지만 원래가 차분한 성격을 지닌 유진호는 고통을 씹어 삼키며 오늘도 변함없는 헌신에 몸과 마음을 다 바치고 있었다.

미망인이 된 김유화는 하얀 소복에 어깨까지 늘어진 검은 머리 사이로 긴 목을 구부려 다소곳이 고개를 떨어뜨리고 있다. 유난히 큰 눈에 긴 속눈썹 사이로 눈물이 맺혀 오뚝한 콧날 위로 떨어지면 눈물은 다시 입으로 흐른다. 그 흐르는 눈물을 말없이 삼키는 여인의 얼굴 너머로 사나이들이 무표정한 얼굴로 '동전 치기', '고스톱' 등을 하고 있다.

그때였다. 저만치 한 사나이가 성큼성큼 다가왔다.

"유 선생, 마침 여기 계셨군요."

고스톱에 신경이 곤두선 사나이들은 낯선 사나이가 앞에 당도한 줄도 모르고 화투판에 온 신경이 집중돼 있다. 같이 앉아 있던 유진호가 고개

를 들었다. 유진호는 단번에 박덕배를 알아볼 수 있었다. 그러나 담담하게

"당신이 여기 어쩐 일이오?"

"유 선생이 여기 계시다는 말을 듣고 찾아왔습니다."

"나와는 얘기할 용건이 없을 텐데."

유진호는 얼굴도 쳐다보지 않은 태 계속 화투만 치고 있었다.

"잠깐 나와 얘기 좀 합시다."

"여기서 하면 안 되오?"

"잠깐이면 됩니다. 시간이 화급해서요."

"그래요?"

유진호와 박덕배가 인적이 뜸한 한갓진 곳으로 걸어가자

"저 친구들 동서 지간이라고."

"동서 지간이라니?"

"자넨 그것도 몰라. 유진호 선생 부인의 첫 남자가 바로 박덕배 아닌가."

화투판은 박덕배와 유진호 이야기로 수군거렸다. 박덕배가 유진호를 불러내어 초상집 외진 곳으로 불러내자 유진호는 한술 더 떠 더욱 한갓진 곳으로 안내했다. 유진호는 싸움터로 안성맞춤인 넓고 으슥한 곳에 이르자마자 박덕배에게 비호같은 주먹으로 박덕배의 눈덩이를 공격했다.

"퍽, 퍽, 퍽, 퍽!"

"우욱!"

순식간에 기습을 받은 박덕배는 손 쓸 새도 없이 10여 대를 맞고 앞으로 쓰러졌다.

"일어서! 너 지금까지 이 유진호를 우습게 봤나 본데 나 이래도 왕년에

한 가닥 했던 사람이야. 지렁이도 밟으면 꿈틀거린다고 이 유진호가 그렇게 허수아비로 보여? 자 어서 일어서. 나도 잔인할 때는 누구보다 잔인한 놈이야. 너희 같은 어설픈 깡패들, 남의 뒤꽁무니나 따라다니며 약한 사람들 등쳐먹는다는 것 다 알고 있어."

"그래, 좋다. 자 반항하지 않을 테니 죽일 수 있음 죽게 실컷 두들겨 봐라. 오히려 이렇게 맞으니 시원하다. 어서!"

피투성이가 된 박덕배가 얼굴을 내밀며 대들자 유진호는 또 한 차례 비호같은 주먹으로 난타했다. 처절하게 맞고만 있던 박덕배는 엉망진창이 된 얼굴에 야릇한 웃음을 흘렸다. 그것은 조소의 웃음도 아니고 오히려 편안한 웃음이었다. 계속 공격하던 유진호는 내심 겁을 먹기 시작했다. 그렇게 맞으면 나가 떨어져 일어나지도 못하고 살려 달라고 애원하는 게 정상일 텐데 그는 조금도 두려워하거나 겁먹은 기색 없이 오히려 여유 있는 웃음을 짓고 있는 것이다.

"자, 나를 죽일 수 있음 죽여 다오. 하하하!"

그렇게 맞고도 크게 웃어 제치는 박덕배를 보자 유진호는 섬뜩 불안해지기 시작했다. 피투성이가 된 그의 얼굴은 마치 괴물 같았다. 유진호도 더 이상 공격할 기운이 없었다. 온몸의 힘이 다 빠져 버렸다.

"자 이제 네놈에게 더 공격할 힘도 없다. 이젠 네놈 차례다. 자, 네놈이 맞은 것만큼 내 얼굴을 박살내라. 어서 어섯!"

이번엔 반대로 유진호가 얼굴을 내민다.

"하하하! 때려 달라고? 하하하!"

박덕배는 하늘을 보며 호탕하게 웃더니 갑자기 정색을 하며 무겁게 입을 열었다.

"이제 속이 후련하냐? 이렇게 맞고 나니 나도 후련하군. 난 원래 나쁜 놈이었지. 지금까지 그렇게 살아왔어. 자 이것 봐. 어젯밤 선화가 나한 테 찾아 왔었어."

"선화가?"

유진호는 미친 듯 달려들어 덕배가 내주는 편지를 빼앗듯이 잡아챘다.

"어디 있어? 선화는..."

"선화는 당신을 죽도록 사랑해. 당신을 위해 희생하고 있어."

"그럼, 선화가 죽었단 말이?"

"편지나 읽어봐."

미친 듯 편지를 펼쳐 든 유진호는 가슴이 무너지는 듯했다. 그 편지는 선화의 유 언장으로 생각됐기 때문이었다. 그동안 유진호는 선화가 간단한 메모만 남기고 행방을 감추자 죄책감에서 행방을 감춘 것으로 생각했고 어쩌면 죄책감에서 자살 했을지도 모른다는 생각이 들었기 때문이다. 모든 문제의 원인은 유진호 자신의 그릇된 행위에 있었고 그러므로 모든 책임 역시 자신에게 있다고 유진호는 생각 했다. 여자들의 질투심이 이번 사건의 살해 동기가 될 충분한 가능성이 있다고 생 각한 유진호는 범인이 부인 선화일지도 모른다고 생각했다. 편지 내용은 이러했 다.

사랑하는 진호 씨! 그동안 짧은 기간이었지만 행복했어요. 당신을 위해 당신 곁을 떠나지 않으면 안 되었어요. 사랑하기 때문에... 어쨌든 당신의 명예를 회복하려면 미선을 살해한 범인을 찾는 길이 가장 시급해요. 아마도 박덕배 씨와 같이 협조하 면 범인을 찾을 수 있을 거예요. 같이 친구가 되어 범인을 찾으세요. 제가 친구로 서 잘 부탁을 했어요. 저는 먼 곳에서 당신의 행복을 지켜보겠습니다. 저를 찾을 생각일랑 하지 마시고 두 분이 손잡고 성공하시길 빌겠습니다. 당신을 사랑하는 아내 선화 씀.

편지를 읽은 진호는

"이봐, 친구. 선화가 어디로 갔소?"

"나도 찾아봤지만 헛수고였소. 어쨌든 우리 둘이서 범인을 찾자고. 경찰에서는 당신과 나 그리고 선화에게 타깃을 두고 있어."

마지막 시도

 어수룩해 보이면서도 천재적인 두뇌로 수사관 생활 50평생을 오직 외길로 걸어온 구 반장은 지금까지 수사하면서 어느 누구에게도 위압감을 느끼지 못했지만, 오늘 자칭 백패도사라고 하는 괴 사나이에게 어딘가 짓눌리는 위압감을 받았다.

 오래간만에 강적을 만난 것이다. 우선 '도사'란 닉네임이 그랬고 첫인상에서도 마치 큰 바위와 같은 위압감을 받았던 것이다. 적당한 키에 중후한 체격이지만 몹시 강인해 보였다. 게다가 백발이 성성한 머리에 눈썹까지 희고 굴곡 있는 미남 형에 조금도 악의라고는 찾아 볼 수 없는 부처 같은 얼굴이었다. 50세도 안 되어 보이는 홍안에 백발이 그를 더욱 위엄 있게 보여주고 있었다.

 무섭게 빛나는 눈빛은 20대 못지않은 활기로 차 있었다. 민 형사에게는 일단 입을 봉하게 했다. 공과 사를 가리어 구 반장 이 사무적으로 대했다. 구 반장은 우선 그 사나이에게 공손히 자기소개를 했다.

"전 강력계 구 반장입니다."

구 반장은 사나이 앞에 신분증을 보여주고는

"선생께서는 살인 혐의로 저희와 함께 서까지 동행하셔야겠습니다."

"살인 혐의요?"

사나이는 어이없다는 듯 반문하면서 웃어 보이더니 곧바로 민 형사에게로 시선을 던졌다. 무슨 뜻이냐고 묻는 시선인 듯 했으나 민 형사는 난처한 듯 시선을 피하고 어쩔 줄을 모른다.

"하하하! 어쨌든 가 봅시다. 나야 할 일도 없는 놈이니까. 재미있는 일이 벌어지겠군요."

사나이는 여유 만만 하게 대뜸 응했다. 사나이를 경찰서 수사본부까지 데리고 오는 일은 예상외로 수월했다. 구 반장은 사나이에게 행동이나 언사에 신중을 기했다. 그를 다루기가 만만치 않다는 것을 직감으로 알았기 때문이다.

박미선이 살해되어 신고를 받고 출동하던 날 그녀의 집에서 그녀의 주민등록증과 수첩을 찾은 것이다. 그 수첩에 호출 번호가 2군데 있었고, 백패도사라는 생소한 이름이 기록되어 있어서 가장 수상하게 여겨 온 터였다.

"우선, 선생의 주민등록증을 좀 보여 주셔야겠습니다."

사나이는 주섬주섬 주머니에 손을 넣어 주민등록증을 내놓는다. 주민등록상의 이름은 백장력.

"본명이 백장력 씨군요. 그런데 왜, 백패도사라 부르죠?"

"그거야 다른 사람들이 그렇게 불러 주니까요."

구 반장은 다른 형사에게 백장력의 주민등록증을 건네준다. 주민등록증은 곧바로 컴퓨터 조회를 받는다.

"직업은 뭐요?"

"요즘은 놀고 있습니다."

"가족은?"

"혼자요."

"집 주소는?"

"서울…"

"낚시를 즐겨 하시나요?"

"네."

"특별히 하는 일은?"

"없습니다."

"어떻게 생활을 하죠?"

"부모님이 남긴 재산을 파먹고 있죠."

이때 형사가 백장력의 주민등록증과 컴퓨터 조회 용지를 구 반장에게 건네준다. 구 반장은 백장력의 화려한 전과를 본다. 그의 얼굴색이 변하자

"내 이력서 한번 화려하죠?"

백장력이 웃으며 의미 있는 한마디를 던진다.

"역시 예상했던 대로군. 어쩐지…이렇게 화려한 전과를 부처님 같은 얼굴로 그 동안 용케 가렸군,"

"반장님께서는 관상까지 볼 줄 알아요?"

"한평생 이게 직업인데 척하면 삼천리지."

아까와는 달리 구 반장이 백장력을 대하는 태도가 많이 달라졌다. 전과 조회를 보자 백장력의 본색을 알고는 반말에다 죄인 다루 듯 거칠게 대하는 것이다.

"당신 7월 20일 밤 이곳 진천에 왜 왔었지?"

"뭐라고요?"

"5월 15일 밤 11시에 진천에 왜 왔었느냐 말이야?"

"난 진천에 그날 간 적도 없었고 몇 년 전에 하루 진천에서 자고 간 적은 있었소."

"당신을 그날 본 사람이 있는데."

"나를 보았다는 사람 얼굴 좀 봅시다. 그렇게 생사람 잡지 말고 본론으로 들어갑시다. 내가 왜 여기에 끌려왔고 누가 살해되어 내가 용의자까지 되었느냐 말이오. 이래도 배운 건 없지만 나도 산전수전 다 겪어 수다. 당신이 나를 마구잡이로 다룰 만큼 호락호락한 놈이 아니올시다."

백장력은 또박또박 조리 있게 굵고 낮은 톤으로 말했다.

"좋소! 당신 박미선이란 여학생 알아?"

"박미선, 박미선..."

백장력은 몇 번 이름을 뇌까리다 고개를 갸우뚱하며 생각이 안 난다는 듯,

"글쎄! 기억이 잘 안 나는 데요."

"그럼 김지숙은?"

구 반장은 주민등록의 본명인 김지숙 이름을 대고 그의 표정을 뚫어지게 보았다.

"김지숙 김지숙... 허 이거 내가 아는 여자가 너무 많아서 최근에 사귄 여자 외에는 생각이 안 나는군요."

이쯤 되니 구 반장도 공격할 재료가 궁색했다. 백장력은 구 반장 앞을 만만찮게 가로막고 서 있다. '보통 조사를 받아 본 사람이 아니군. 하긴 어렸을 때부터 폭력·절도·살인 혐의 등이 9번이고 보면 수사관 머리

꼭대기에 올라앉는 것은 당연하지' 라고 생각했다. 구 반장은 백장력에게 유도 심문이나 마음을 상하게 했다가는 오히려 역반응이 될 것 같아 작전을 바꿔 그에게 협조를 얻는 척 하면서 실마리를 잡기로 했다.

"백장력 씨, 우리 솔직히 얘기 합시다. 사나이 대 사나이로, 이 사진 아는 여자요?"

구 반장은 박미선의 생긋 웃는 얼굴 사진을 보여줬다. 마침 수첩에 한 장 있었다.

"아니 미화가 박미화, 박미화 양이 어떻게 됐습니까요?"

백장력은 그 사진을 보자 크게 놀라며 오히려 구 반장에게 되묻는다.

"이 여자를 잘 알아요?"

"알다마다요. 그렇지 않아도 보고 싶어서 찾던 중인데. 반장님! 지금 우리 미화 어디 있소? 혹시 이 아이한테 무슨 일이 생겼습니까?"

몹시 걱정스럽게 대든다.

"좋소, 우선 그녀에 대해 알기 전에 그녀와 당신과의 관계를 조금도 숨김없이 솔직히 말하세요."

"그러니까, 지난여름 한창 더위가 기승을 부릴 때였죠."

"사람 살려요. 아저씨, 아저씨!"

지난여름 백장력이 낚시질을 하고 있는데 느닷없이 옷이 마구 찢겨진 박미선이 달려와 백장력의 가슴을 파고들며 구원을 요청했다. 그 때 저만치서 두 명의 사내가 쫓아오고 있었다. 사나이들은 백장력 앞에 오더니 멈췄다. 박미선은 백장력의 가슴에 얼굴을 묻은 채 파랗게 질려 오들오들 떨고 있었다.

"아저씨는 상관할 일이 아닙니다. 걔는 저 아래 술집에서 디스코 걸로 일하는 여자인데, 공연 도중 도망치는 것을 보고 쫓아왔어요."

"이유가 있으니까 도망쳤을 거 아니오."

"이 사람들 이야기가 사실인지 상세히 말해 보슈."

백장력은 여자에게 물었다.

"실은 한 달 계약을 하고 일을 하는데 계약과는 달랐어요. 저는 무용수로 무대에서 춤만 추기로 했는데 우리를 호스티스 취급하는 거예요. 테이블 손님한테 나가라지 뭐예요."

"이 여자 말이 사실이오?"

"아저씨 술집에 나오는 연예인이란 게 다 그런 게 아니겠어요? 저 여자에게 준만큼 우리도 매상을 올려야 하지 않겠어요. 디스코 걸들이 술손님 테이블에 나가는 건 천하가 다 아는 일인데…"

"어쨌든 계약 위반이지. 더욱이 상대가 싫어하는데 그 쪽에서 강요한다는 것은 업주의 횡포야!"

"아저씨가 뭔데 횡포다 뭐다 합니까. 아저씨는 제 삼자고 나설 일도 아니지 않습니까?"

"그렇다면 경찰서에 가서 따져야 할 것 같군."

"경찰서고 뭐고 아저씨는 참견할 일이 아니에요."

말이 채 떨어지기도 전에 체격 좋은 한 청년이 달려들어 미선의 손을 낚아채려는 순간, 큰 덩치가 저만큼 내동댕이쳐진다. 눈 깜짝할 사이였다.

"으하하!"

또 한 사나이가 기합 소리와 함께 새처럼 날아올라 이단 옆차기로 백장력의 어깨를 찍으려는 순간, '풍덩 ! 나가떨어졌어야 할 백장력이 오히려 사나이들을 물 속에 집어던진 것이다.

"이보게, 젊은 친구들, 잘 들어." 어느새 두 청년은 백장력 앞에 조아린 채 무릎을 꿇고 나란히 앉아 고개를 숙였다. 백장력은 두 사나이에게 훈시를 했다.

2박 3일 로맨스

"사람은 항상 뛰는 놈 위에 나는 놈이 있다는 사실을 알아야 하네. 저 깊은 물을 보라고. 사람은 물의 교훈을 받아야 해. 물은 흐르다 앞에 장애물이 있으면 돌아 우회해서 흐르지 않는가. 그러나 높은 곳에서 떨어지는 폭포수는 밑에 있는 큰 바위도 뚫는 마력을 가지고 있어. 장마의 물은 또 얼마나 무서운가? 이것은 다 우리 아버님께 배운 교훈일세. 내 권법은 우리 고유의 극기 공수 화랑도란 거야. 극기 공수 화랑도란 우리 고유의 권법에서 전수되어 지금은 종합 무예로 극기 공수 화랑도라 칭하고 있네. 극기 공수 화랑도의 근본적 토대는 가까운 곳에 있는 거야. 그것은 우리가 일상생활에서 쓰는 내공과 외공을 합친 것이지. 어렸을 때 우리가 가위 바위 보를 할 때 강인한 주먹은 천으로 만든 보자기한테 지고 또 보자기는 가위한테 지지 않던가? 그러나 보자기를 이기는 가위는 주먹(쇠망치)한테 지는 법. 바로 극기 공수 화랑도란 강인한 쇠뭉치를 보자기로 싸서 이기는 법이야. 그래서 공수 화랑도에서는 선수 공격이 없지.

언제나 상대에게 공격하게끔 유도하여 공격할 때 팔로 감아서 공격하는 것이 제일 원칙이야."

백장력의 말이 길어지자 구 반장이 끼어들어 말을 잘랐다.

"됐어요. 극기 공수 화랑도에 대해서는 그만 하시고 다음을 이으시오."

"어허, 난 하나도 빠짐없이 모든 경위를 진술하고자 하는 것이니 방해하지 마시오."

백장력의 말은 교양 부족에서 오는 주책인지 아니면 고의로 능청을 떠는 것인지 도무지 알 수가 없었다. 구 반장은 얼굴을 찡그린 채 백장력의 말을 잠자코 들을 수밖에 없었다.

"자, 선생 우리 결론만 빨리 얘기합시다."

"좋소, 그래서 두 녀석에게 내가 교육을 시켜 보냈지요. 그런데 그녀가 문제였소. 그녀를 보는 순간 난 하나 밖에 없었던 내 딸을 생각했소. 그녀와 비슷한 나인데 불행하게도 지난해에 죽었소. 그래서인지 그 애가 곡 내 딸처럼 느껴지며 내 딸이 환생하여 나를 찾지 않았나 하는 생각도 해보았소. 그녀와 내 차에서 2박 3일을 같이 지낼 수 있었던 것도 이런 정신적 위로를 받고 있었기에 가능할 수가 있었죠."

백장력은 그 동안 그레이스 벤 안에 잠을 잘 수 있도록 해 놓고 김삿갓처럼 떠돌아다니며 낚시와 운동 그리고 초능력의 기(氣) 단련으로 소일했었다. 예리한 눈을 가지고 있는 구 반장은 상대방의 인상이나 대화, 행동에서 점쟁이 이상으로 상대방의 속마음을 읽어 낼 수 있었지만 백장력에 대해선 도무지 알 수가 없었다. 어떻게 보면 건장한 체구에 백발이 성성한 호남 형으로 지적이면서도 위엄 있어 보였지만 실제로 대해 보니 주책없이 횡설수설할 때에는 정신이상자 같기도 했다. 한편으로는 일부러 그러는 것인지 도대체 종잡을 수가 없었다.

"그렇다면 딸 같은 그녀와 육체적 관계도 가졌다는 얘기군요."

"아하, 천만의 말씀. 난 내 자신과 싸워 이기는 데에는 이골이 난 몸이오. 어떠한 고난도 참아 낸다는 것은 나의 유일한 무기며 내 재산이오. 세상에서 가장 강한 사람이 어떤 사람인 줄 아쇼? 자기감정을 억제할 줄 아는 사람이오. 난 떠돌아다니면서 추운 겨울에도 옷을 벗고 그것도 냇가 얼음을 깨고 목만 내놓고 그 안에서 3시간을 견디기도 했소. 무더운 여름엔 솜옷을 입고 땡볕에서 3시간을 참아 내기도 했고. 인간의 힘은 무한한 거요. 아마 당신 같으면 그녀의 육감적이고 섹시한 모습에 그냥은 못 지나쳤을 거요. 하지만 난 한 달이 아니라 1년도 견디어 낼 수 있소. 유혹한 쪽은 내가 아니라 오히려 그녀였소."

백장력은 2박 3일 동안 있었던 그녀와의 일을 말하기 시작했다.

첫날, 젊은 친구들을 겁주어 돌려보냈다. 박미선은 백장력에게 기대며 유혹하기 시작 했다.백장력으로서는 그 유혹을 어떻게든 떨쳐 내야 했다.

"여름 날씨치고는 가을 날씨처럼 쌀쌀했지. 그렇다고 남자와 여자가 같은 이부자리에서 잘 수도 없고. 하는 수 없군."

백장력은 주섬주섬 차 안에서 2인용 텐트를 꺼냈다.

"여기서 같이 주무세요. 딸 같은데 어때요."

"딸이라도 그렇지. 처녀하고 어떻게 같이 자노. 이런 일을 대비해서 항상 텐트를 가지고 다니지."

박미선에게 차안을 말끔히 치워 잠자리를 만들어 주고 백장력은 텐트로 나왔다. 새벽 1시나 되었을까? 백장력이 텐트를 쳐서 잠자리만 만들어 놓고 물가로 나와 낚싯대를 잡았다. 밝은 달빛에 낚시를 즐기고 있는데 미선이 카세트를 들고 다가왔다. 백장력이 인기척에 뒤돌아보았을 때 그녀는 아주 야한 차림새로 백장력 앞에 다가왔다.

"왜 잠 안 자구?"

"잠이 오질 않아요."

백장력은 속살이 훤하게 들여다보이는 붉은색 무용 의상이 온 시야를 가로막는 것을 느꼈다. 훤칠한 키에 터질 것 같은 볼록한 앞가슴에 쭉 뻗은 육체를 보는 순간 백장력은 저도 모르게 마른 침을 삼켰다.

"이봐, 어서 들어가 옷 갈아입고 나와."

"아빠!"

교태를 부리며 바싹 다가와 아빠라고 부르는 소리에 백장력은 머리를 쇠망치로 얻어맞은 듯했다. 그녀는 백장력의 아픈 곳을 강타한 것이다.

"제가 아빠라고 부르는 것 싫으세요?"

"아, 아니야. 너무 감격해서."

"좋아요. 그렇다면 제가 아저씨의 죽은 딸 대신 딸이 되어 드리죠. 괜찮죠?"

"내가 애비 될 자격이 있을까?"

"그럼요. 저는 아버지 얼굴도 보지 못한 채 자라 왔어요. 가장 그리운 사람이 아버지예요."

"그렇다면 다행이긴 하지만 난 아빠 구실을 못할 것 같아."

"아니에요. 앞으로 아버지라 부르겠어요."

이때 갑자기 낚싯대가 심하게 흔들렸다. 물고기가 미끼를 문 것이다. 좋아서 어쩔 줄 모르고 백장력이 낚싯대를 낚아챘다. 둘이 합세하여 물고기를 끌어 올렸다. 그런데 물고기를 밖으로 끌어내자마자 박미선이 물에 풍덩 빠졌다.

"아니? 나는 크게 놀랐다."

"걱정 마세요. 옛날에 수영 선수였어요."

박미선은 일부러 물에 뛰어든 것이다. 얇고 속이 훤히 내다보이는 옷이 물에 젖자 더욱 섹시해 보였다. 그런데다 보름달의 환한 달빛이 더욱 백장력을 유혹했다. 육감적이고 도전적인 그녀의 유혹과 어떻게 싸우느냐로 고심하기 시작했다. 백장력도 건강한 남자이고 보면 눈앞에 아리따운 여체를 두고 충동을 일으키지 않는다는 것은 비정상적인 일이었다. 백장력은 그녀에게서 시선을 애써 피하려 했지만 그녀는 더욱 도발적으로 유혹해 왔다.

"아빠, 우리 그 고기 회쳐서 먹어요."

"회 좋아하나?"

"그럼요, 회를 얼마나 좋아하는데요."

"그럼, 차 안에 칼이랑 초고추장이 있어."

그녀는 말도 떨어지기 전에 팔짝팔짝 차로 뛰어 갔다.

얼마 있지 않아 그녀는 소주병까지 들고 왔다.

"정말 아빠는 인생을 즐겁게 보내실 줄 아는 낭만적이고 멋

진 분이세요."

"으흠, 50평생 갖은 풍파 다 겪고 자식 하나 없이 목적도 없이 이렇게 바람 따라 구름 따라 살아왔지. 난 어떻게 보면 이 세상에서 가장 행복한 사람이다. 다른 사람들 보기에는 가장 불행한 사나인지도 모르지만…"

백장력은 작년에 죽은 딸 이야기는 하지 않았다. 어쩌면 영원히 숨기고 싶었는지도 몰랐다.

"자요. 우리 그런 서글픈 얘기는 그만두고 현실에 만족해요."

푸짐하게 회를 떴다. 백장력의 회 뜨는 솜씨는 가히 일품이었다. 초고추장에 야채를 차려놓고 미선이 술 한 병을 땄다.

"자요. 아빠의 건강을 위하여, 아니 만수무강을 위하여!"

"그래, 너도 한 잔."

백장력이 소주 컵에 3분지 1가량 따르자 그녀가 소주병을 빼앗아 들며 말했다.

"이게 뭐예요. 꾹꾹 눌러서 따르세요."

백장력은 그녀의 술 따르는 모습을 지켜보며 내심 그녀에 대한 생각을 정리하기 시작했다. 그녀도 나처럼 역마살이 끼어 여기저기 술집을 떠도는 생활을 할 수밖에 없는 팔자라는 생각이 들었다. 보통이 아닌 선천적인 요부 형에다 불규칙하게 잡초처럼 자라 온 여자, 어떻게 생각하면 자신과 비슷한 성장 과정을 거치며 불같이 타오르는 여자다.

여기까지 생각이 미치자 갑자기 그녀가 불쌍하다는 생각이 들었다. 겉으로는 아무 근심 걱정 없이 철부지처럼 낭만적이며 활달한 여자지만, 내심은 초조하고 불안하며 무엇엔가 쫓기고 있는 여자임을 알 수 있었다. 그녀는 겉보기에 매우 활달하고 개방적이지만 속마음은 몹시 세심하고 차분한 내성적인 성격의 소유자였던 것이다. 그 점을 알고 있는 듯, 마음속에 깊이 자리 잡고 있는 어둠을 한바탕 웃음으로 허탈하게 풀어버리는 것이 틀림없었다.

백장력은 가득히 술을 따랐다. 이렇게 주거니 받거니 몇 차례 하다 보니 금방 술이 떨어졌다. 그러자 그녀가 다시 술을 찾아왔다. 몇 병의 술을 비우는 사이 둘은 얼근히 취했다.

"아빠, 달밤에 체조한다는 말 들어 보셨어요? 내가 이 달밤에 무용할 테니 보시겠어요?"

미선은 섹스 풍이 강한 스트립 무용의 녹음테이프를 넣고 버튼을 눌렀다. 감미롭고 섹스어필한 음악이 흐르자 그녀는 음악 에 맞춰 유연하게 몸을 움직이기 시작 했다. 그녀의 춤은 백장력의 몸과 마음을 녹이기 시작했다. 백장력은 애써 다른 데로 눈길을 돌려보냈다. 그러나 자신도 모르게 시선이 쏠리는 것을 어쩔 수 없었다. 나이 먹은 백장력이지만 마치 하늘에서 훨훨 춤을 추며 내려오는 천사와도 같은 그녀의 유혹에 흔들리고 있었다.

미선은 흐르는 음악에 맞춰 고혹적인 자태로 조금씩 조금씩 다가왔다. 솜처럼 부드러운 그녀의 팔이 백장력의 목덜미를 휘감는다. 그리고 오른 허벅지를 그의 무릎에 얹으며 얼굴과 가슴은 그의 넓은 가슴에 던진 채 촉촉한 입술과 욕정에 불타는 눈빛으로 백장력의 얼굴에 접근했다. 모든 행동 하나하나가 음률에 맞춰 환상적으로 움직였다. 그녀의 심장이 움직이기 시작하면서 야릇한 입 냄새를 풍겼다. 고목나무가 아닌 백장력도 이쯤 되고 보면 마냥 무관할 수 없었다. 전율을 참지 못한 듯 백장력은 억센 팔로 그녀를 억세게 끌어 당겼다. 입술과 입술이 포개지고 한쪽 손이 미친 듯 그녀의 가슴을 파헤치면서 손이 점점 밑으로 내려갔다. 격렬하게 거칠어지는 둘의 숨결과 괴이한 음성이 점점 섹시한 음악 소리와 조화를 이루었다.

이때였다. 갑자기 백장력이 미친 듯 그녀를 떼어 밀었다.

"안돼, 안돼."

소리치며 벌떡 일어선 백장력. 미선은 알몸이 되다시피 옷들이 벗어져 내동댕이쳐진 채 신음 소리만 토해 냈다. 그녀의 괴로움을 훔쳐본 백장력은 그대로 뒤로 돌아서 괴로워했다. 진수성찬을 차려놓고도 먹지 못하는 백장력의 심정을 누가 알 수 있는가? 미선은 백장력이 왜 그러는지를 알 수가 없었다.

그녀는 수치감으로 끝내는 엉엉 울기 시작했다. 백장력은 과연 그녀를 여자로 보기에 앞서 딸로 보았을까? 백장력은 울고 있는 미선을 가슴에 품으며 등을 토닥거렸다. 지난해에 잃은 딸의 등을 토닥거리듯이... '좋아 이 늙은이의 베일을 벗기고 말겠다!' 미선은 누구보다 모험심이 강한 여자였다.

다음날 백장력과 미선은 새벽부터 낚시를 했다. 오전 10시쯤 되면서 저쪽에서 지프차 한 대가 이쪽으로 덜커덩 소리를 내면서 가까이 오고 있었다. 한눈에 낚시하러 오는 일행임을 알 수가 있었다. 세 명의 젊은 대학생들 같았다.

그들은 백장력이 있는 자리에서 30미터 전방에서 낚싯대를 펴기 시작했다. 청년들은 백장력과 박미선을 발견하고 갑자기 장난기가 발동했는지 누가 먼저랄 것도 없이 내기를 시작했다.

"야! 로맨스그레이인가?"

"아버지와 딸?"

"아냐, 난 로맨스그레이다."

"그렇다면 2대 1로 우리가 승리다."

"내기 할까?"

"좋아, 얼마씩?"

"1만 원씩."

"좋았어."

낚싯대를 폈던 젊은 친구들이 주머니에서 만 원씩을 내놓았다. 박미선은 차 안으로 들어갔고 백장력은 텐트로 각기 자리를 잡았다. 백장력은 몹시 아쉬운 듯 소주병을 땄다.

"아휴 숨 막히는군."

미선은 몹시 더운 듯 닫힌 차문을 열었다. 문이 열리면서 시원한 바람이 밀려들었지만 바람과 함께 모기가 모여들기 시작했다. 미선은 짜증스럽다는 듯 후다닥 튀어 나갔다.

"아휴 모기 때문에 잠을 못자겠어요."

"그러게 내 뭐라 했어. 문을 닫으라고 하지 않았어."

"문을 닫으면 더워서 못 자겠는 걸요?"

"더운 여름인데 더운 것이 당연하지 않아."

"그런 말은 하나마나죠 뭐."

"여긴 호텔도 아닌 야외야! 모기들이 덤비는 것이 당연하지."

"이 차는 에어컨도 없어요?"

"있었으면 벌써 켜 주었지."

백장력은 정좌세로 앉은 채 끄떡 안 하고 혼자 술을 마셔 댔다. 온몸이 땀으로 범벅이 됐다. 마치 사우나탕 안에서 땀을 빼듯,

"어머 이렇게 더운데 그 안에서 뭐하세요?"

"으흠, 술을 마시고 있지. 보다시피 이렇게 땀을 쭉 빼고 나면 체내의 찌꺼기들이 땀으로 배출되어 건강에도 좋고 더운 줄을 모르는 법이야."

이때였다. 청년들 셋이 텐트 쪽으로 다가왔다. 텐트 밖에서 서성거리던 미선은 놀라지 않을 수 없었다. 젊은 청년 세 명이 다가오고 있으니 시비라도 걸러 오는 모양이었다. 어제 미선을 쫓아온 술집 지배인 웨이터들도 혼쭐이 나서 되돌아갔지만 이들 청년들의 다가오는 기세를 보니 겁이 났다.

"실례합니다. 아가씨."

"네 뭣 때문이죠? 뭐 필요하신 게 있으신 모양이죠?"

"아, 아닙니다. 실은…"

"실은 뭐예요?"

"안에 계신 어르신과 아가씨는 어떤 관계이신지요?"

"어떤 사이든 댁들이 알아서 뭐 해요."

"그게 아니고 궁금해서요."

"할 일이 그렇게 없어요? 남의 사생활이나 물으러 다니고, 어서 가서 고기나 잡아요."

"아가씨 되게 딱딱거리네. 우리도 사정이 있어서 묻는데 그럴 필요 없잖아요."

백장력은 미선과 청년들의 실랑이를 묵묵히 지켜보다가 밖으로 나왔다.

"자네들은 낚시하러 온 거야, 싸우러 온 거야?"

"저 아저씨 실은 말입니다."

"뭣이? 뭘 알고 싶어서 그래?"

"우리 셋이서 아저씨와 저 아가씨와의 관계를 놓고 돈내기를 하고 있습니다."

"그것 재미있는 게임이군."

이때 청년들의 말에 기가 막힌다는 듯 박미선이 앞에 나서서 대답했다.

"우린 부녀 관계예요. 그럼 됐어요?"

"알겠습니다."

"고맙습니다."

이들 셋은 부녀 관계라는 미선의 대답을 듣고 고개를 갸웃거리며 되돌아갔다.

다음날은 화창한 날씨였다. 백장력과 박미선은 낚싯대를 물에 담근 채 어깨를 나란히 하고 앉아 있었다. 백장력의 눈은 낚시 봉에 집중돼 있었고, 박미선은 무슨 말인가 마구 조잘대고 있었다. 백장력은 박미선의 조잘대는 말을 귀담아 듣지 않고 그저 재미있다는 듯 마음에도 없는 대답으로 대응할 뿐이었다. 마음은 콩밭에 있는 것이다. 낚시광인 백장력의 모든 신경은 낚시 봉의 움직임에 쏠려 있었다.

"안녕하세요. 이것 서울서 사 가지고 온 것입니다. 인연이라는 것이 이렇게 되는 것이 아니겠습니까?"

제법 훤칠한 키에 어깨가 넓고 근육질 미남 형의 얼굴을 가진 청년이 백장력 앞에 고급 빵을 가져왔다.

"하하하! 고마우이."

"어머, 내가 제일 좋아하는 빵이네!"

미선이가 어린아이처럼 반갑게 달려들었다. 백장력은 벌써 그들의 속셈을 알 수 있었다. 젊은 남자들이 이렇게 선심을 쓰는 것은, 늙은 백장력 자신이 아니라 아리따운 미선이가 있기 때문이었다. 백장력은 조금도 내색을 하지 않았다. 꽃이 피면 나비들이 날아오는 것은 당연지사가 아닌가? 백장력은 아랑곳하지 않은 채 낚시 봉에만 신경을 곤두세웠다.

청년은 미선에게 접근하기 시작했다.

"전 성국민이라고 합니다. 선조대학교 4학년 재학 중에 있습니다. 아버님께 정식으로 따님과 데이트할 것을 요청하오니 관철해 주시기 바랍니다."

청년은 제법 용감하고 대담하게 프로즈를 했다. 백장력은 얼굴을 뒤로 돌려 성국민이란 청년을 올려다보고는 다시 미선에게 시선을 돌려 바라보았다. 박미선은 어쩔 줄 몰라 하는 눈치였다.

"난 승낙했으니 미선이가 알아서 해."

백장력은 아무렇지도 않은 듯 승낙을 했다.

박미선은 잠시 생각하더니

"좋아요."

하며 벌떡 일어섰다.

저쪽에서 낚시하고 있는 두 친구들 역시 낚시에는 관심이 없고 이쪽 미선 쪽에 신경을 곤두세우고 있는 눈치다.

"와! 드디어 성공했구나. 역시 놈은 고기보다 여자 낚는데 명수야 명수."

"천재적이야."

세 사나이는 처음에 백장력과 미선이의 관계를 두고 내기를 하더니 이번에는 세 명 중에 누가 미선을 꼬여 내느냐에 내기를 건 것이다. 제일 처음 도전한 성국민은 얼핏 보기에 여자들이 잘 따르는 전형적인 플레이보이 기질의 소유자이고 김승민은 제법 건장한 체격에 지적인면까지 곁들여 오히려 말이 없고 듬직한 타입이었다. 여자들은 김승민을 더 선호해서 같은 학교 여학생들한테 대인기였다. 모난 곳이 없고 어딘가 조금 바보스러운 면이 더욱 여성들의 마음을 사로잡는 타입이었다.

여기에 비해 최민우는 키도 작고 강마른 체격에 돋보기안경까지 쓰고 있었으나 공부만큼은 전교에서 수석을 차지할 정도로 명성이 높은 학생이었다. 최민우는 가정환경이 좋은 청년이었으나 여자와 담을 쌓고 오직 공부에만 몰두하고 있었다. 제 2의 공격은 최민우 차례였다.

"임마, 한 번 데이트했다고 일이 끝난 건 아니야. 그녀는 데이트쯤은 어느 남자라도 신청하면 일단은 거절 같은 것은 안 해. 다만 마음을 누구에게 주느냐에 달려 있는 거야."

최민우는 처음부터 자신이 없었다. 그러나 친구들이 짠 내기 계획을 뿌리칠 수는 없었다. 아니다 은근히 호기심도 가졌다. 최민우의 두뇌는 천재적이었다. 외모에서 친구들보다 뒤 떨어진다는 점은 잘 알고 있었다. 그래서 그는 대담한 접근 방법을 구상했다.

"안녕하십니까! 어르신께 술 한 잔 대접하고 싶어서 왔습니다. 제 성의를 받아 주시겠습니까?"

백장력과 미선이가 낚시를 하면서 무슨 이야기를 주고받으며 서로 웃고 있는데 최민우가 소주 1병과 안주를 들고 다가온 것이다.

"흠, 좋지!"

백장력은 벌써 젊은 친구들의 꿍꿍이수작을 눈치 채고 있던 터라 재미 있다는 듯이 낚싯대를 놓고 돌아앉았다.

"마침 술 생각이 났는데 잘됐군. 그런데 자네 나한테 환심을 사도 소용 없네. 직접 미선이에게 프로포즈해서 담판을 짓는 것이 좋을 거야."

"어르신께서는 어떻게 거울 보듯 잘 읽으십니까?"

"이 사람아! 나도 50평생을 눈치로 살아오면서 산전수전을 다 겪었네. 척 하면 삼천리지."

"좋습니다. 우선 술이나 한 잔 하시고 본론으로 들어가겠습니다."

최민우가 따라 주는 잔을 백장력은 단숨에 마셨다. 백장력이 자기가 마신 종이컵을 돌려주며 잔을 교환하자 술에 약한 최민우였지만 술로 용기를 얻으려는 듯 가득 채워 달라고 했다.

"이봐, 술을 마시고 하는 소리는 말짱 허풍으로 들리니까 마시기 전에 본론으로 들어가자고."

백장력은 은근히 최민우의 편에 서서 두둔하려 했다. 나이 먹은 백장력의 속마음은 젊은 친구들에게 질투를 느끼지 않을 수 없었다. 두 명은 건장한 체구에 미남들이고 보면 미선이가 그들에게 마음이 쏠리는 것 역시 당연할 것이다. 백장력이 질투심이 나는 것도 당연했다.

"신고합니다."

최민우는 벌떡 일어나 미선에게 거수경례를 붙인 다음 다시 말을 계속

했다.

"어젯밤 저희들은 누가 아리따운 아가씨를 꼬드기느냐에 내기 걸었습니다."

"으흠, 솔직해서 좋군!"

"저는 보시다시피 남자다워 보이지는 않지만 누구보다 용기가 있고, 우선 거짓을 모르고 솔직 담백하며 무슨 일이든 한 번하면 끝장을 보는 성격을 가졌습니다. 저에 대한 소개를 할 것 같으면 서울에서 태어나 부모님의 반대에도 불구하고 자립정신을 기르기 위해 집에서 나와 신문팔이 등을 하면서도 중고등학교를 수석으로 졸업했고, 지금은 최고의 명문대학 법학도로 공부하고 있습니다. 법관이 되겠다는 게 꿈인데 지난해 1차 사법고시에 합격했고, 금년에 졸업합니다. 저는 외모에 자신이 없지만 다른 방법으로 여자를 가장 사랑하고 행복하게 해줄 수 있음을 자신합니다. 장인어른, 저 예쁜 따님을 저에게 맡겨 주십시오."

"그건 본인한테 허락을 얻게나."

"일단은 아버님께서는 허락을 하신 거로..."

"물론이지. 선택의 자유는 본인이 가지고 있으니까."

그는 방향을 미선 쪽으로 옮겼다.

"어떻습니까? 일단은 저와 데이트를 해주지 않겠습니까?"

미선은 시종 최민우의 행동을 바라보며 웃고만 있다가 백장력의 의미 있는 미소를 보더니 말했다.

"좋아요 데이트한다고 손해 볼 건 없잖아요?"

이쯤 되고 보니 미선이는 제 2의 데이트가 시작되었다. 그러나 문제의 답은 데이트하는 것에만 승산이 달려 있는 건 아니었다. 이렇게 나가다가는 3명과 모두 데이트를 하게 될 것이니 누가 승자일지는 미지수인 것이다. 어쨌든 재미있는 게임이 시작됐다.

밤이 깊었다. 차 안에서 잠을 자던 미선은 너무 더워 몸을 뒤치락거리다 밝은 달이 대낮같아 몸을 일으켰다. 잠결에 창밖을 내다보니 밝은 달이 휘영청 떠 있어, 지금쯤 자정이 넘은 시각임을 짐작할 수 있었다.

미선은 너무 무덥고 후텁지근해서 도저히 잠이 오지 않자 밖으로 나왔다. 주위를 한바퀴 둘러보며 밤공기를 깊이 들이마셨다. 가장 관심사였던 저쪽 젊은 학생들의 텐트엔 불이 꺼져 있는 것으로 보아 모두 잠자리에 든 모양이었다. 그들이 낚시하던 곳도 텅 비어 있었다. 백장력의 낚시자리도 텅 비어 있었다. 백장력도 지금쯤 텐트 안에서 코를 드르릉드르릉 골며 잠들어 있을 것이라고 생각했다.

미선은 백장력을 놀래 주기로 결심했다. 모래를 양손에 한 움큼 쥐고 발자국 소리를 죽이며 조심스럽게 텐트 쪽으로 다가갔다. 가까이 다가선 미선은 손에 쥐었던 모래를 텐트 위에 던졌다. 한 번 두 번… 그런데 아무 반응이 없었다. 또다시 마지막 남은 모래를 던졌으나 반응이 없기는 마찬가지였다. 가까이 가서 텐트 지퍼를 슬그머니 열어 보았으나 텐트 안에는 아무도 없었다.' 의문의 노인이 어디로 갔을까?' 잠시 생각을 했다.

자정이 가까워지자 백장력은 아무 말 없이 간편한 추리닝, 아니 추리닝이 아닌 두텁고 공기가 통하지 않는 땀복을 입고 저쪽 산으로 갔었다. 그는 3시간 정도가 지나서야 돌아왔다.

"어디 갔다 오시는 거예요?"

"음, 산책하러 갔다 왔지."

"아무래도 수상해요. 어디에 숨겨 둔 여자라도 있는 모양이에요."

"숨겨 둔 여자? 그럼 얼마나 좋겠니. 이 나이에?"

"그렇지 않고야 몇 시간을 어딜 다녀오시느냐 말입니다."

"그런 건 몰라도 돼."

"하여튼 아빠는 비밀 투성이에요."

"그럴 수도 있겠지."

백장력은 흘려버리듯 알 수 없는 대답을 했다.

"도대체 뭐하는 분이세요? 아빠의 궁금한 점을 알고 싶어요. 그 동안 어디서 무엇을 하며 어떻게 살아오셨나. 이런 것들 정말 궁금해요."

"모르는 게 약이야. 나의 모든 것을 알게 되면 흥미가 없어져. 그저 서로가 과거사는 덮어두고 현재와 미래만 생각하는 거야."

"아빠는 나에 대해서도 알고 싶지 않으세요? 그동안 나한테 이름도 가족 관계도 물어보지 않았어요. 그리고 내가 나에 대해서 이야기를 하려고 하면 아빠는 내 입을 막았어요. 도대체 아빠의 정체는 뭐예요?"

"하하하 보다시피 이렇게 바람 따라 구름 따라 흘러 다니는 방랑객."

"우리 마음을 확 열고 모든 것을 서로 털어놓는 게 어때요? 앞으로 친아빠와 딸처럼 지내기로 우린 약속하지 않았어요?"

"인간은 말이다. 서로가 조금의 비밀을 가지고 있음으로써 신비스럽고 우애도 오래 지속되는 법이야. 아까도 말했지만 서로가 서로를 모두 알게 되면 싫증을 느끼고 매력까지 상실하는 법이다."

백장력은 자신에 대해서는 조금도 말하지 않았다. 고작해야 하루 지나서 이름만을 가르쳐 주었다. 그리고 미선이가 자기 이력을 말하려 하자 그는 대뜸 입을 막아 버렸다. 미선은 도대체 그의 정체가 궁금하기 짝이 없었다. 그래서 그에 대하여 하나하나 벗기기로 결심했다.

그렇다. 그가 어제 3시간 동안 있었던 곳을 찾아보겠다. 어디서 무엇을 하고 있었나, 미선은 상대의 비밀을 캐내는 데도 흥미를 느끼는 여자였다.

　백장력을 백패도사라 일컫는 것은 그 나름대로의 이유가 있었다. 젊었을 때부터 큰 무술 시합에 출전을 하지만 항상 2위 자리에 머물고 우승은 해본 적이 한 번도 없었다. 그래서 주위에서 백패도사란 닉네임을 붙인 것이다. 백장력의 무예는 출중하다. 그러나 그는 언제나 시합에 나가 상대방의 무술에 대해 세심히 관찰하면서 좋은 점은 자기 것으로 만드는 데 목적이 있었으며 정상의 자리에 연연해하지 않았다.

　백장력은 무더운 여름임에도 불구하고 공기 하나 통하지 않는 땀복을 입고 좀 떨어진 나무들을 헤쳐 산으로 올라갔다. 산에는 100여 평 전후의 평지가 있었다. 백장력은 여기에서 극기 공수 화랑도 무예를 한 시간가량 한 뒤에 멀어져 가는 달을 향해 앉아 모든 마음을 비운 채 단전호흡과 함께 수도를 한 시간씩 했다. 운동으로 땀을 빼내고 앉아서 수도를 하노라면 한 여름의 무더위나 한 겨울의 추위는 아무 것도 아니었다. 그는 모든 것을 잊은 채 단전에 氣(기)를 모아 심령의 세계로 가는 것이다. 그래서 그를 대하는 사람들은 그를 가리켜 앉아서는 삼천리 서서는 구만리를 내다본다고들 했다. 여하튼 이러한 생활을 눈이 오나 비가 오나 1년 365일 하루도 빠짐없이 계속 해 왔다. 미선은 백장력을 찾으러 나섰다.

　"어머!"

　소스라치게 놀라는 순간 사나이의 넓적한 손이 미선의 입을 덥석 막았다. 눈을 추켜 돌려보니 낯익은 얼굴이었다. 바로 세 명의 학생 중 최민우였다.

　"조용히 해. 난 말보다 행동이 먼저야. 오늘까지가 우리들의 게임의 마지막이야."

　이 말을 던진 최민우가 그녀에게서 손을 뗐다.

"여긴 아무도 없어. 분명히 말해 주겠는데 난 성격이 보통 사람들과 다르지. 난 너에 대해 모든 걸 알고 있어. 내가 입만 뻥긋하면 너는 평생 후회할 거고 인생은 끝이야. 그리고 내 주먹 한 방이면 여기서 산짐승의 밥이 될 수도 있어. 그러면 네가 죽어도 누가 죽였는지, 아무도 모를 거고 별들도 모두 침묵을 지킬 거야."

미선은 사나이의 이러한 협박에 어이가 없다는 듯 야릇한 웃음을 던졌다. 한마디로 가소롭다는 표정이었다.

"그래서 나를 어떻게 하겠다는 거야?"

미선은 오히려 당당하고 여유 있게 미소까지 띄워 가며 입을 열었다. 위세 당당하게 큰소리치던 사나이 표정이 굳어짐을 미선은 읽을 수 있었다.

"옷을 벗어!"

사나이는 기어 들어가는 목소리였다.

"옷을 벗으라고?"

미선은 반문하듯 내뱉더니

"벗지!"

미선은 옷을 하나하나 벗어 던졌다. 미선은 이런 남자 하나쯤 다루는 것은 식은 죽 먹기였다. 자신이 저돌적으로 대들면 오히려 사나이는 겁을 먹고 함부로 대들지 못할 것이란 계산이었다. 이미 사나이는 미선이의 대담성에 기가 꺾이기 시작했다. 미선의 탄력 있고, 육감적인 각선미가 또다시 사나이의 기(氣)를 꺾은 것이다.

운동을 다 끝마친 백장력은 아까부터 이들의 말소리에 귀를 기울이고 있었다. 미선과 청년이 있는 곳에서 약 30미터쯤 떨어져 있었으며 이들의 으슥한 곳보다 높은 위치여서 혼자 운동하기에 안성맞춤인 장소였다.

주위는 나무들이 벽을 이루고 있고 한쪽 트인 곳은 저수지에 닿아 있었다. 그러니까 백장력이 서 있는 바로 밑에서 사건이 벌어지고 있었다.

"미안해, 내가 지나쳤어. 어서 옷 입어."

방금 전까지만 해도 그렇게 자신감 있고 과감하게 엄포를 터트리던 최민우는 어느 사이에 풀이 죽어 있었다. 뿐만 아니라 얼굴도 제대로 들지 못하고 꽁무니 빼기에 급급한 눈치였다. 크게 으르렁거리는 개가 의외로 겁이 많고 강하지 못하다고 했던가? 최민우도 막상 크게 으르렁대다가 상대방이 너무 노골적으로 교태를 부려 가며 여유 있게 대들자 위압감을 가진 것 같았다.

그리고 보면 최민우는 너무 순진하고 나약한 사내였다. 최민우의 풀죽은 모습을 보고 자신감이 생긴 미선은 더욱 의기양양해졌다. 사내가 꽁무니를 빼자 미선은 재미있다는 듯 또한 귀엽다는 듯이 더욱 대들었다. 옷까지 남자 앞에서 벗었는데 다시 입으라고 하니 자존심이 상하고 수치감을 느꼈으나 순진한 사내가 밉지는 않았다.

"이봐요, 남자가 한번 칼을 뽑았으면 끝까지 싸워야지 그게 뭐야. 그러고 보니 내 동생같이 귀엽군."

어느새 미선은 사내의 몸에 자신의 몸을 대고 양손으로 사내의 목덜미를 잡았다. 반대로 미선이와 공격이 시작된 것이었다.

"그러고 보니 쑥맥이군. 이 누나가 사랑 교육을 시켜야겠군 그래."

미선은 능숙하게 사나이의 귀에 촉촉하고 뜨거운 입김을 토해 냈다. 청년은 자신도 모르게 온몸에 전율이 흐르기 시작하는 것을 느꼈다. 미선의 뜨거운 입술이 사나이의 입술에 닿으면서 두 남녀는 뜨거운 용광로 속으로 빠져들었다. 거칠어지는 숨소리. 여기서 새어 나오는 괴음. 둘은 하나로 포개지며 바닥에 쓰러져 뒹굴기 시작했다. 보름달이 이 광경을 조명해 주고 있었다.

아까부터 이 광경을 훔쳐보던 백장력은 애써 눈을 감으며 자신의 감정을 억제했다. 백장력은 성에는 이미 포기한 상태였다. 성 불구자인 자신의 무능력이 참담했다. 어쩌다 여자와 접해도 반응이 없는 성기를 보며 여자와 가까이 하기조차 꺼려했던 백장력이었다.

백장력은 그 동안 여성들과의 접촉이 난잡했었다. 그러던 어느 날 40대가 넘어서 뒤늦게 공부와 무예에 심취되어 1년간 여자와 접하지 못했었다. 그 후 몇 차례 여자와 관계를 가져 봤으나 실패로 돌아갔다. 병원에서는 아무 이상이 없었다. 다만 정신적인 쇼크에서 온 것이니 정신요법으로 치료해 보라는 결론이었다. 그는 자신의 성 불능에 공포심을 갖기 시작했다. 무예에 초인적인 그가 막강한 힘을 가지고 있으면서도 성문제만큼 그를 슬프게 하는 것은 없었다. 그가 많은 재산을 가지고도 방랑하는 생활이 어쩌면 성 불능에 원인이 있는지도 몰랐다. 몇 개월 전에 마지막으로 여러 가지 시도를 해보았으나 실패를 거듭하면서 집을 나온 것이다. 그런데 갑자기 미선과 최민우가 자연 속에서 미친 듯 성행위를 하는 광경을 보고 거대한 불덩이가 배꼽 아래로 내려가며 불끈 솟아오르는 흥분을 느낀 것이다.

눈을 감고 옛날 젊었을 때의 미영이란 아름다운 아가씨와 설악산에서 가랑잎을 깔고 처음 성행위를 했던 가을밤의 기억을 떠올리자 성욕이 샘솟기 시작했다. 백장력은 꿈만 같았다. 꿈인가 하고 눈을 뜨고 확인을 했다. 그러나 꿈이 아니고 현실이었다. 10분이 되도록 죽어 있던 것이 고개를 들어 먹을 것을 찾고 있는 것이 아니겠는가?

"그렇다 이젠 나도 남자 구실을 할 수 있다."

자신도 모르게 큰 소리를 치며 벌떡 일어났다. 백장력은 충혈 된 눈을 부라리며 미선이 자고 있는 차로 뛰어갔다. 그녀는 속살이 훤히 드러나 보이는 흰 엷은 가운 차림에 비스듬히 누운 채 잠들어 있었다. 백장력이 달려가 그녀의 머리맡에 가쁜 숨을 몰아쉬어도 그녀는 잠든 채였다. 백장력과 같이 있으면서 교태를 부리며 갖은 유혹을 다하던 그녀가 웬일로 잠들어 있을까? 그녀의 교태를 받아 주지 못했던 심정은 칼로 가슴을 도려내는 듯 했지만 지금의 백장력은 정상적인 사랑을 할 수 있는 건강을 회복한 것이다.

그녀의 얼굴에 뜨거운 입김을 퍼부었다. 그녀는 눈을 감은 채 빙긋이 웃으며, 버드나무 가지처럼 그의 목을 긴 팔로 감았다. 그녀의 뜨거운 열기와 백장력의 다시 피어난 열기가 용솟음치기 시작했다. 백장력은 뛰어오느라 가쁜 숨을 몰아쉬며 차문을 열었을 때의 제정신으로 돌아오며 방금 전까지의 일이 환상이었다는 것을 알게 된다.

차 안에는 그녀가 남긴 메모만이 눈에 띄일 뿐 그녀에 관한 것은 아무 것도 없었다. 옷도, 신발도... 메모는 간단하고 냉정했다. '할아버지, 그 동안 고마웠습니다. 언젠가 인연이 닿으면 또 만나겠지요.' 이러한 메모는 그 동안 그녀가 바라던 것을 받아 주지 못한데 대한 것을 수치감으로 여기며 비꼬는 편지였다.

"그것이 마지막이란 말씀입니까?"

구 반장은 한 번도 그의 말을 막지 않고 듣다가 무거운 입을 열었다.

"그렇소, 그것이 그녀와의 전부였소."

"그 후는 한 번도 만나 보지 못했단 말입니까?"

"그렇소. 그러나 항상 머리 한구석에는 그녀의 생각이 지워지지 않는 것은 사실이오. 마치 나의 아내처럼."

"그녀가 그렇게 매력적인 여자였나요?"

"아마도 내가 그녀를 소유했다면 지금처럼 애틋한 마음이 없었겠죠. 놓친 고기가 커 보인다고 내 소유가 안 되었기 때문에 그녀를 갖고 싶은 생각이 더 큰 것인지도 모르죠."

"그 학생들을 찾을 길은 없겠지요."

구 반장은 조서를 덮으며 백장력의 얼굴을 훔쳐보았다.

"물론이죠. 얼굴도 제대로 기억 못하겠는 걸요."

"지금은 성 불감증도 치료됐나요?"

구 반장은 빙긋이 웃으며 개인적인 농담조로 부드럽게 묻자

"아암요. 요즘은 정력이 넘쳐요."

백장력은 부끄러운 듯 주위를 힐끔 돌아보고 구 반장 귀에 대고 낮은 소리로 말했다.

"좋습니다. 어쨌든 오늘은 되돌아가십시오. 언제라도 연락을 하면 와주시기를 바랍니다."

"네. 물론이죠."

수사진에서도 더 이상 백장력을 잡고 있을 수가 없었다. 물증이란 그녀의 수첩에 호출기 번호와 이름뿐이다. 수사진에서는 그를 좀더 조사할 가치가 있다고 생각했다. 그가 그녀를 그토록 좋아했다면 어떠한 방법으로라도 찾았을 것이란 생각이 지배적이었기 때문이다.

"아! 백장력 씨."

구 반장이 저만큼 문밖으로 나가는 백장력을 불렀다.

"참, 아까 그녀와 도망쳤다는 학생의 이름과 학교, 그리고 연락처를 알고 계시는지요?"

"글쎄요. 학교는 대천대학 법과라는 것만 기억에 남아 있습니다."

"이름은 기억이 안나요?"

"김가 이가 박가도 아니고, 맞아요. 최가란 것만 알아요."

백장력은 고개를 갸우뚱하면서 한참 기억에서 되찾았다.

SEX의 요정

　그렇다. 한 가정도 못 지키는 자신이 만인을 거느리겠다고 국회의원에 도전한 것이 한심스러웠다. 유진호는 좌절과 허탈감에 홀로 쓴 소주잔을 기울이면서 그 어느 때보다 처절함과 슬픔을 이기려고 안간힘을 썼다.

유진호는 백방으로 선화를 찾아 다녔지만 허사였다. 그러나 한 가지 마음이 놓인 것은 박미선 살해자가 선화가 아니라는 점이다. 그것은 첫 남자인 덕배를 만났을 때 덕배에게 범인이 아니냐고 다그쳤기 때문이다.

　그 동안 유진호도 제발 선화가 범인이 아니기를 간절히 바랐다. 내심 상황으로 보아 유진호의 갑작스런 질투심, 아니 배신감에서 능히 살인을 할 수 있는 재료를 그 자신이 제공한 것이었다.

　유진호는 자신의 죄책감을 느꼈다. 자신의 순간적인 가벼운 실수가 이렇게 크게 번질 줄은 미처 생각지 못한 것이었다. 이제야 겨우 자신을 되돌아보고 자신의 분수를 알 수 있을 것 같았다.

　아직도 자신과 부인이 수사선상에 가장 유력한 용의자로 감시되고 있는 것은 사실이었다. 유진호는 선화가 우선 범인이 아니라는 확신을 갖고 범인 찾기에 적극 협조할 것을 다짐했다. 그 이전에는 자신도 부인이 범인일 것이란 생각에 치우쳐 몹시 불안해하지 않았던가?

이렇게 생각하면서도 머리 한 구석에는 석연치 않은 점이 있기도 했다. 범인이 아니라면 왜 집을 뛰쳐나갔을까 하는 점이었다.

유진호는 죽은 박미선에 대해서 너무나 모르고 있었다. 민의원 비서로 있을 그때에는 그저 매력 있는 아르바이트 여대생으로밖에 생각하지 않았다. 그 후 가깝게 지내면서도 성관계에만 급급했고 자기 선거운동에 앞장서 일을 했을 때에도 가끔 기회가 있으면 그녀의 저돌적인 욕정에만 대항했을 뿐이다. 그리고 가정 문제나 그녀의 과거라든가 사생활에 대한 이야기를 나눈 적이 일체 없었다. 유진호도 가볍게 섹스의 대상으로만 여겨 왔었다. 그녀 역시 그렇게 생각해 왔기 때문에 서로는 그러한 이야기를 나눈 적이 없었다.

한편 유진호는 용의자를 선화 다음으로 미라를 손꼽았다. 미라는 질투심이 누구보다 강하고 성격도 당차게 강했다. 그런데다가 오기로 똘똘 뭉친 무서운 여자였다. 겉과 속이 다른 미라는 애당초부터 선화가 계획적으로 유진호와 합세해서 유진호의 출세를 위해 우석기에게 제물로 바친 사실을 알고 있었다. 그러기에 결혼 이전에 유진호에게 당돌하게 유혹했다.

그녀가 유진호에게 유혹한 것은 유진호가 좋아서가 아니었다. 언니인 선화에 대한 보복인 것이었다. 어렸을 때부터 친동생이 아니었기에 선화의 그늘 밑에 자라면서 그 동안 많은 불만이 쌓여 왔었다. 그런데다가 출세를 위해 자신이 우석기에게 제물로 바쳐졌음을 눈치 채고 있으니 미라의 날카로운 칼날은 언제고 겨눠져 있었다.

어떻게 생각하면 우석기 쪽에서 그녀를 보았고 가장 큰 라이벌이 유진호였기에 그녀를 죽임으로써 그 불똥이 유진호에게 떨어질 것이란 추측도 가능하지만 총지휘자가 민천우 의원이니만큼 그가 그렇게 무모한 행동을 하지 않을 것이었다. 그의 수법은 누구보다 비서로 오랫동안 지켜 왔던 유진호이기에 너무나 잘 알고 있었다. 그것은 자살 행위였기에 직접적인 자신의 일도 아닌데 모험을 할 위인이 아니었다.

그는 분명히 유진호의 인기가 상승하자 약삭빠르게 그의 가능성에 접근한 것이었다. 민의원이 물러나면서 우석기의 가능성은 자신이 없었기 때문에 우 회장의 주머니를 털어 보낸 것이란 생각이 들었다.

그때였다. 밖에 발자국 소리와 함께 미라의 목소리가 들려왔다. 소주 한 병을 비운 유진호는 미라의 목소리에 벌떡 일어나 방문을 열었다.

"아니, 이 밤중에 어쩐 일이냐?"

"네, 그저 형부가 보고 싶어서 왔어요."

그녀의 대답은 태연하고 간단했다. 유진호의 가슴은 두근거렸다. 혹시 미라에게 큰일이 벌어져서인가 아니면 선화를 찾아 알리러 왔나 두 가지 생각이 앞섰다. 하기야 미라를 만난 것도 오래간만이었다. 일전에 선화가 혹시 미라 집에 갔나 하고 서울에 찾아갔으나 미라까지 찾지 못하고 되돌아오지 않았던가.

어쨌든 잘 왔다. 그렇지 않아도 며칠 전에 미라를 만나려고 서울에 찾아갔으나 행방을 알 수 없어 도저히 찾을 길이 없었다.

"어서 들어와라."

유진호는 그녀를 반기며 방으로 안내했다. 부인이 없는 방이니 사방 지저분하고 미라가 들어오자 냉랭한 분위기를 직감할 수 있었다.

미라와 유진호는 어느새 손과 손이 꼭 쥐어졌다. 미라는 손과 손이 꼭 쥐어진 채 유진호의 얼굴을 올려다보았다. 많이 야윈 그 얼굴에는 길게 그늘져 있음을 읽었다. 미라는 순간 가슴이 무너지는 듯 어느새 닭똥 만한 눈물이 흘렀다. 그러는 그녀를 양팔로 감싸주는 진호의 감정도 동요된 듯 그 손이 미라의 눈물을 닦았다.

"언니는?"

"집을 나갔어."

이 소리에 미라는 더욱 그의 가슴 속으로 파고든다.

"자, 앉아서 이야기나 나누자."

유진호는 가볍게 미라를 자기 가슴 속에서 서서히 밀어냈다.

"얘기는 이따가 해도 돼요. 그동안 형부가 얼마나 그리웠는지 아세요."

미라는 더욱 가슴을 파고들기 시작했다. 유진호도 가끔은 그녀가 그리워졌었다. 더욱이 부인인 선화가 몇 달째 행방불명이 되면서 혼자 빈 방을 지킬 때에는 부인과 미라 그리고 죽은 박미선을 번갈아 생각을 하다 잠이 들곤 했다.

미라의 숨소리가 거칠어지면서 마치 구렁이가 그의 온 몸을 칭칭 감아 조이듯이 촉촉하고 강한 흡인력으로 젖어 들었다. 여기에 감전된 유진호의 몸에도 삽시간에 전율이 흐르기 시작했다. 둘의 입술이 포개지면서 뜨겁게 달아오르고 드디어는 침대 위에 던져지면서 한 몸이 됐다.

미라의 성행위 테크닉은 옛날보다 성숙하게 달라졌음을 느낄 수 있었다. 그러나 여기에 맞서는 유진호의 방중술도 뛰어났다. 진호의 테크닉이 제압당할 순간 진호는 또 다른 비장의 테크닉을 구사했다. 유진호에게 sex의 마술사란 닉네임이 있을 만큼 극기 공수 화랑도권에서 기공의 sex요법과 테크닉을 연구해 왔으며 미라의 흥분이 최고조로 줄달음칠 때 유진호는 이미 오르가슴에 막 도달하는 섹스 비법으로 바꾼 것이다.

그의 비법은 오르가슴의 순간을 기(氣)로 차단시키며 마음먹은 대로 한 부위만을 집중적으로 움직이는 것이다. 그 시간은 장시간 기(氣)로만 운행하는 것이다. 미라의 고조된 흥분은 계속된 진호의 뜨겁고 강렬한 열기 속에 미라를 미치게 만들었다.

그녀는 사랑을 하면서 많은 말들을 자신도 모르게 내뱉었다. 마치 최면술에 걸려 모든 비밀을 이야기 하듯 횡설수설했으며 마침내는 죽은 듯 내동댕이쳐졌다. 둘의 온몸에는 땀으로 범벅이 되어 마치 고열의 사우나에서 나온 것 같았다.

보름달이 중천에 뜬 자정이 넘은 시각이었다. 조용한 정적을 깨는 가벼운 발자국 소리에 검은 그림자가 유진호의 방으로 다가왔다.

진호의 노모였다. 방문 앞에 나란히 놓여 진 신발에 노모의 시선이 꽂혔다. 노모는 반갑게

"오라, 애미가 돌아왔구나!"

노모는 방문 앞에서 몇 차례 헛기침을 했다. 자신이 왔다는 것을 아들에게 알리기 위해서였다.

"애비야 자니?"

방문 앞에 바싹 다가가 문을 두드리자 유진호가 방문을 열고 방안을 몸으로 막으며 나왔다.

"애미가 왔으면 알려야지."

"네, 애미라니요"

"이 신발은 누구 거냐, 애미 것 아니란 말이냐?"

"아- 네.. 그것은 전에 신던 구두가 저쪽에 있기에 갖다 놓은 거예요. 그런데 밤중에 웬일이셔요."

"으흠 잠도 안 오고해서 내려왔다. 공연히 잠자는 걸 깨운 모양이구나.

어서 들어가 자거라."

노모는 힘없이 되돌아서 발자국을 옮겼다. 선화가 돌아온 줄 알았다 아니라고 하니 크게 실망하신 것이다.

"들어가 주무세요, 곧 돌아올 거예요."

진호도 한참 동안 어머니의 뒷모습을 지켜보다가 방으로 들어갔다.

"선망의 대상이었던 금배지, 이젠 모든 것을 포기했어. 과연 금배지를 달고 무엇을 어떻게... 국회의원이 된다는 것이 직접 피부로 체험하고 보니 얼마나 어렵다는 것인지 이제야 알 것 같아. 그 동안은 야망을 가지고 선거에 뛰어 들었지만 이젠 환멸이 느껴졌어. 실력과 덕망, 그리고 야망만 가지고 국회의원이 된다는 것은 역부족이야.

국회의원이 되려면 우선 돈이 있어야 하고 치열한 경쟁에서 이기기 위해 수단과 방법을 가리지 않으며 비열하고 인정사정없이 잔인무도해야만 했었다. 내게는 결정적인 돈과 비열함이 없는 까닭에 내 자신을 뒤돌아보았지. 내가 한 가정도 못 지키면서 어떻게 많은 국민을 지키겠다고 나서겠어. 이젠 얼굴이 뜨거워 고개를 들지 못하게 됐다고."

"하지만 불미스러운 박미선 살해 사건만 없었어도 금배지는 이미 따 놓은 당상이었잖아요."

"천만에. 갖가지 음모와 만행 그리고 금품으로 이미 추월한 우석기가 있었잖아."

"어쨌든 1보 후퇴 2보 전진이란 것이 있잖아요. 이 미라가 돈은 얼마든지 빌려 드리겠어요. 그리고 석기 밑에서 아니 우 회장에게서 많은 것을 배웠어요. 음모와 모략과 비열함 그리고 배신도 밥 먹듯 하는 것 따위 말예요. 정치가가 되려면 우선 그것을 먼저 배워야 하겠더군요.

그리고 나는 옛날 미라가 아니에요. 이래봬도 난 서울에서 많은 시간들을 참고 있으며 잘하면 곧 우 회장의 백화점 하나 챙길 수 있어요. 획기적인 성장이죠. 난 그동안 우석기 아버지에게 많은 것을 챙겨 놓았어요. 우 회장은 지금 과욕 때문에 엉망진창이 되었어요. 결국은 백화점 하나도 민의원에게 넘어갔고 재산과 하나밖에 없는 자식만을 아는 그는 지금에야 죄 값을 받고 있는 거예요.

 자식은 행방불명되어 죽었는지 살았는지 소식조차 없지요, 그 많은 재산은 반으로 줄었죠. 남아 있는 재산도 계산한다면 은행 빚을 제외하더라도 자기 것은 살고 있는 집 한 채 뿐이에요. 그런데다가 울화병으로 지금 병원에 누워 언제 폭발할지 몰라요."

"결국은 나도 그 악덕 우 회장과 다를 바 없지, 나도 죗값을 받는 거야."

"그게 무슨 말이죠?"

"난 순간적인 욕정으로 첫째 미라의 일생을 망쳐 놓았고 이어서 죽은 박미선까지도 죽음으로 몰아넣었잖아. 그래서 그 죄 값으로 아내가 살인 혐의와 더불어 행방불명이 되었고 나 역시 매일같이 수사진의 그늘에서 목 졸림을 받고 있는 것이 아니겠어?"

"그것은 경우가 다르죠. 나는 형부가 좋아서 내가 대들었고 또한 박미선이도 지가 좋아서 형부를 유혹한 것이 아니겠어요. 형부는 그것을 관용으로 받아들인 것뿐이에요. 한마디로 희생한 것이죠."

"아니야. 미라는 우리가 의도적으로 우석기에게 제물로 바친 거야. 우석기를 꺾기 위한 수단으로 말이야. 그랬기 때문에 우석기의 갖은 음모와 비난 등을 알면서도 내게 양심의 가책 때문에 모르는 척 한 거야."

"그게 실수였어요. 하지만 난 이미 다 알고 있었어요. 난 형부를 사랑하기 때문에 모르는 채 제물이 되어 주었죠. 만약에 형부를 사랑하지 않았으면 그렇게 호락호락 넘어가지도 않았을 걸요."

살인 혐의자가 검사라니

"어쨌든 민 형사는 도움이 안 돼. 공연히 혹 떼려다 혹을 붙이고 왔잖아."

"하지만 저는 본분을 다했을 뿐입니다. 제가 수사관으로서 잘못한 건 없지 않습니까?"

"하긴 그건 그렇지 "

"그래도 항상 만만한 축구 볼이니까. 안 되면 조상의 탓이라고 잘못 되면 모든 게 내게 돌아오잖습니까."

"미안하이. 공연히 믿거니 하고 민 형사한테 짜증을 부린 걸세."

"됐어요. 여기서 화풀이 할 때는 사위밖에 더 있겠습니까?"

하며 히죽 웃어 보인다.

"그래 어쨌든 자네마저 없으면 내가 이 생활을 못해 먹지. 자, 우리 차나 한잔 하러 나가자고."

구 반장은 민 형사의 어깨를 두들기며 나갔다. 민 형사는 백패도사(백장력)를 수사하면서 미선과 염문이 있었다는 최민우 학생을 고생 끝에 찾아낸 것이다. 그러나 추적 끝에 찾아낸 그 학생은 이미 고시에 합격, 서울 지방법원 검사의 자리에 앉아 있지 않았는가. 막상 검사실 앞에 가서는 한동안 망설였다. 자칫 잘못하면 혹을 떼려다 붙이고 온다는 것도 계산에 넣은 것이다. 하지만 고생 끝에 추적한 것이니 그때 상황을 좀더 자세히 듣고 백장력에 대한 정보도 얻을 겸 들어선 것이었다.

"이 여자가 살해됐다고요? 한때는 나도 이 여자한테 빠져서 미치도록 쫓아다닌 적이 있었소. 그러나 그녀는 나의 모든 것을 훔쳐 가지고 잠적되었소. 아직도 그녀에 대한 생각은 내 머리 한 구석에 남아 있습니다. 그녀는 매력 있는 여자였소. 품행이 좋지 않은 사실은 나도 알고 있었지만 그래도 한때 죽도록 좋아했으니까요."

"검사님께서는 혹시 용의자로 집히는 사람이 없습니까?"

"글쎄요, 너무나 짧은 기간이었으니까 당시 그녀만으로 만족했지 주위에 접해 있는 사람들이나 그녀의 집안 사정 같은 것은 신경을 써 보지 않았죠."

"백패도사란 분에 대해서는 어떻게 생각하시는지요?"

"그 분은 그녀를 딸같이 생각했고 여자 때문에 그렇게 살인까지 할 분이 아니오. 그는 절대적인 도인으로서 그 동안 갖은 풍파를 다 겪은 바다와 같이 마음이 넓은 분이오. 순간적으로 만나 본 분이지만 그의 인품이나 모든 것을 존중해요. 아참, 생각나는 것이 있소."

"그게 뭡니까?"

"그녀의 집을 찾아가 조사를 해보시오. 이제야 떠오르는군. 그녀는 어렸을 때부터 불우한 가정에서 태어났으나 정상적인 부모가 아니었고 보험회사에 다니는 오빠가 하나 있는데 질적으로 좋지 않은가 봐요. 한번은 자기 보험료를 오빠한테 붙여야 한다며 100만 원을 빌려 간 적이 있어요."

"고맙습니다."

"어쨌든 형사님께 나도 부탁합니다. 철저히 수사해서 범인을 찾아야 합니다. 그것은 애인으로서 또한 혐의 용의자로서 꼭 밝혀야 할 중대한 문제입니다."

민 형사는 이렇게 용의자를 찾아갔다가 상관인 검사에게 무거운 짐만을 지고 온데에서 구 반장과 빚어진 이야기였다.

박만호. 나이 29세, 학력 xx대 중퇴, 전과 5범, 폭행 치사, 사기, 공갈, 협박 등 전남 목포 출생으로 지방에서 성장했음. 구 반장과 민 형사는 현재 박미선의 오빠를 찾아가 관할 파출소에서 박만호에 대해 조회를 했다.

"현재는 XX보험회사 부장으로 근무하고 있습니다. 아마도 박미선이란 아가씨와는 복잡한 관계일 겁니다. 박만호는 어머니가 전 남편에게서 낳았고 박미선 역시 아버지가 다른 전 부인한테서 낳은 자식으로 따지고 보면 오빠와 미선은 각기 피가 하나도 섞이지 않은 복잡한 가정입니다. 이들의 부모 역시 서로가 품행이 좋지 않은데서 합쳤기에 아들과 딸도 주위 사람들이 상대를 하려 들지 않았습니다. 그러다 보니 가난 속에서 싸움이 끝이 않았으며 당장 헤어질 것 같으면서도 10여 년이 넘게 살았습니다. "

xx파출소 소장이 알고 있는 대로 이들의 관계를 소상하게 말해 주었다.

구 반장은 고개를 숙인 채 묵묵히 생각에 잠겨 있다가

"지금 오빠란 자가 보험회사에 근무하고 있다고 했죠. 어느 보험회사입니까?"

"웬걸요. 벌써 몇 개월째 공금 횡령으로 고발되어 기소 중지된 상태입니다."

"그럼, 이곳에도 없습니까?"

"약삭빠르게 도망했죠. 아마 지금쯤 숨어 다니며 도박에 미쳐 있을 겁니다. 공금 횡령한 3천만 원도 도박으로 날렸죠, 지금쯤은 자기 동생의 죽은 보험금을 찾아 잘 살고 있을 겁니다. 자고로 자기네 식구들을 모두 생명보험에 들게 했으며 죽은 여동생은 무려 3가지 보험에 가입시켰는데 동생이 죽음으로써 몇 억을 챙겨 도망친 것이죠."

"수고가 많았습니다. 우린 그의 집을 찾아 부모를 만나고 갈 때 다시 들르겠습니다."

구 반장과 민 형사는 그의 집을 찾아 우선 딸의 친아버지인 박용만을 찾았다.

나이 65세의 천식 환자로 허술한 방 안에서 혼자 심한 기침과 씨름하고 있었다.

"놈은 내 자식도 아니에요. 제발 부탁이오. 놈을 잡아 형무소에 보내야 돼요. 놈은 딸년이 죽자 어디서 소문을 들었는지 내 인감증명서와 도장을 가지고 가서 그 딸년의 보험금을 몽땅 받아 왔는데 돈 500만 원을 던져 놓고 도망쳤어요."

"아들은 딸과 자주 연락이 닿았습니까?"

"모르죠, 딸년이 전화를 하면 보험금을 재촉하고 늦으면 놈이 빌려서 입금시켰는데 한 달에 한 번씩 놈이 딸년을 찾아간 것으로 알고 있습죠. 자고로 보험금은 또박또박 잘 챙겼습니다. 아마도 내 생각으로는 놈이 내 딸년을 죽인 것 같아요. 보험금을 타내기 위해서요."

이때였다. 부인이 아까부터 들어오다 남편의 말에 귀를 기울이며 발걸음을 멈춘 채 숨을 죽이고 있다가 무서운 눈초리로 남편에게,

"여보 당신이 그렇게 말할 수 있어요. 설사 그렇다 치더라도 좋게 말해야지. 감싸주어야 할 당신이 맞장구를 쳐요?"

100kg 정도의 거구의 부인이 살기가 등등한 채 곧 남편을 삼켜 버릴 듯한 기세로 대들었다. 어쨌든 구 반장과 민 형사는 여기에 기대를 걸고 마음이 부풀었다.

돌아온 선화

"아저씨, 아저씨!"

많은 사람들이 오가는 서울 시내 한복판에 자리 잡은 조계사 절의 음지에 앉아 있는 30대 가량의 여인이 40대의 심유석에게 손짓을 하며 부른다. 심유석은 자신이 모르는 여인이기에 뒤쪽 사람들이 많이 모인 곳으로 시선을 돌렸다.

"아저씨! 아저씨, 저와 이야기 좀 해요."

여인은 다른 사람이 아니고 심유석을 보자는 것이라며 손짓을 한다. 심유석은 고개를 갸우뚱거리며 기억을 더듬지만 도저히 모르는 여인이었다. 20여 미터쯤 떨어진 그곳을 향하여 그녀 앞에 다가서자 그녀 생긋 웃으며 조그마한 백을 들고 일어선다.

"아저씨, 나 배가 몹시 고파요. 된장찌개가 먹고 싶은데 밥 좀 사주시겠어요?"

어안이 벙벙한 심유석은 그녀의 부끄럼 없고 대담성 있는 말에 가볍게 웃으며 대답을 했다. 그리고 식당 쪽으로 향하여 발걸음을 옮기자 그녀는 마치 귀여운 강아지가 주인 뒤를 쫓듯이 따라온다.

심유석은 발걸음을 옮기면서 내심 그녀에 대개 무엇인가 재미있는 일이 벌어질 것이란 생각이 들었다. 그 여인은 알맞은 키에 세련된 얼굴이었으며 옷도 깨끗하지는 않았지만 아래위 검은 투피스 차림이었다. 단 눈이 안 보일 정도의 싸구려 안경이 세련된 그녀를 망치고 있었다. 틀림없이 그녀는 남자를 유혹해서 공갈 협박으로 남자의 주머니를 터는 여자일 것이란 생각이 들었다. 그렇다면 심유석은 거꾸로 혼내 주겠다고 마음을 먹었다. 심유석은 왕년에 세계 복싱 챔피언을 지냈으며 태권도와 유도 등 만능 스포츠맨이었다. 둘은 식당에 마주보고 앉았다. 된장찌개의 식사 주문을 했다. 그녀는 유난히 주위를 두리번거리기 시작했다.

"아가씨의 직업은 뭐요?"

심유석은 이렇게 입을 열자 그녀는 대뜸 말하기를 종교 연구가로 이태리로 연구 겸 공부하러 간다고 했다.

"집이 부자인 모양이죠?"

심유석은 속으로는 자기 분수를 모르는 허풍이란 계산을 하고 서서히 유혹 작전을 쓰기 시작하는구나 하고 생각하면서 물었다.

"아니에요. 난 혼자예요. 집도 없고요. 어렵게 이곳 여관에서 숙소를 정하고 있다가 7만 원이 밀렸다고 해서 나왔어요."

이렇게 두서없이 말을 지껄여 대자 심유석은 그녀는 공갈배도 아니고 정신이상 여인이란 단서를 잡았다. 하긴 애당초부터 밤의 여인 아니면 심하지 않은 정신이상자로 예상은 했었다. "그럼, 돈도 없이 어떻게 외국까지 가서 공부를 합니까? 당장 눈앞에 불이 떨어져 먹고 잠잘 곳도 없으면서…"

심유석은 그녀가 측은한 생각이 들었다.

"공부야 벌어서 하면 되지요."

"뭘로 돈을 벌지요?"

이때 식사가 식탁 위에 놓여졌다. 그녀는 배가 몹시 고픈 듯 허겁지겁 먹으며 된장찌개가 맛있다고 기뻐했다. 그녀는 내가 묻는 말에 밥을 입에 넣고는 말을 이었다.

"내가 6개국 말을 해요. 불란서 유학도 갔다 왔고 그런데 88올림픽 때 세계 2위로 우리나라를 올려놓는 바람에 이 꼴이 되었죠."

심유석은 재미있었다.

"올림픽 때 어떻게 했기에."

"1위로 올려 달라고 기도를 하다 기(氣)가 완전히 꺾였어요. 그래서 이렇게 살아 있는 것만도 다행이에요."

식사를 하고 1시간 이상 그녀와 대화를 나눴다. 그러나 허기진 배를 채우고 나서인지 어느 정도 정상으로 머리가 돌아온 것 같았다.

심유석은 자신이 권투 선수로 활약하다 목뼈를 다치면서 은퇴했는데 활법도로 목뼈를 치료하여 사람의 인체공학을 연구하기로 했다. 활법도로 뇌에 신경을 다쳐 살짝 정신이상을 일으킨 후배와 선배들은 정상으로 고쳐 준 경험이 있어서 그녀의 정신이상을 바로 잡아 줘야겠다는 생각이 들었다.

그녀는 정신이 가끔 정상으로 돌아오자 한 가지 일에 신경을 너무 집중하다 보니 갑자기 정신이상이 되어 아무것도 못 먹은 채 쓰러져 죽을 고비를 몇 차례 넘겼다고 실토했다.

심유석의 지론에 의하면 크게 정신이상이 되지 않는 한 빨리 서두르면 고칠 수 있다는 자부심을 갖고 우선은 자기 주머니를 털어 그녀의 숙소를 잡아 주었으며 숙소에서 나름대로의 활법도 실력을 발휘했다. 손에 기를 주입시키면서 머리에 막혀 있는 뇌신경을 살리며 혈액순환을 시켜 주자 그녀는 깊은 잠을 자기 시작했다. 심유석은 성공이란 미소를 지으며 그녀 에게 요를 덮어 주고는 TV를 틀었다. 마침 '경찰청 사람들' 타이틀이 나오자 흥미를 가지고 지켜보았다.

이때 박미선 살해 사건에 대해 방영되었고 유력한 용의자 사진까지 나타났다. 심유석은 그 사진과 잠자고 있는 여인의 얼굴을 대조해 보았다.

"으흠, 그랬었구나. 그럼 그렇지 병에는 원인이 있는 법이야. 이 여자가 바로 유진호 국회의원 후보의 부인 선화로구나. 여인은 살인을 하여 온 신경을 소모하고 보니 돌아 버린 거다 "

이쯤 되고 보니 그녀가 더욱 안쓰러워 보였고 자신도 경찰청에 연락을 해야 할지 아니면 도망시켜야 할지 얼른 판단이 서지 않았다.

"빌어먹을! 이럴 때 난 어떻게 해야지."

심유석은 좋은 일 하고도 큰 짐을 지게 되었던 것이다.

교통 사고를 위장한 살인 청부

"부르릉 부르릉."

미라가 운전하는 고급 승용차의 속도계가 120에서 200까지 치솟아 살인적인 속력으로 올림픽 대로를 질주하고 있다. 새벽 2시, 대체로 한산한 시각이기에 그렇게 속력을 낼 수 있었지만 아까부터 계속 그녀의 뒤를 쫓는 외제 승용차가 있었기 때문이다.

운전대를 잡은 사나이는 미라도 알만한 사람이다. 그 이름은 추일국. 우 회장이 가끔 부르는 살인 청부업자 중의 일원으로 미라도 몇 차례 본 적이 있었다.

미라는 필사적으로 도망치지 않으면 안 되는 긴박한 처지에 놓여 있음을 알았다. 그가 미라의 뒤를 아까부터 추적해 온 것은 틀림없이 미라를 없애 달라는 우 회장의 지시를 받았을 것이란 확실한 이유가 있었다.

우 회장의 건강은 많이 회복되었으며 이젠 최후의 발악으로 쓰러진 사업을 일으켜 보려고 온 힘을 다 쓰고 있었다. 이때 미라는 우 회장에게 엄청난 돈을 끄집어냈고 그의 약점을 잡아 공갈과 협박을 해온 것이다.

사람은 죽음을 각오하면 얼마든지 모질고 독해질 수 있다. 연약한 미라는 우석기의 사랑에 배신을 당하면서 삶의 애착 없이 언제든지 목숨을 저당 잡혔기에 어떠한 일에도 소신대로 과감하게 밀고 나가는 무서운 여자로 돌변한 것이다. 그러나 이러한 게임에서 꼭 이겨야 한다는 집념이 생겼다.

미라는 벌써 적이 공격해 오고 있음을 알고 최선을 다하여 싸울 수밖에 없었다. 돌파구는 어서 올림픽 대로를 지나 중부고속도로에서 유진호에게 경호를 부탁하는 길밖에 없었다. 미라의 뒤를 돌봐 줄 사람은 주위에 오직 유진호 밖에 없었기 때문이다.

숨 가쁘게 돌아가는 상황 속에 톨게이트 중반 지점까지 무사히 도망칠 수 있었다. 톨게이트까지만 가도 우선은 숨을 돌릴 수 있고 경찰에 신고할 수 있지 않는가.

그러나 쫓고 쫓기면서 사나이의 여유 있고 능숙한 솜씨가 미라를 몇 차례 위태롭게 했다. 그는 엄청난 속력을 지닌 외제차로 흰 이를 드러내어 웃으면서 자신만만하게 추격했다. 그러나 끝내는 백미러를 보는 순간 번개같이 미라의 차 앞을 스치면서 미라의 차가 길 밖 허공으로 날아갔다. 유진호 집안에는 선화가 구속되면서 초비상이 걸렸다. '경찰청 사람들' TV 방영을 지켜 본 심유석은 경찰에 알릴 것을 결심하자 즉시 선화를 데려갔다. 수사본부에서는 그날 밤 그 집에서 살해된 시각에 선화를 보았다는 할머니의 증언에 따라 선화를 전격 구속했으며 일단 박미선 살해 사건의 종지부가 된 셈이었다.

선화는 남편 유진호에게 솔직하게 말했다.

"난 절대 살인을 하지 않았어요. 내가 살인을 했다면 벌써 자살 아니면 자수를 했을 거예요. 내가 집을 뛰쳐나갔을 때에는 살인을 하지 않았는데 수사진에서 계속 목을 조이자 돌아 버리지 않으면 내가 범인으로 허위 자백할 것 같아서였어요. 당신 앞에는 이 한 몸 던지는 것은 두렵지 않아요. 난 이미 당신과 결혼한 후 당신을 위해서라면 이 몸을 던질 각오가 되어 있었어요. 시간이 진실을 밝혀 줄 것이라고 생각하면서 난 멀리 사라져 범인을 잡을 때까지 숨어 있으려고 했는데 이 꼴이 되어 잡혀 온 거예요."

"난, 당신의 심정을 충분히 이해하오. 그리고 모든 일은 내게 책임이 있는 것이고 또한 난 당신을 믿소. 어쨌든 유명한 변호사 2명에게 의뢰했으니 잘될 거요. 그리고 앞으로 나도 범인 찾기에 전력을 다하겠소. 진실은 언젠가는 밝혀지게 되어 있소. 그러니까 너무 상심 말고 무엇보다 건강에만 유의하며 사건에 대해서는 신경을 쓰지 말아요."

다음날 새벽 3시경에 서울 대건 종합병원에서 연락이 왔다. 미라가 교통사고로 위독함을 알려 오자 총알처럼 달려가지 않으면 안 되었던 것이다. 숨 가쁘게 미라를 찾아간 유진호는 또 한 차례 진통을 겪어야 했다. 사방이 흰 붕대로 가린 채 눈만 빠끔히 내놓고 있어서 사람 같지가 않았다. 온몸의 팔다리가 부서졌으나 마침 머리 신경 등 중요한 부위엔 큰 이상이 없어 아직 생명에는 지장이 없다는 진단이었다.

진호는 미라의 손을 고옥 잡을 수가 없었다. 손발이 모두 날아가 버렸으니까, 그 처절하고 비참한 모습은 오히려 죽은 시체보다 참혹했다 말을 잊은 채 차마 미라의 모습을 오래 바라보지 못하고 눈물만 흘리는 유진호가 이성을 찾기 시작할 무렵 미라가 눈을 떴다.

그러나 그녀는 울음을 터뜨려야 할 여자가 오히려 진호의 얼굴을 보자 행복해 보이는 웃음을 던지며..."

"형부, 아니 여보, 언제 왔어요?"

"음, 얼마 전에, 도대체 어떻게 된 거야?"

"올 때가 된 거요. 당신 나 사랑해요?"

"지금 이 상황에서 그런 것 따지게 됐어. 어서 사고 경위부터 얘기해 봐."

"우선 급한 것은 나를 사랑하느냐 대답부터 들어야 모든 걸 고백할 거예요."

유진호는 어이가 없어 피식 웃었다. 그리고는 수줍어하는 태도로,

"그걸 꼭 말로 해야 하나. 사랑하지 않았으면 왜 그동안 만났겠어."

"좋아요. 그럼 얼마만큼 사랑하는지 내게 키스를 해줘요. 난 죽도록 사랑해요."

하며 미라가 입술을 내놓은 채 눈을 감는다.

유진호는 서서히 그녀의 입술에 자기 입술을 포개면서 격렬한 키스를 퍼부었다. 이들의 홍분은 뼛속 마디마디에까지 스며들었다. 용광로 속의 쇠처럼 뜨겁게 녹아 버린 이들은 이렇게 5분이 지났을까?

"제가 꼭 고백할 게 있어요."

미라가 무거운 입을 열었다.

"도대체 고백할 게 있다고 오래 전부터 말하지 않았어. 그러면서도 아직 고백은 안 했지."

"그래요. 전 형부한테 큰 죄를 지은 것이 하나 있어요."

"그게 무슨 말이야. 오히려 나와 언니가 미라한테 죄를 지었지."

"아니에요. 이제 고백할 때가 온 거예요. 아마도 진작 고백했음 지금의 내 꼴이 이렇게 안 됐죠."

"우선 이 사건부터 말해 봐."

"네, 말하죠. 이 사건은 우 회장이 날 죽이려고 살인 청부를 보낸 거예요."

"뭣이 우 회장이? 무슨 이유로..."

유진호는 흥분을 감추지 못한 채 부들부들 떨며 흥분된 감정을 억제하기에 애쓰는 모습이었다. 그러나 미라는 태연하고 여유 있게 입을 열었다.

"내가 죽어야 자신의 엄청난 비리들이 폭로되지 않기 때문이죠."

"그 비리의 폭탄을 왜 미라가 안았지?"

"그거야 내가 원인 제공을 했고 나와 공모했으니까요. 결국엔 내가 그를 시궁창으로 물고 늘어졌는지도 모르죠."

"도대체 무슨 사건이 있길래 그렇게 했는지 어서 말해 봐."

유진호는 여전히 안절부절 못한 채 다그쳤다.

"참, 언니는 어떻게 됐어요?"

"지금 언니 걱정이 문제야? 어서 말해 봐."

"박미선은 내가 죽였어요."

"뭣이, 미선을 미라가 죽였다고?"

"네, 그래서 형부한테 큰 죄를 지었다는 거예요."

"무엇 때문에 살인까지 했어?"

"형부를 사랑하니까."

"그건 말도 안돼. 진정 날 사랑한다면 왜 그녀를 죽였겠어. 그 사건으로 말미암아 내게 얼마만큼의 피해가 있는 줄 알아? 왜 그런 바보짓을 해?"

유진호는 순간 속으로 기쁘기도 했다. 그 사건으로 선화가 구속되어 곤욕을 치러야 할 상황이지 않은가. 어쨌든 유진호에게는 부인 선화 다음이 미라였다. 그러나 현시점에서 미라는 온몸이 산산조각 되어 목숨을 부지한다 해도 죽은 목숨보다 더 처절한 지경이 되지 않았는가! 이러한 생각은 본능적으로 인간의 이기적인 성격이 있었기 때문이다.

"박미선은 백 번 죽어야 했어요. 그녀야말로 요녀예요. 그 계집은 형부를 유혹했고 또 내 남편이었던 석기에게도 유혹하여 공갈 협박까지 해 왔어요. 그래서 내가 앞장서서 우 회장에게 엄청난 자금을 요청하면서 내 공모자로 끌어들인 것이죠."

"어떻게 죽였고 왜 그를 끌어들였는지 소상히 말해 봐."

"알았어요. 왜 이렇게 보채세요. 우선 이것보다 더 급한 것이 있어요."

"뭔데?"

"어서 경찰서에 연락을 하세요. 내가 정식으로 자수하면 내 뱃속에 있는 아기를 낳을 때까지 난 보호받을 거예요. 그러나 아마도 그들은 당장이라도 날 죽일 거예요."

"누구 아인데?"

"누구 아이겠어요 바로 당신 아이지."

"뭣이?"

"아이가 다 클 때까지는 언니한테 비밀로 해주세요. 그리고 빨리 변호사를 부르세요. 나의 모든 재산을 당신한테 돌려놓아야 해요. 아기를 잘 길러 달라는 대가예요. 내 재산을 모두 합치면 100억 대가 넘어요. 놀라셨죠. 대신 이 돈으로 당신이 국회의원에 꼭 당선되어 종전과 같은 부조리를 없애요."

이때였다. 어느새 경찰과 수사진들 그리고 기자들이 몰려왔다.

산풍백화점 붕괴

그동안 기고만장한 채 많은 재산을 가지고 돈으로 무엇이든지 살 수 있었다. 돈만 있으면 만사형통이란 관념을 고집했던 우만식 회장도 순간의 과욕으로 인해 싸늘하고 컴컴한 구치소에 쪼그리고 앉아 법의 심판을 기다리고 있지 않으면 안 되었다.

사건의 경위는 다음과 같았다. 미라는 우석기와 결혼까지 약속했으나 부친 우 회장의 반대로 헤어지지 않으면 안 되었으며 헤어지게 되자 여러 차례 돈을 챙겨 왔다.

그러던 어느 날, 미라는 자기 첫 남자인 유진호와 미선의 불륜 현장을 목격했고 따라서 선거운동에 바쁜 와중에도 미선이가 유진호에게 요구를 안 들어 주면 공갈 협박하는 광경을 여러 번 보아 왔었다. 이러한 말 못할 고초를 부인인 선화도 몰랐고 오직 미라만이 알고 있었다.

그런가 하면 그녀는 가끔 우석기에게도 꼬리를 치며 전화로 불러냈으니 잠재적으로 미라는 질투심에서 미선을 제거하려고 마음먹었다. 막상 우석기에게 버림을 받고 나니 미라는 죽고 싶은 생각만이 앞섰다. 이왕 목숨을 저당 잡힐 바에는 유진호에게 좋은 일이나 하고 대신 우 회장에게는 보복하고 죽겠다는 생각으로 마음을 굳혔다. 미라는 우 회장에게 접근하여 은근히 석기를 생각하는 척하면서 우석기의 인기가 정상을 달리지만 아무래도 유진호 후보 때문에 불리하다고 말해 우 회장에게 불안감을 주었다. 그러자 우 회장은 그녀에게 구원 요청을 했다.

그때 미라는 자신이 희생하여 유진호 후보의 비서인 박미선을 자살을 위장한 타살을 시키면 그 화살이 유진호 후보에게 날아갈 것이라고 했다. 그리고 유진호 후보나 부인에게 살인 혐의를 씌우면 하루아침에 유 후보가 양쪽 날개를 잃게 되어 우석기가 완벽한 승리를 거둘 수 있을 것이라고 제의했다. 무식한 우 회장은 손뼉을 치며 쾌히 승낙을 했던 것이다. 그러면서 미라는 그에게서 많은 돈을 챙겼다.

이러한 비밀은 둘만의 약속이었다. 일은 성사되었고 미라의 예상대로 유진호는 그 사건으로 말미암아 3위로 밀려났다. 냉정히 따지고 보면 우석기의 갑작스런 깜짝 인기가 기습하면서 유진호의 승부는 기대할 수 없었다. 이러한 상황을 미라는 이미 포착한 것이다.

일이 성사되고도, 미라는 수차례 우 회장을 업고 자수하겠다며 공갈 협박을 해 더욱 많은 돈을 챙겨 왔다. 그러자 끝내는 우 회장이 미라를 교통사고를 위장한 살인을 계획함으로써 모든 범행이 덮어질 것으로 계산한 것이었다. 그러나 우 회장의 실패로 결국은 또 하나의 범죄를 저지르게 되었다. 미라는 자기의 많은 재산을 유진호에게 돌리고 법의 심판을 기다리고 있지만 아마도 자기 뱃속의 아기가 무사히 출산 된다면 스스로 죽을 각오가 되어 있었다.

우 회장에게는 아무도 찾아오는 사람이 없었고 아들마저 죽었는지 살았는지 소식도 없는 채 잦은 기침과 고통으로 법의 심판 이전에 염라대왕의 심판을 받고 있다. 그 가운데 기다리는 것은 아들의 얼굴뿐 갑자기 산풍백화점 붕괴 사건이 되새겨지며 정신을 잃어 갔다.

(끝)